NARRATIVA

TRE6

Kat Gordon

COME FIORI SUL GHIACCIO

Romanzo

TRADUZIONE DI
MARIA CARLA DALLAVALLE

tre60

Le vicende e i personaggi raccontati in questo romanzo
sono esclusivamente frutto della fantasia dell'autrice.
Ogni coincidenza con situazioni, ambienti
e persone reali è puramente casuale.

Tre60 è un marchio di
TEA – Tascabili degli Editori Associati S.r.l., Milano
Gruppo editoriale Mauri Spagnol

Titolo originale
The Swell

Prima edizione Narrativa Tre60 settembre 2025

COME FIORI SUL GHIACCIO

A una madre straordinaria,
nonché la prima femminista
che ho conosciuto, Janet Gordon, 1947-2021.

Alle ragazze di Camden, che ne portano avanti l'eredità.

A mio figlio, Noah, sempre.

In inverno i figli di Thorkell e le figlie di Bárdur giocavano insieme sui torrenti ghiacciati della zona chiamati Bjarnaár. Giocavano con grande impegno ed entusiasmo. I figli di Thorkell, essendo più forti, tendevano a dominare, ma le figlie di Bárdur non si lasciavano sottomettere più di tanto. Un giorno, mentre giocavano vicino al mare, come al solito iniziò una gara tra Raudfeldr e Helga. C'era una distesa di ghiaccio al largo della costa, e una nebbia fitta. Raudfeldr spinse Helga su un lastrone di ghiaccio. Poiché soffiava un vento forte, il lastrone fu spinto verso la distesa di ghiaccio. Helga si avventurò sulla superficie dura e compatta. Quella stessa notte il lastrone si allontanò dalla costa e andò alla deriva in mare aperto.

dalla *Saga di Bárdur**

* A cura di Jón Skaptason e Phillip Pulsiano, Garland Publishing, 1984.

PARTE PRIMA

Il fantasma

1910

La notte prima Gudrún aveva visto due elfi del Popolo nascosto lottare nella baia. I due avevano ingaggiato un corpo a corpo nell'acqua, ma pelle e capelli erano asciutti e non si formavano schizzi né increspature nel punto in cui si trovavano. Continuavano a finire sott'acqua e a riemergere, prima l'uno, con una presa alla testa, poi l'altro. Alla fine andarono sotto entrambi e non tornarono più su.

«È un cattivo presagio», disse il padre di Gudrún quando lei glielo riferì prima di cena.

«Un cattivo presagio di che cosa?» chiese lei di rimando. «Non è ancora stagione di pesca.»

Lui si strinse nelle spalle.

Freyja lo aiutò a togliersi la tuta da lavoro e gli stivali e li ispezionò alla ricerca di buchi. Gudrún capì che ne aveva trovato qualcuno dal modo in cui le sue spalle si curvarono.

«Mangiamo», disse. «Puoi rattopparli più tardi.»

Guardò Freyja sistemare i vestiti di suo padre davanti al fuoco per farli asciugare e poi sedersi a tavola senza dire una parola. Sua sorella era spesso silenziosa da quando era tornata dalla Big Farm qualche settimana prima, soprattutto quando le veniva chiesto perché l'avevano esonerata dal lavoro.

Papi, seduto di fronte a lei, osservò la saliera, la stessa che avevano da vent'anni. Nemmeno lui era un tipo ciarliero. Gudrún li lasciò seduti a tavola e andò in cucina.

Erano passati più di due mesi dal solstizio d'estate, ma le serate erano ancora calde e attraverso la finestra spalancata della cucina vedeva il prato striato dalla luce del sole. Le mosche ronzavano intorno alla ciotola di cremoso skyr che aveva lasciato fuori. Una pernice bianca chiocciava nelle vicinanze. Gudrún indugiò sull'uscio assaporando la pace di quel momento. Sentiva il profumo dell'angelica che avevano piantato in primavera, un profumo terroso e leggermente speziato che si mescolava con l'acidità dello skyr e il fumo del camino proveniente dalla stanza accanto.

Suo padre vedeva cattivi presagi ovunque; per fortuna non si dimostravano sempre veritieri.

Gudrún riunì i piatti della cena: montone affumicato, pecorino, sanguinaccio, acciughe. Portò tutto nella *badstofa*, la stanza principale della casa, e iniziarono a mangiare.

« Che ne pensi, Papi? Avremo tanto fieno come l'anno scorso? » chiese.

Era stata la loro madre la prima a chiamarlo Papi, ricordò Gudrún. Quando la mamma era giovane, la nonna aveva sognato che sua figlia avrebbe sposato un taciturno principe spagnolo e aveva stabilito che Papi, con i suoi occhi scuri e il suo eloquio scarno, doveva essere quello che aveva visto in sogno. E ora sarebbe stato strano chiamarlo in un altro modo, anche se la mamma non c'era più.

« Può darsi », rispose Papi.

« E la pesca? Hai bisogno di me quest'anno? »

« Tu devi occuparti di questa casa. »

Gudrún non propose neppure che a badare alla fattoria fosse Freyja; suo padre non avrebbe cambiato idea. Non le avrebbe mai permesso di accompagnarlo in barca. Sua madre era andata a pesca con lui ogni inverno sino a quando era morta, ma lei era diversa. *Fiskin*, pesce, così l'aveva definita suo padre.

« I pesci si affollavano intorno a lei », ripeteva sempre. « Una volta ne attirò così tanti che c'erano più pesci che acqua. »

Sua madre. Tutti dicevano che Freyja era il suo ritratto. Alta, bionda e di corporatura esile, con grandi occhi azzurri. Gudrún era più alta e somigliava a papà. Spalle larghe, capelli castani. Gli occhi, però, erano dello stesso colore di quelli di sua sorella.

Gudrún lanciò un'occhiata a Freyja; stava spingendo il formaggio qua e là nel piatto con una forchetta.

«Non hai fame?» le chiese.

Freyja alzò lo sguardo. «No, non molta.»

«Non darlo a Jules Verne. L'ultima volta ha impestato tutta la casa con le sue puzzette.»

Freyja non le restituì il sorriso.

«Non lasciargli niente», disse Papi. «Dovrebbe dare la caccia ai topi. Per quale altro motivo dovremmo tenere un gatto, se no?»

Il vento si levò dopo cena. Lo udirono insinuarsi fra le travi, poi farsi sempre più forte finché prese ad abbattersi contro la casa. Gudrún avvertì un odore terroso e capì che la pioggia stava inzuppando le pareti di torba. Si avvicinò alla finestra, e anche se i campi non si vedevano, premette la fronte contro il vetro. Altre quattro settimane di fienagione, a meno che quel tempaccio non fosse continuato. Si batté due volte l'indice sul cuore come gesto portafortuna. Non potevano permettersi che quella situazione durasse a lungo.

Alle sue spalle Freyja borbottò qualcosa sottovoce. Gudrún si voltò a guardarla. «Che succede?»

«Mi è di nuovo caduto l'ago.»

Freyja si mise carponi e perlustrò il pavimento. Papi, seduto sulla sua poltrona davanti al camino, parlò senza aprire gli occhi. «Gudrún lo troverà.»

Sin da quando era piccola, Gudrún era in grado di trovare le cose smarrite o nascoste. Una volta Freyja le aveva fatto delle domande in proposito, e lei non aveva saputo spiegarglielo. Semplicemente vedeva le cose, le aveva detto stringendosi nelle spalle. Ma soltanto le cose reali, che c'erano davvero. Freyja poteva posare una tazza sul tavolo e perderla subito dopo, ma riusciva a vedere cose che non c'erano. O almeno era così, una volta. Quando Gudrún aveva quattro anni e Freyja uno, entrambe stavano giocando in giardino mentre la mamma stendeva il bucato. A un certo punto Freyja l'aveva indicata dicendo: « Mamma va a dormire ». Una settimana dopo la loro madre era morta all'improvviso per un infarto.

Gudrún raggiunse sua sorella.

« Il dito », disse. « Ti sei punta. »

Freyja alzò la mano per controllarlo, poi si asciugò la goccia di sangue sulla gonna. « A volte sogno un tessuto che non ha bisogno di rammendi. »

« Non sperarci troppo. Le persone che si inventano cose nuove non sono quelle che rimangono sveglie sino a tardi per rammendare i vestiti. E poi, qualcuno si fiderebbe? » Con un cenno del capo Gudrún indicò Papi, poi i suoi stivali di gomma allineati vicino alla porta. Rósa Gudmundsdóttir li aveva comprati per tutti i suoi fittavoli alcuni anni prima, ma Papi non vedeva la necessità di tenere i piedi asciutti e li riempiva di acqua prima di metterli.

« Sono solo sciocchezze moderne », diceva ogni volta che li calzava. « Vedrete come andrà a finire. »

Freyja scosse il capo. « Non credo proprio. »

Gudrún si voltò e vide un lampo d'argento. « Trovato », disse.

Alle undici Freyja era ancora china sulla tuta da lavoro di Papi. La luce della lanterna arrivava sino al letto facendo arrossare le palpebre di Gudrún, tanto da costringerla a voltarsi e ad affondare il viso nel guanciale. Udiva ancora i respiri leggeri di Freyja. Ultimamente sua sorella andava a letto soltanto alle prime luci dell'alba, e Gudrún sapeva che questo doveva significare qualcosa. *Rimani sveglia*, diceva a se stessa. *Cerca di capire che cosa la preoccupa.*

Tastò l'anello che portava appeso a una catenina – la fede nuziale di sua madre – e per un istante indugiò sui ricordi che aveva di lei. Sua madre. Soltanto una lunga treccia dorata e le unghie incrostate della terra del giardino. Forse l'eco appena accennata della sua voce – bassa? – che le chiamava per farle rientrare in casa. E loro due che si gettavano fra le sue braccia. Non riusciva a ricordare molto di sua madre, ma ricordava bene quanto rendesse tutto facile, quanto calore...

A un certo punto doveva essersi addormentata, perché d'un tratto si sentì scuotere la spalla. Freyja incombeva su di lei, il viso pallido e i capelli che gocciolavano acqua gelida sulle lenzuola. Aveva un tono così concitato che Gudrún dapprima non riuscì a capire che cosa stava dicendo.

«Perché sei così fredda?» le chiese. «Che ore sono?»

«Sta affondando.»

«Che cosa sta affondando?»

«La nave. Quella di cui ti ho parlato.»

«Quale nave?»

Freyja la scosse e Gudrún lasciò che la tirasse giù dal letto.

«Dov'è Papi?»

«Giù, in spiaggia. Dai, spicciati. E prendi una lanterna.»

Gudrún afferrò una lanterna e indossò il cappotto e gli stivali mentre Freyja la aspettava sulla soglia di casa. Assonnata com'era, aveva le dita impacciate e armeggiava inutilmente con i bottoni; quando alzò lo sguardo, Freyja si era già messa a correre, con i lembi del cappotto che svolazzavano nel vento. Gudrún le urlò di coprirsi bene, ma sua sorella ormai era troppo lontana per sentirla.

Gudrún ce la mise tutta per raggiungerla. La pioggia era cessata, ma il vento continuava a fischiare stridulo, sbattendole i capelli in faccia. Dovevano essere le prime ore del mattino. Forse le quattro. Tutto appariva privo di colore nella luce grigia che precedeva l'alba, ma Gudrún riuscì a individuare facilmente il sentiero davanti a sé e altri punti di riferimento: il masso sulla destra che indicava il percorso per scendere alla spiaggia, i campi più in là dove le loro pecore e la mucca se ne stavano accoccolate insieme l'una all'altra per ripararsi e, ancora più lontano, lo Snæfellsjökull – o la montagna di Freyja, come la chiamavano in famiglia –, il vulcano che dominava il paesaggio e sembrava ergersi direttamente dal mare, scuro e scosceso, con il ghiacciaio in cima nascosto da un vortice di nuvole. Poi, oltre il masso, la spiaggia, con la sabbia nera liscia e lucente, e l'acqua, ancora più nera, che ribolliva.

E la nave. Una baleniera a vapore del Pacifico, bellissima, lunga quasi sessanta metri, con la prua fortemente inclinata. Era un veliero a tre alberi, e Gudrún immaginò che l'equipaggio avesse issato le vele quando era scoppiata la tempesta; la tela era ridotta a brandelli. Per di più stava imbarcando acqua; evidentemente era stata governata male.

Colta da un senso di nausea, Gudrún distolse lo sguardo. Aveva assistito a un numero di naufragi sufficiente da sapere come sarebbe andata a finire.

Più avanti sulla spiaggia, Papi e Freyja tenevano in alto le loro lanterne ondeggianti, come se cercassero uomini in mare. *Non ce ne sarà nemmeno uno*, pensò Gudrún d'un tratto, sorprendendo se stessa. Ma perché avrebbe dovuto essere sorpresa? Era la figlia di un uomo che lavorava come pescatore per quattro mesi all'anno; conosceva bene la forza distruttrice del mare.

Si udì un forte scricchiolio mentre le onde sollevavano la nave, poi lo schianto dello scafo che si sfasciava contro gli scogli. Gudrún tornò a osservare la scena. La poppa era spezzata in due e la nave prese ad affondare rapidamente.

Sopra il fischio del vento, udì la voce di Freyja che urlava qualcosa e la vide indicare l'acqua. Gudrún si mise a correre verso suo padre e sua sorella il più in fretta possibile. La sabbia le risucchiava i piedi e gli spruzzi le sferzavano il viso, ma il tono della voce di Freyja – eccitato e terrorizzato al tempo stesso – la spinse a proseguire.

«Dobbiamo fare qualcosa, Papi», stava urlando Freyja quando Gudrún arrivò a portata di orecchio. Era sul bagnasciuga, e Papi le stringeva il gomito, i polpastrelli sbiancati come se la stesse trattenendo con tutte le sue forze.

« È troppo pericoloso. »

« Guarda, sono ancora là », insistette Freyja indicando un punto fra i marosi.

Gudrún fissò in quella direzione. Intravide due teste, un istante soltanto, prima che sparissero dietro un'onda.

« Freyja! » urlò. « Allontanati dall'acqua. » Sia lei che sua sorella erano brave nuotatrici, Gudrún forse un pochino più resistente di Freyja, ma bastava un colpo d'occhio per capire che il mare le avrebbe sopraffatte quella notte.

« Gunna, riesci a vederli, vero? »

« Sì. »

« Dobbiamo prendere la barca a remi. »

Gudrún le afferrò l'altro gomito. « Il mare è troppo agitato. Affogheremmo tutti. »

« *Guarda!* » disse Freyja.

Le due teste erano di nuovo in vista. Gudrún riuscì a distinguere braccia e spalle sopra la superficie dell'acqua. Uno dei due uomini si dimenava più dell'altro, e lei lo vide afferrare il compagno e subito dopo sparire insieme a lui, inghiottiti dalle onde. Freyja emise un grido e fece uno scatto in avanti, trascinando Gudrún e Papi con sé finché non furono nell'acqua gelida sino ai polpacci.

« Li ucciderà entrambi. »

« Aspetta », disse Gudrún.

Le teste dei due uomini erano riaffiorate. L'uomo che veniva trattenuto si dibatteva, come se cercasse di scrollarsi l'altro di dosso, poi, all'improvviso, i due si separarono, e solo uno cominciò a nuotare. Gudrún sentiva il cuore martellarle nel petto. Quello lasciato indietro si dimenò per qualche altro istante, poi fu inghiottito dai flutti.

« Oh, Dio », esclamò.

« Ha dovuto farlo », disse Papi.

L'acqua formava un mulinello sotto la pianta dei piedi di Gudrún, che cercò di riprendere l'equilibrio sentendo la sabbia muoversi con lei.

«Papi, sarà stremato», disse Freyja senza perdere di vista l'uomo che nuotava. Le sue bracciate erano sicure e regolari, ma aveva il viso contratto dallo sforzo e il suo torace si alzava e si abbassava in maniera convulsa.

Papi posò a terra la lanterna ed entrò in acqua per un tratto. Gudrún strinse Freyja più forte e lo seguì con lo sguardo mentre si dirigeva verso il naufrago, lo raggiungeva e lo afferrava sotto le ascelle. Poi tornò indietro a nuoto, trascinandolo dietro di sé. Crollarono entrambi nell'acqua bassa e le due ragazze corsero loro incontro per aiutarli a rialzarsi e a mettersi al sicuro. La baleniera era ormai sparita.

Raggiunsero la spiaggia barcollando, con il marinaio che balbettava qualcosa di incomprensibile. Gudrún lo guardò con la coda dell'occhio. Aveva i capelli neri e ricci e una fossetta sul mento. Le ciglia erano incredibilmente lunghe e folte. Doveva aver perso i vestiti in mare e le braccia erano toniche e abbronzate. Odorava di tabacco e di salsedine. Era strano stare così vicino a quell'uomo, uno sconosciuto.

«Possiamo fermarci qui», disse Papi quando arrivarono ai piedi della scogliera.

Gudrún staccò le mani del marinaio dal proprio collo. Lui indietreggiò di un passo. Per un istante parve sul punto di mettersi a correre e d'un tratto Gudrún ebbe l'allarmante sensazione che lui fosse nei guai, o che fosse lui stesso il guaio, e che avessero fatto un errore ad aiutarlo. Poi tornò a essere soltanto un uomo. Un ragazzo, per la verità, pallidissimo e tremante. Aprì la bocca.

«Grazie», disse, e perse i sensi.

Lo adagiarono sul letto di Papi. Il dottor Jóhann venne a visitarlo dal villaggio di Hellnar e dichiarò che se la sarebbe cavata. Dopo una settimana girava per casa, apriva i cassetti, guardava nelle pentole ridendo nel vedere il contenuto.

« E questo che diavolo è? » disse quando si imbatté nel pesce essiccato. « Sembrano squame della pelle. »

Papi serrò i denti.

Si chiamava Tomas. Era danese, e giovane. Aveva solo diciannove anni, uno in più di Freyja e due in meno di Gudrún. Era forte e non prendeva la vita troppo sul serio. Quando non rideva, cantava. Cantava sempre, con una voce limpida e intonata. Più di una volta Gudrún si meravigliò di quanto fosse facile capire la sua lingua, soprattutto nelle canzoni. « La lingua dei nostri oppressori », così la definiva Papi, e insinuò che Tomas fosse una spia mandata per minare la lotta per l'indipendenza.

« Danesi o islandesi », osservò Gudrún. « A me sembrate tutti uguali. »

Erano passati nove giorni dal naufragio e si trovavano tutti nella *badstofa* dopo cena. Papi era seduto sulla sua solita poltrona, Tomas si occupava del fuoco e Freyja teneva la matassa tesa fra le braccia mentre Gudrún avvolgeva la lana nel gomitolo.

« Che canzone è? » chiese Gudrún, e Tomas posò l'attizzatoio e si voltò a guardarla.

« Stavo cantando? » chiese.

Freyja sorrise con la lana fra le mani.

« Sì. Qualcosa che parlava di balene », disse Gudrún.

Lui si stiracchiò e fece un gran sorriso. « Ci sono decine di canzoni che parlano di balene. »

« *Se fossi un gabbiano, amici miei, le ali spiegherei e a casa volerei* », ripeté Freyja. « Inizia così. »

« Oh, quella », disse Tomas. « La cantava sempre il primo ufficiale. Devo averla imparata da lui. »

« Non mi sembra che gli piacesse molto stare in mare, però », osservò Gudrún.

« Il primo ufficiale? Era nato per stare in mare », disse Tomas. Si mise le mani in tasca. « È stato il primo a capire che c'era un problema con le balene. »

« Che cosa c'era che non andava? » chiese Gudrún.

« L'Atlantico si sta svuotando. Ecco perché stavamo facendo

rotta per il Canada; il nostro capitano era sempre più preoccupato.»

Gudrún si scambiò un'occhiata con la sorella. Era la prima volta che Tomas parlava del tempo passato sulla nave.

«Che cosa è successo?» chiese Freyja.

«È arrivata la tempesta. Ci ha colto di sorpresa. Quasi tutti gli uomini erano sottocoperta. Io ero di vedetta, perciò ero sul ponte.». Aggrottò la fronte. «Abbiamo deciso di mollare la scotta, ma ormai era troppo tardi. I boccaporti del ponte più basso erano stati aperti e l'acqua ha iniziato a entrare e ha travolto tutti coloro che erano sottocoperta. Il capitano stava ancora tentando di calare le scialuppe in mare quando la nave si è spezzata in due.»

«Hai avuto paura?» chiese sommessamente Freyja.

«Ero arrabbiato, piuttosto», rispose lui senza guardarla in faccia. «Non sarebbe dovuto succedere. Un centinaio di anime.»

«Ed era una buona nave, per giunta», osservò Gudrún.

Seguì qualche istante di silenzio, poi un brusco scricchiolio quando Papi si alzò. Gudrún sobbalzò; si era quasi dimenticata della sua presenza.

«Non ha senso rimuginare, quel che è stato è stato», sentenziò Papi. «Che programmi hai ora?»

«Non vi servono un paio di braccia in più qui?» chiese Tomas. Gudrún non l'aveva mai visto così imbarazzato. «Posso fare qualsiasi cosa.»

«Ci servirebbe aiuto per la fienagione. Puoi lavorare con noi per pagarti l'alloggio.»

Tomas chinò il capo in segno di accettazione della proposta; Papi brontolò qualcosa e così l'accordo fu concluso. Papi lasciò la stanza e Gudrún lo seguì nella stalla.

«Ce la siamo sempre cavata da soli per la fienagione», osservò guardando suo padre che raccoglieva dei sacchi dalla mensola.

«Non può rimanere qui senza far niente. L'ozio rovina l'uomo.»

«Ma perché permettergli di rimanere qui, tanto per cominciare?»

Papi si fermò e si voltò verso di lei. «Non so che cosa sia successo a Freyja, non so perché nelle ultime settimane sia stata praticamente un morto che cammina, ma da quando abbiamo soccorso quel ragazzo in mare ha ripreso a sorridere. Non l'hai notato anche tu?»

«Sì, credo di sì.»

Papi le voltò le spalle e continuò a parlare rivolto verso i sacchi davanti a lui. «Tua sorella ha un cuore tenero. Tutta sua madre. Se le fa piacere aiutare un forestiero, vorrà dire che lo faremo.»

«Se credi che sia la cosa giusta...», acconsentì Gudrún, ma le parole di suo padre le procurarono una fitta di dolore, come se le avessero conficcato un ago nella carne. Freyja aveva conosciuto appena sua madre, si disse. Se c'era una persona che avrebbe dovuto somigliarle, quella era lei.

Papi diede a Tomas i vestiti del loro vecchio bracciante e lo trasferì nella stalla.

«Papi, non puoi farlo», obiettò Freyja.

Tomas alzò le spalle. «Posso dormire ovunque. Purché ci sia un pavimento, che differenza fa?»

Papi diede un colpetto secco alla pipa per rimuovere il tabacco vecchio dal fornello. «Mi dispiace se la nostra casa sembra un fienile ai tuoi occhi.»

Tomas scoppiò a ridere. «Non intendevo dire questo.»

Gudrún si trattenne dal ridere a sua volta, per senso di lealtà nei confronti di suo padre. Si domandò come dovesse apparire a Tomas la loro casa. Era molto simile a qualsiasi altra fattoria di Snæfellsnes, una serie di piccoli locali collegati da un corridoio angusto: una *badstofa* – con i letti separati da tende – una cucina, una dispensa e un piccolo spazio riservato al letame. Le porte erano basse, il pavimento di pietra, muri e tetto di torba e finestre dai profili in legno rivolte a sud. Non era un palazzo sontuoso, certo, ma Freyja lo teneva pulito, soprattutto negli ultimi tempi.

«Mostratemi pure dove andare», disse Tomas.

«La stalla è dietro la cucina», disse Gudrún.

«E ha un ingresso separato?»

«No.»

Il ragazzo rise di nuovo, quella volta più forte. «Quindi la vostra mucca deve passare dalla cucina per uscire all'aria aperta?»

«In inverno sì. Per il resto dell'anno sta fuori nel prato», rispose Gudrún.

Papi si alzò. «Sempre meglio che dormire su una distesa di roccia lavica», replicò un po' seccamente. «Sarebbe un vero peccato se ti sorprendesse Axlar-Björn.»

«*Papi*», lo rimproverò Freyja.

L'uomo uscì dalla stanza senza aggiungere altro.

Tomas lo seguì con lo sguardo. «Axlar-Björn è un personaggio particolarmente sgradevole?»

Freyja abbassò il capo e a Gudrún parve di vederla arrossire.

«Altro che personaggio... è reale, purtroppo», spiegò Gudrún. «Uccise una ventina di persone che si trovavano a passare davanti alla sua fattoria e gettò i loro corpi nel lago Íglutjörn. Ma questo risale al 1596.»

Tomas inarcò un sopracciglio.

«Possedeva un'ascia speciale che aveva trovato sul monte Axlarhyrna; a quanto pare gli era apparso in sogno uno straniero che gli aveva indicato dove trovarla. E da quando l'aveva trovata, fu ossessionato da quell'oggetto e istigato a uccidere.»

«Fu mai catturato?»

«Gli spezzarono gli arti con una mazza e infine lo decapitarono. E per stare più tranquilli, tagliarono il suo corpo in tre pezzi che seppellirono in tre punti diversi sotto dei tumuli di pietre.»

«Provo quasi pena per questo Axlar-Björn», disse Tomas.

«Non farlo», disse Freyja.

«Ma se è stato indotto a uccidere quelle persone...»

«Questo se si crede alla storia del sogno», obiettò Gudrún. «Cosa cui non crede nessuno.»

«Alcuni sì, per la verità», disse Freyja.

Tomas sorrise. «Sapete, non sono mai stato in un Paese strano come questo.»

Quella sera Freyja continuava ad agitarsi nel letto. Dopo mezz'ora passata a lottare per tirare le lenzuola dalla propria parte, Gudrún le assestò un leggero calcio nello stinco.

«Ahi»

«Dormi.»

«Non ci riesco.»

«Allora rimani sveglia, ma stai ferma.»

Freyja si tirò su appoggiandosi su un gomito. Una luce grigia filtrava attraverso le tende tirate, ma lei rivolgeva la schiena alla finestra, così, quando Gudrún la guardò, parte del suo viso era in ombra.

«Pensi che Papi abbia offeso Tomas?», chiese Freyja.

«Penso piuttosto che sia il contrario.»

«Papà è così brusco con lui.»

«Mmh!»

«Secondo te che cosa gli sarebbe accaduto quella notte se non lo avessimo aiutato?»

«Penso che se la sarebbe cavata in ogni caso. I tipi come lui se la cavano sempre.»

«Comunque sono contenta che eravamo là.»

«Freyja...»

«Sì?»

«Come facevi a sapere che c'era una nave in mare?»

«L'ho vista.»

«Ma che cosa ci facevi fuori?»

«Non lo so.» Freyja cercava di evitare lo sguardo di sua sorella. «Ho sentito l'impulso di uscire per qualche ragione, e così l'ho vista.»

«Nonostante la pioggia?»

«Sì. Sei arrabbiata con me?»

«No. Perché dovrei?»

«So di essere cambiata. Da quando sono tornata, intendo.»

«Sì, è vero.» Gudrún si mise a sedere. «Che cosa è successo alla fattoria? Rósa ti ha trattato male?»

Freyja rimase in silenzio.

«È così?»

«Perché la detesti così tanto?»

Perché è Rósa, pensò Gudrún. La figlia dello sceriffo, la reginetta di Snæfellsnes. «Che cosa potrebbe piacermi di lei?»

«Comunque no, non mi ha trattato male.» Freyja chiuse gli occhi. «Non ero brava nel mio lavoro, suppongo.»

«E quindi sei stata allontanata?»

«Sì.»

«Ed è questo che ti turba?»

Di nuovo silenzio.

«Freyja?»

«Mi vergognavo.»

«Non devi.» Gudrún le accarezzò la fronte. «Tu sei una brava domestica, qualunque cosa pensi Rósa. E anche noi abbiamo bisogno di te.»

«Lo so.»

«E non hanno detto nulla a Papi al riguardo, quindi non è possibile che siano arrabbiati. Rósa è troppo occupata a vestire i panni della persona più importante di tutti, in ogni caso.»

Freyja si voltò dall'altra parte. «Buonanotte, Gunna.»

«Buonanotte, tesoro.»

Tomas era ancora con loro in ottobre, quando la luce iniziò a cambiare. In estate era stata radiosa senza essere accecante. Ogni anno Gudrún si meravigliava di quanto fosse pulita l'aria, di quanto potesse spingersi lontano il suo sguardo. Qualche volta le sembrava di vedere la costa della Groenlandia, una linea netta, scura, oppure, a più di centocinquanta chilometri nell'altra direzione, la sagoma del vulcano Hekla, dove un tempo San Brandano conversava con il prigioniero Giuda Iscariota.

In ottobre la luce era offuscata, tendente a calare verso l'oscurità. Anche il colore delle distese di roccia lavica cambiava virando verso il rosso e l'oro, e il muschio indossava la sua veste invernale. Freyja aveva passato gli ultimi giorni di agosto a raccogliere mirtilli e uva ursina dai cespugli e dagli arbusti intorno alla fattoria e i frutti che aveva trascurato ora marcivano dolcemente a terra.

Con il fieno ricoverato al sicuro per l'inverno, le due sorelle trascorsero più tempo a passeggiare con Tomas lungo la costa. Gli mostrarono dove nidificavano le anatre dal piumino e la fonte di acqua fredda dedicata alla Santa Vergine Maria che nel 1230 era apparsa in quel luogo a Gudmundur il Buono accompagnata da tre angeli e gli aveva ordinato di consacrare l'acqua. Gli mostrarono Arnarstapi, la stazione commerciale circondata da forre e grotte naturali, e la baia di Dritvik, con i suoi faraglioni di lava nera. Gli insegnarono a raccogliere alghe colorate dalle pozze rocciose, e granchi e spinaroli.

«Quelle sono foche?» chiese Tomas lungo la strada del ritorno da Dritvik, indicando le scivolose teste grigie che emergevano in lontananza nell'acqua.

«Sì», rispose Gudrún. «C'è una colonia più in là lungo la costa.»

«Non le mangiate? Tanto per cambiare un po' rispetto all'agnello.»

«Alcuni lo fanno. Noi no.»

«Perché no?»

«In Islanda si dice che le foche siano i soldati del faraone che annegarono nel Mar Rosso», spiegò Freyja. «Sarebbe come mangiare dei fantasmi.»

Tomas sorrise. «Io potrei mangiarmelo veramente un fantasma.»

«Non farlo», disse Freyja dandogli un colpetto sul braccio. Lui le cinse la vita e le fece fare una giravolta ridendo. Anche lei rise.

Gudrún distolse lo sguardo.

«E le balene?» chiese Tomas.

«Le balene cosa?» ripeté Gudrún.

«Non ne ho viste qui.»

«Un tempo ce n'erano parecchie. Orche. Balenottere. Focene.»

«E sono sparite?»

Lei annuì.

Senza accordarsi, tutti e tre si erano allineati lungo il bordo della scogliera. Gudrún abbassò lo sguardo verso il mare. Era calmo ora, e di un turchese intenso. Piccole creste bianche apparivano dove le onde si frangevano contro gli scogli, ma il suono arrivava smorzato sino a loro. Al di sopra delle teste dei tre giovani sfrecciavano le sule. Papi aveva spiegato loro che quegli uccelli potevano volare al largo sino a centocinquanta chilometri ogni giorno. Se avevano un pesce nel becco, potevi seguirli con lo sguardo mentre facevano rotta verso la spiaggia perché tornavano sempre per nutrire i piccoli nel nido.

Lei viveva in riva al mare da sempre, rifletté Gudrún. Quel paesaggio le era così familiare che si sentiva al sicuro. Sapeva che poteva cambiare completamente con il mutare delle condizioni meteo, ma la marea continuava comunque a salire e a ritirarsi.

«Ci sono i mostri laggiù», soleva ripetere Papi. «Si nascondono nelle profondità, e quando li scoprite è ormai troppo tardi.» Ma questo lo diceva Papi.

«Ah be', con il mare non si può mai sapere», commentò Tomas. «È come una donna.»

«In che senso, scusa?» chiese Freyja.

Qualcosa nella voce di sua sorella indusse Gudrún a voltarsi verso di lei. Era più vicina allo strapiombo rispetto agli altri due e stava ancora guardando giù.

«Dà la vita, no?» disse Tomas. «Alghe e tutto il resto. Ma è imprevedibile, indistruttibile. Ha un carattere violento.» Fece un ampio sorriso.

«La tua descrizione si avvicina di più a una figura maschile», disse Gudrún.

«No. Noi siamo come i monti. Solitari e dominanti.»

«Non il monte alle nostre spalle.»

«Anche quello.»

A quel punto Freyja li guardò entrambi. «Vivo a Snæfellsjökull da tutta la vita e so che è una donna.»

Tomas alzò le mani. «Forse le montagne islandesi sono diverse.»

«Oppure le donne islandesi», disse Gudrún.

«Quelle di sicuro.»

«Dovresti dare retta a Freyja quando si parla dello Snæfellsjökull. Lo conosce meglio di chiunque altro in questa zona.»

«Non proprio chiunque», precisò Freyja.

Gudrún sorrise. «Da piccola era così brava ad arrampicarsi che la chiamavamo "la capretta".»

Tomas scoppiò a ridere. «La capretta», ripeté. «Mi piace.» La sua espressione cambiò, si fece malinconica. «Avevo una sorella così. Era più veloce di me. Nostra madre diceva che era nata durante una tempesta e non smetteva mai di infuriare.»

Posò la testa sulla spalla di Gudrún e sospirò. I capelli di lui le solleticavano il naso e una parte ossuta del suo viso – lo zigomo, o il mento – premeva sulla pelle intorno alla clavicola, eppure nulla era mai stato così delizioso come quel peso, come il calore del suo respiro sul collo. Si ritrovò a trattenere il fiato per non disturbarlo.

«Come si chiamava?» chiese Freyja.

«Clara.» Lui sollevò la testa. «È morta due anni fa, dando alla luce mio nipote.»

Gudrún fece schioccare la lingua esprimendo disappunto. «Che spreco!»

«Gunna non crede nei bambini», disse Freyja.

Tomas sorrise. « Non crede che siano reali? »

« Penso che le donne non dovrebbero passare tutto il loro tempo a sfornare bambini », disse Gudrún. Vide Tomas e Freyja scambiarsi un'occhiata e si sentì avvampare. « Come può essere? Sesso. Bambini. Come può essere che sia questo tutto ciò che dobbiamo fare? »

« Be'... »

« Lo so, lo so. È colpa nostra se siamo nate donne, suppongo. »

« Mi sembra di sentir parlare le mie sorelle », disse Tomas. « Tutte socie della Danish Women's Society. » Si chinò e raccolse due fiorellini gialli. « Come si chiamano questi? »

« Sedano di montagna », disse Gudrún.

Ne regalò uno a ciascuna di loro. Gudrún guardò Freyja, che sorrise e si sistemò il fiore dietro l'orecchio.

« Grazie », disse.

I frutti di bosco che Freyja aveva raccolto si trasformarono in confetture. Gudrún, Freyja e Tomas si ritrovarono tutti e tre insieme in cucina a tagliare, mescolare, mettere nei barattoli.

Il giorno dopo la loro passeggiata a Dritvik, erano nel bel mezzo della preparazione quando il parroco fece tappa da loro mentre si recava alla Big Farm.

Fu Gudrún ad aprire la porta.

« Padre », disse, e indietreggiò di un passo. Sarà stato perché gli occhi del prete erano sempre arrossati e l'alito gli puzzava a causa delle frequenti sinusiti, ma Padre Fridrik le suscitava sempre un senso di nausea. Non aveva nemmeno quarant'anni, eppure qualcosa in lui sembrava già in rovinoso declino.

« Mia cara ragazza. »

Gudrún guardò alle sue spalle, dove il cavallo stava brucando nel loro orticello. « Se cercate Papi, non c'è. Oggi è ad Arnarstapi. »

«No, no. Mi serviva soltanto un po' di ristoro.»

Dopo un momento di esitazione, Gudrún si fece ancora più indietro. «Accomodatevi, allora.»

L'uomo entrò nella *badstofa.* «Non intendo trattenermi a lungo», disse sedendosi sulla poltrona di Papi. «Mi basterà un caffè.»

«Fate come se foste a casa vostra», disse Gudrún, e sorrise quando lui la guardò con aria sospettosa.

In cucina, mise il bollitore sul fuoco e tirò furtivamente la manica di Freyja.

«Dovete tornare di là con me, tutti e due», sussurrò.

«Chi è?» chiese Freyja, accostando l'orecchio per udire la risposta di Gudrún.

«Padre Fridrik.»

Freyja alzò la testa di scatto. «Io non vengo.»

Gudrún alzò gli occhi al cielo. «So che è una lagna, ma proprio per questo non puoi lasciarmi da sola con lui.»

«Perché, com'è?» domandò Tomas.

«Un pettegolo terribile», rispose Gudrún. Accennò a Tomas. «Vorrà sapere tutto di te.»

Il giovane alzò un sopracciglio. «Vogliamo divertirci un po'?»

«No», disse Gudrún. «Vogliamo che finisca presto il suo caffè e se ne vada il prima possibile.»

Il bollitore iniziò a fischiare e lei prese il caffè tostato dal suo contenitore sopra i fornelli.

«Hai messo il burro qui dentro?» chiese a Freyja.

Sua sorella non parve udirla e Gudrún le posò una mano sulla spalla per attirare la sua attenzione.

«Il burro?»

Freyja intrecciò le mani. «L'ho dimenticato.»

Gudrún sospirò. «Non importa. Può bere quello fatto con i chicchi secchi. Vorrà dire che d'ora in poi, nella penisola tutti sapranno della qualità mediocre del nostro caffè.»

Fece cadere i chicchi nel macinino e andò a prendere la panna e lo zucchero. Freyja rivestì la caffettiera con il filtro di tessuto e dispose quattro tazze con i relativi piattini. Si muoveva con una tale lentezza che Gudrún ebbe la tentazione di scrollarla di nuovo, ma con maggiore energia.

«Andiamo. Prima glielo serviamo, prima se ne va.»

Tomas non poté fare a meno di ridere.

Quando il caffè fu pronto, Gudrún lo portò nella *badstofa*, mentre Tomas e Freyja la seguirono con panna e zucchero. Padre Fridrik rimase seduto, ma i suoi occhi si accesero quando vide Tomas.

«Grazie, mie care», disse.

«Panna? Zucchero?»

«Tutti e due, grazie.»

Tomas versò la panna nella tazza che Gudrún gli stava porgendo. Il prete trasalì.

«Che c'è?» chiese Tomas.

«Devi mettere lo zucchero prima, altrimenti chi lo beve non potrà sposarsi per sette anni», disse Gudrún.

«Be', per lui non ha importanza, no?»

Il prete diede un colpetto di tosse. «Vale per la prossima volta. Sei in presenza di due fanciulle, ricordatelo.» Lanciò un'occhiata a Freyja, che se ne stava accanto alla porta con il broncio.

Gudrún si morse la lingua.

«Sedete, sedete», disse il parroco.

Gudrún e Freyja si sedettero sulle loro sedie e Tomas a terra, a gambe incrociate davanti al camino. Padre Fridrik rivolse loro un sorriso falso.

«Freyja, sono rimasto sorpreso quando ho saputo che hai lasciato la Big Farm. Spero che Rósa non fosse insoddisfatta del tuo lavoro.»

Freyja spalancò gli occhi e lanciò un'occhiata a Gudrún.

«Pensavo che aveste già abbastanza cose cui pensare senza dovervi scomodare per venire sin qui, Padre», disse Gudrún.

Il sorrisetto del prete si accentuò. «Trascorro gran parte del tempo alla fattoria.»

«Oh, davvero?»

«È una giovane donna così graziosa e a modo, Rósa Gudmundsdóttir.»

Gudrún gli rivolse un sorriso tirato.

«Sei fortunata ad aver avuto l'onore di lavorare per lei», proseguì Padre Fridrik. «Quella famiglia è un punto di riferimento per tutta la regione.»

«Be', sono passati due mesi da quando Freyja è tornata a casa», disse Gudrún. «Se c'era qualcosa da recriminarle, avrebbe dovuto venire alla luce prima.»

Il parroco scosse la testa con aria triste. «Mi dispiace anche di non vedervi presenti alle funzioni, mie care.»

«La vostra chiesa non è già sin troppo affollata di fedeli anche senza di noi?»

«Questo è vero, ragazza mia. A quanto pare i miei sermoni toccano le corde giuste nell'animo dei membri della mia congregazione.» Si agitò sulla sedia come se volesse accomodarsi meglio. «In effetti ho appena parlato con lo sceriffo riguardo ai fondi per una nuova chiesa. I più anziani hanno qualche difficoltà a salire sino in cima alla scogliera, e Hellnar ha settanta abitanti ora, troppi per l'attuale edificio.»

«Bene, non vogliamo rubare il posto a nessuno», disse Gudrún. «E siamo stati molto presi dalla fienagione quest'anno.»

«Non troppo impegnate anche per Dio, mi auguro!»

«Pregano in continuazione», intervenne Tomas mentendo spudoratamente, e Gudrún vide sua sorella annuire e dovette nascondere il proprio sconcerto. Tomas soffiò sul proprio caffè. «È un miracolo che portino avanti le faccende di casa.»

«Mi fa piacere sentirlo.»

«Hanno tentato di far pregare anche me.»

«Voi non siete religioso?»

Tomas aprì la bocca, poi la richiuse.

«Oh, ragazzo mio.»

«Mi ricordate il nostro prete, laggiù, in Danimarca», disse

Tomas. «Era... molto scrupoloso anche lui.» Fissò il parroco con uno strano sorriso.

D'un tratto Freyja si intromise nella conversazione. «Che cosa vi porta alla Big Farm?»

«Bjartur di Dofri è sparito e volevo parlarne con lo sceriffo.»

«Ci spiace», disse Gudrún.

«Mi crea molta apprensione, in effetti.» Bevve un sorso di caffè. «Non usate la radice di cicoria nella vostra miscela?»

«Radice di cicoria?»

«Per esaltarne l'aroma.»

«Anche al *mio* parroco piaceva la radice di cicoria nel caffè», disse Tomas sbattendo la mano sul ginocchio.

Freyja si lasciò sfuggire un suono strozzato che tuttavia riuscì a trasformare in un colpo di tosse.

«Perdonatemi», disse Padre Fridrik rivolto a Gudrún. «Sapevo che avevate un ospite, ma non so com'è arrivato qui.»

«È stato vittima di un naufragio», spiegò Gudrún.

«Ah, sì. La baleniera?»

Tomas se ne uscì con una risatina vuota. «Il dottore aveva detto che mi sarebbe piaciuto andare a caccia di balene. Era convinto che mi avrebbe distolto da altre cose.»

Padre Fridrik si mosse, visibilmente a disagio.

«Voi credete nel fatto che Dio ha un piano per ciascuno di noi, vero, Padre?» lo incalzò Tomas.

«Certo che sì, ragazzo mio.»

«Bene, penso che il mio piano fosse finire qui. Ormai da un anno facevo lo stesso sogno: uno sconosciuto veniva da me e mi invitava a cercare uno strumento speciale su una montagna in Islanda.»

«Uno strumento?», chiese Padre Fridrik con un fil di voce.

«Tomas, non devi più parlare di questa cosa», intervenne Freyja con tono dolce. «Non devi farti coinvolgere di nuovo.»

«Ha detto che mi avrebbe reso famoso.» Tomas allungò il braccio della mano in cui teneva la tazzina e lo ruotò lentamente finché il caffè non si rovesciò a terra. « Non vedete la forma sul pavimento? L'ascia, intendo. »

Il parroco si alzò di scatto. « Devo proprio andare », disse.

« Vi faccio strada », disse Gudrún.

Una volta fuori, montò direttamente sul suo pony. « Vi sentite tranquille con lui? » chiese.

« È innocuo », disse Gudrún.

« Ma quel sogno sull'ascia... »

« È solo un sogno, Padre. »

« Povera anima. »

Gudrún si sentì attraversare dal fremito di una risata e chinò il capo. « Grazie per aver pensato a noi. »

« Che Dio vi protegga. » Padre Fridrik fece girare il pony e si allontanò al trotto, sparendo rapidamente dalla vista.

Gudrún rientrò in casa. Freyja e Tomas la accolsero sorridenti.

« Un tantino eccessivo, non trovi? » disse rivolgendosi a Tomas.

« È stato divertente, però, Gunna. Devi ammetterlo », ribatté Freyja.

« Chi pulisce il caffè versato, ora? »

« Ci penso io », disse Tomas.

« Bene. »

« Se non altro, non vi disturberà per un bel po'. »

Tomas non guardava Freyja, ma Gudrún capì che le sue parole erano rivolte a sua sorella e si addolcì un poco nei confronti del giovane, perché era stato in grado di cogliere l'imbarazzo di Freyja. La fissò, cercando di incrociare il suo sguardo per farle capire che anche lei aveva intuito il suo stato d'animo, che era dalla sua parte, ma Freyja era intenta a controllare il fuoco nel camino.

« Povero Bjartur », disse.

« Ha parlato di Bjartur di Dofri », disse Tomas. « Pensavo che il villaggio più vicino fosse Hellnar. »

« È una delle fattorie vicine a Hellnar », disse Gudrún.

« Quante fattorie ci sono da queste parti? »

«Sette, compresa la Big Farm, che appartiene allo sceriffo, e hanno tutte nomi tratti dalla Saga di Bárdur. Dofri era il padre adottivo di Bárdur.»

«Perché Bárdur?»

«Lui è il nostro spirito guida. Approdò qui dalla Norvegia secoli fa con la moglie e nove figlie e altre persone cui non piaceva il re norvegese e vissero in una fattoria chiamata Laugarbrekka.»

«Che cosa faceva?»

«Il solito. Combatteva. I suoi nipoti, Solvi e Raudfeldr, spinsero la figlia di Bárdur, Helga, in mare su un iceberg, così Bárdur li uccise.»

Tomas inarcò un sopracciglio. «Come?»

«Gettò uno di loro in un burrone e un altro giù da una scogliera.» Gudrún si strinse nelle spalle. «Il suo fratellastro lo scoprì e lo attaccò, naturalmente. Bárdur gli spezzò una gamba, dopodiché sparì nella calotta di ghiaccio dello Snæfellsjökull.»

«Non approvi il suo comportamento?»

Gudrún gli lanciò un'occhiata. «Non approvo che si uccidano dei ragazzi.»

«Anche se quei ragazzi hanno ucciso tua figlia?»

«Helga non morì. Riuscì a raggiungere la Groenlandia, dove viveva Erik il Rosso. E laggiù conobbe Skeggi e si innamorò, pare.»

«Ma Bárdur non lo sapeva», disse Freyja.

«No.» Gudrún si interruppe, d'un tratto incerta. Era la stessa sensazione che aveva provato quando si erano trovati tutti e tre in cima alla scogliera: Tomas e Freyja erano sulla stessa lunghezza d'onda, come se parlassero un'altra lingua sotto le parole che capiva lei.

«Che cosa fa di lui il vostro spirito guida?» chiese Tomas.

«Cercò di espiare le sue colpe, in seguito», disse Gudrún. «La gente si rivolgeva a lui quando si trovava in difficoltà.»

«È stato visto attraversare il ghiacciaio», disse Freyja. «Indossa una tunica grigia e impugna un bastone di comando.»

«Capisco.» Tomas si guardò intorno. «E questa fattoria da che cosa prende il nome?»

«Fu chiamata Gestr, che significa "ospite", dal nome del figlio di Bárdur, ma Papi l'ha ribattezzata Sigrídur, dal nome di nostra madre.»

«Ospite?»

«Sì.»

Tomas sorrise. «Quindi era destino che io finissi qui, dopotutto.» Si alzò e si passò la mano nei capelli. Nel farlo, la camicia si alzò rivelando un ventre piatto e abbronzato, e Gudrún provò la stessa paura che aveva provato dopo il naufragio, quando lo aveva osservato attentamente per la prima volta.

«Sarà meglio che torniamo alle nostre marmellate», disse.

Quella sera Tomas aiutò Gudrún a preparare il brodo di carne. Freyja, accanto al fuoco, era intenta a rammendare gli indumenti che Papi indossava per andare a pesca. Lui leggeva. Tra i quattro regnava un silenzio tranquillo che continuò anche durante la cena. Dopo, Jules Verne, il gatto, saltò in grembo a Tomas e si addormentò.

«Ti ha scambiato per uno di famiglia», disse Gudrún, e d'un tratto si sentì in imbarazzo.

Papi inarcò le sopracciglia ma tornò subito al suo libro.

«Una famiglia molto più tranquilla della mia, per quanto ricordo», disse Tomas, e scoppiò a ridere. «In tutto siamo in tredici.»

«Tredici bocche da sfamare», borbottò Papi, burbero.

«Dovrei scrivere a casa», disse Tomas. Quella volta toccò a lui sentirsi in imbarazzo. «Qualcuno può aiutarmi?»

«Io», si offrì Freyja. «Possiamo farlo stasera stessa, se vuoi.»

Si alzarono nello stesso momento, sbattendo l'uno contro l'altra, e sorrisero. Anche Gudrún si alzò.

«Io vado a leggere a letto», annunciò.

«Buonanotte, Gunna.»

«Mi ritiro anch'io», disse Papi. «Domattina devo svegliarmi presto per dare un'occhiata alla barca.»

Li lasciarono davanti al fuoco con un foglio di carta, una penna e un boccettino di inchiostro. Per circa mezz'ora Gudrún li udì sussurrare e soffocare qualche risatina, poi si addormentò.

Freyja la svegliò quando la raggiunse a letto.

«Che ore sono?», chiese Gudrún insonnolita.

«Ti ho svegliata?»

«Sì.»

«Scusa.»

«Che ore sono?»

«È tardi.» Era calda, e Gudrún si scostò.

«Torna a dormire, Gunna.»

«È quello che sto cercando di fare, ma tu continui a parlarmi.»

Alla luce della luna vide la sorella sorridere.

«Ti voglio bene.»

«Anch'io.»

1975

Sigga si svegliò di soprassalto in una fredda mattina di ottobre. Rimase immobile per un istante, cercando di non disturbare Olafur, che russava dolcemente accanto a lei, né il gatto Loki, raggomitolato ai loro piedi, poi girò il capo per guardare la sveglia sul comodino. Indicava le sei. Era presto.

Scese dal letto con un movimento contorto. Loki aprì un occhio.

« Vieni con me? » gli sussurrò lei.

Il gatto sbadigliò, si scosse e saltò sul pavimento. La seguì lungo la scala ripida sino all'ingresso, poi virò verso la porta di casa.

« Vuoi uscire? »

Lui rispose agitando la coda.

Sigga gli aprì la porta, poi la richiuse e si avviò in cucina, sul retro della casa, la cui porta si affacciava sull'Atlantico e sulla catena montuosa dell'Esja. Fuori era ancora abbastanza buio, al punto che, con la luce accesa, l'unica cosa che riusciva a vedere era il proprio riflesso nel vetro, ma la confortava sapere che quello scenario era là comunque. Amava anche quello che vedeva dalla facciata della casa che dava su Njálsgata e, poche vie più in là, sulla torre bianca di Hallgrímskirkja, la cattedrale in via di costruzione.

Si preparò il caffè e mangiò una fetta di pane tostato imburrato appoggiata al bancone della cucina, studiando la propria immagine riflessa. Aveva l'aria stanca. Si domandò che cosa l'avesse svegliata, che cosa stesse ticchettando nel suo cervello. Forse era la manifestazione, l'evento unico e irripetibile che si sarebbe tenuto di lì a nove giorni. Correva voce che avrebbe attratto almeno quindicimila donne, e Sigga avrebbe dovuto dare una mano nell'organizzazione.

E poi, a dicembre, ci sarebbe stato un altro evento a Londra, la cerimonia di premiazione per un concorso di scrittura creativa cui era stata iscritta dal suo insegnante. Molto probabilmente la sua agitazione era dovuta a questo. Ricordava ancora quando aveva saputo di aver vinto, quanto si fosse sentita euforica. Ora, invece, quasi non sopportava il pensiero; ogni volta che sentiva squillare il telefono, temeva che fossero quelli del comitato organizzativo che la informavano che c'era stato un errore, che la giuria si era sbagliata a ritenere che ci fosse qualcosa di speciale in lei, dopotutto.

Finì di mangiare la fetta di pane.

« Sigga. » Sua madre si palesò sulla soglia della cucina. « Non ti ho sentita scendere. Olafur si è fermato qui per la notte? »

« Ho fatto piano per non disturbare, e sì, Olafur è ancora a letto. » Si scrollò di dosso le briciole. « E tu perché sei già in piedi? »

« Sto da cani. »

Sua madre si sedette a tavola e Sigga le tastò la fronte con il palmo. « Scotti. »

« Devi proprio andare a questa riunione con Amma? »

« Pétur sarà in giro, se ti serve qualcosa. »

« Ma te lo vedi Pétur che cucina e fa le pulizie? »

« Pabbi andrà al lavoro, tu non stai bene e io sarò fuori casa. Pétur ha ventidue anni, può farcela se ci si mette di impegno. »

La donna scosse il capo.

« Mamma, promettimi che non cucinerai per lui. »

« Non dovrei farlo se tu restassi a casa. »

Sigga alzò gli occhi al cielo; Pétur era sempre stato il cocco di mamma. Gabríel avrebbe preparato da mangiare e fatto le pulizie senza nemmeno farselo chiedere, ma lui e Ragga vivevano a

Heimaey da quando si erano sposati e non passavano spesso a trovarli.

La mamma le porse la mano e Sigga la prese.

«Hai quasi diciannove anni. Alla tua età io avevo già la gestione della famiglia sulle spalle...»

«Ma io non sono te, mamma. Io vado ancora a scuola. Come ha fatto Pabbi quando aveva la mia età.»

«Tu hai poche probabilità di diventare medico come lui, però, non credi?»

Sigga serrò i denti e contò sino a dieci. Non c'era verso di vincere uno scontro con sua madre se si mostrava arrabbiata.

«Non che io voglia diventare medico, ma perché no?»

La mamma alzò le spalle. «A che cosa ti serve tutta questa istruzione quando avrai dei figli e starai a casa tutto il giorno?»

«Chi ti dice che io desidero dei figli?»

Sua madre le lanciò un'occhiata. «Non la penserai così quando vedrai tutte le tue amiche che li avranno, Sigrídur.»

Sigga scosse la testa. «Vuoi qualcosa da mangiare o da bere?»

«No, sto bene così.» Sua madre era a dieta da sempre, per quanto Sigga potesse ricordare. Questo talvolta significava che assumeva pillole prescritte dal medico, altre volte che andava avanti a pane tostato e caffè. Sembrava non importarle il fatto che fosse già minuta, uno scricciolo quasi, con quei grandi occhi verdi e i capelli ricci corvini che le ricadevano sulle spalle. Completamente diversa da Gabríel e Sigga, biondi e con le gambe lunghe. Pétur, invece, aveva gli stessi colori della madre ma non la statura. Forse era quello il motivo per cui la mamma prendeva tanto spesso le sue parti.

«Okay. Perché non ti stendi sul divano in soggiorno? Posso portarti un libro e una coperta.»

«Ma che brava ragazza.» La mamma le prese una mano e le diede una stretta.

«Be', non è niente di eccezionale.»

«Vedi? Ti stai già prendendo cura di me. La maternità è proprio questo. A meno che i tuoi figli non siano com'eri tu. Te l'ho detto, vero, che da piccola piangevi così tanto da farmi sospettare che avessi il diavolo in corpo? »

Sigga distolse lo sguardo e contò sino a venti per andare sul sicuro. « Sì, me l'hai già detto. »

« Be', sono felice che ti sia passata. »

Sistemò sua madre, trangugiò il caffè e tornò di sopra. Sentì Olafur sotto la doccia e lo attese in camera, facendo scorrere le mani sul proprio corpo. Ci aveva messo così tanto a svilupparsi che era ancora una cosa sconosciuta per lei. L'aspetto da cucciolo paffuto che le era rimasto incollato addosso a lungo si era dissolto da un anno o poco più, e ora il suo punto vita era sottile, persino più di quello di sua madre. E quei seni... dov'erano stati per tutto quel tempo? Se non altro, ora avrebbe dimostrato la sua età, anche quando avrebbe iniziato l'università, il che era una cosa da non sottovalutare. Soprattutto, per qualche ragione, se fosse andata all'estero, come da poco aveva preso in considerazione di fare. Ma in quel caso, come sarebbe andata a finire con Olafur?

Olafur entrò in camera avvolto in una nuvola profumata di brillantina. Un'insegnante una volta gli aveva detto che somigliava a Gary Cooper da giovane, e ora lui si pettinava con la riga da una parte, come i soldati americani di stanza in Islanda durante la guerra. Il suo film preferito era *Mezzogiorno di fuoco* con Gary Cooper, appunto, e Grace Kelly; l'estate prima lui aveva iniziato a chiamarla "Grace" e le aveva chiesto di chiamarlo "Coop". Lei aveva finto di dimenticarsene così spesso che alla fine lui aveva rinunciato a quel giochino assurdo, il che era stato un sollievo perché "Coop" era un nome stupido e perché lei non somigliava per niente a Grace Kelly. Aveva la sua stessa bocca grande con le labbra piene, le sopracciglia marcate, la mascella pronunciata, ma i punti in comune finivano lì, e le seccava che gli altri potessero pensare che lei avesse un'opinione così alta di sé.

«Se sei pronta fra cinque minuti, posso darti un passaggio», disse Olafur.

«Posso benissimo andare a piedi.»

«Vado da quella parte.» Olafur sbatté la testa contro il soffitto spiovente e imprecò. «Non capisco perché la tua famiglia ama così tanto queste vecchie case», disse.

Sigga si strinse nelle spalle. Era vero. Anche lei le amava. Le piacevano i pavimenti con le assi di legno che scricchiolavano. Le piaceva la lamiera ondulata all'esterno. Anche se la vernice si stava scrostando, faceva parte della loro identità: lei viveva nella casa rossa e giallina, sua nonna in quella azzurra e grigia.

«Quando saremo sposati, vivremo in un appartamento moderno», disse Olafur.

«Che proposta di matrimonio romantica», commentò lei. «Chi ti assicura che dirò di sì?»

«Pensavo che agli uomini non fosse più richiesto di essere romantici.» Olafur si infilò la camicia nei pantaloni. «Basta aprire le porte alle signore o tirare indietro la sedia per farle accomodare. O regalare dei fiori.»

«È *questa* la tua idea di romanticismo, quindi? Sono gesti che faresti per tua nonna.»

«Ma non li faccio.» Si avvicinò, la prese fra le braccia e la strinse al petto. Sigga aspirò il suo profumo: terroso, legnoso, con un accenno di brillantina.

«Tra l'altro, è una bellissima signora; merita di essere coccolata con un po' di sano romanticismo.»

«Scemo.»

«Era una battuta, Sigga.»

«*Lo so.*»

Lei lo attirò a sé. D'un tratto fu attraversata da una strana, feroce urgenza, e l'unico modo in cui pensava di potersene liberare era toccarlo, baciarlo, premere la bocca contro la sua con una tale forza da lasciarle le labbra pulsanti di dolore. Le mani di Olafur si insinuarono sotto il suo maglione, e lei premette il seno contro di esse. Lui le accarezzò i capezzoli, ma lei continuò a premere. Voleva che lui glieli tirasse, li strizzasse sino a farle lacrimare gli occhi, poi d'un tratto quell'impeto violento si dissipò e lei lo respinse, travolta da un'ondata di freddo in tutto il corpo.

« Che succede? » chiese lui.

Sigga sapeva dove voleva andare a parare. Negli ultimi due mesi avevano fatto l'amore solo tre volte. Lei non lo voleva nemmeno vicino, a parte momenti come quello che avevano appena vissuto. Tuttavia non sapeva che cosa le stesse accadendo, così alzò le spalle, distolse lo sguardo e disse: « Avevo bisogno di aria ».

Lo udì agitarsi per un istante, poi avviarsi verso la porta. « Se non hai bisogno di uno strappo, è meglio che io vada. Ho lezione. »

« Okay. »

Sigga fece la doccia e si vestì. Camicetta nera, pullover arancione. Poi la minigonna marrone. La zip si bloccò appena sotto la vita, al che lei si fermò, tirò in dentro la pancia e la forzò a salire e a chiudersi sino in fondo.

Udì Pabbi e Pétur muoversi mentre scendeva al piano di sotto.

« Vado dalla nonna », gridò a sua madre. « Posso portarle qualche *kleinur*? »

« Ce ne sono un po' nel cestino del pane », le gridò sua madre di rimando.

Sigga afferrò il sacchetto di frittelline dolci e, come se avesse avuto un ripensamento improvviso, prese un'arancia dal portafrutta, si mise il giaccone e uscì di casa.

Non c'era ancora nessuno in giro, l'unico movimento era dato da un involucro di carta della panetteria che strisciava sulla strada trasportato dalla brezza. Loki era accoccolato sotto la pianta di sorbo nel giardinetto davanti a casa e stava adocchiando un corvo intento a becchettare qua e là intorno allo steccato bianco che separava il giardino dal marciapiede.

« Non lo farei se fossi in te », gli consigliò Sigga.

Era quasi arrivata al cancello quando udì la voce di una donna che urlava, solo una parola – *no!* – poi, subito dopo, l'inconfondibile tintinnio del vetro in frantumi. Istintivamente alzò lo sguardo e vide che le finestre della casa vicina al piano rialzato erano aperte. Ma certo. Quei due facevano sempre rumore: oggetti che si schiantavano a terra, sesso selvaggio. Un paio di volte li aveva sentiti litigare, inveire l'uno contro l'altro; quella era l'unica cosa che non le sarebbe mancata quando sarebbe andata a vivere da sola.

Il marito lavorava in banca o in qualche altro posto dove gli impiegati erano tenuti a indossare giacca e cravatta e uscivano al mattino presto. Le sorrideva sempre quando la vedeva, la salutava. La donna, invece, era praticamente invisibile; lavorava presso la biblioteca nazionale quando lei e il marito si erano appena trasferiti in zona, ma sembrava aver lasciato l'impiego poco dopo, e ora non la si vedeva molto in giro. Si erano incrociate qualche volta per strada e Sigga aveva sempre fatto finta di avere fretta. Non aveva nulla di personale contro quella donna, ma non intendeva farsi coinvolgere in nessuna sfaccettatura della sua vita di coppia.

Alzò il colletto del giaccone e svoltò a sinistra appena uscita dal cancelletto.

La casa di sua nonna era in direzione opposta rispetto a Lækjartorg, dove si sarebbe tenuto il raduno, e più vicina alla piscina di Sundhöllin. Sigga attraversò la Frakkastigur e girò a sinistra verso il mare, poi di nuovo a destra sulla Grettisgata. Sul lato sinistro della strada c'era una fila di lampioni che riversavano sul marciapiede una calda luce arancione. Il lato destro era occupato da auto parcheggiate, per la maggior parte Ford. Ford Cortina marroni, Ford Escort panna. Una Mini verde. Olafur desiderava una Ford. Soprattutto perché erano auto affidabili, ma anche perché apprezzava il presidente Ford. Pensava che fosse la persona giusta per traghettare tutti oltre il Watergate.

Sigga prese l'arancia e iniziò a sbucciarla, infilando la buccia nella tasca del giaccone. Mangiò in fretta, uno spicchio per ciascuna casa davanti alla quale passava. Non era necessario che si guardasse intorno per dire dove si trovava esattamente in quel momento. Era vissuta a casa di sua nonna per quasi metà della sua vita, aiutandola a preparare la *skúffukaka*, la torta di cioccolato, o a tagliare la legna per il camino, e ascoltando le sue storie. Le piaceva fermarsi a dormire da lei e farsi raccontare tutto di Bárdur, il nume protettore di Snæfellsnes, un po' gigante, un po' troll, un po' uomo. Ricordava ancora di essersi chiesta come sarebbe stato stare dentro la testa di Amma e se, rimpicciolendosi per entrarvi attraverso il suo orecchio, si sarebbe trovata sul versante di una montagna a seguire Bárdur in mezzo alla neve. Le piaceva l'idea della neve che cadeva fitta mentre lei si voltava a guardare il mondo intero sepolto sotto un manto soffice e immacolato, le case, il mare, tutto piatto e di un bianco abbagliante, e davanti a quella fantasticheria serrava gli occhi perché, se li avesse aperti, avrebbe visto la neve accumulata contro la finestra della *loro* casa, che si sarebbe riversata dentro e avrebbe riempito l'aria...

Infine Sigga apriva gli occhi e trovava Amma seduta ai piedi del letto, e allora sospirava felice e sprofondava ancora di più tra le coperte, sentendosi al caldo e al sicuro.

Amma non alzava mai la voce né la infastidiva spingendola a continuare le lezioni di danza classica. Era spiritosa, ma ferma. Gentile, ma diretta. Era stata la voce di Amma che di recente l'aveva aiutata a scrivere la sua storia.

Le ginocchia avvertivano il freddo delle prime ore del mattino, così Sigga affrettò il passo e arrivò a casa di sua nonna un po' affannata. La porta, come al solito, non era chiusa a chiave, e Amma era in cucina, in piedi davanti al lavello, e dava le spalle a Sigga. Si vedeva soltanto una soffice nuvola di capelli bianchi emergere dal dolcevita marrone.

«Ciao, Amma. Ti ho portato qualche *kleinur*.»

La donna non si mosse. Sul tavolo c'era una tazza di caffè semivuota accanto a una ciotola di porridge lasciato a metà. Sigga si domandò se anche sua nonna fosse turbata da qualcosa, poi abbandonò quel pensiero. Amma non aveva paura di nulla; la sua spregiudicatezza era leggendaria e riconosciuta da tutti in famiglia, anche se aveva ottant'anni suonati. Era arrivata dalla penisola di Snæfellsnes parecchi anni prima, quando Pabbi, il padre di Sigga, aveva pochi mesi, e lo aveva cresciuto da sola in città. Sia i suoi genitori sia la sua unica sorella erano morti e Sigga non l'aveva mai sentita parlare del padre di Pabbi.

«Amma?» ripeté.

La nonna si voltò e fissò Sigga con i suoi occhi grandi e di un azzurro intenso che, incorniciati da quella nuvola di capelli bianchi, apparivano ancora più azzurri.

«Scusami, cara», disse. «Ero sovrappensiero.»

La radio sul bancone della cucina era accesa e un giornalista stava intervistando qualcuno riguardo alla decisione del governo di estendere i limiti di pesca in Islanda.

Amma invitò la nipote a sedersi con un cenno e abbassò il volume. «Le solite notizie. O sto perdendo la testa, o Elizabeth Taylor ha sposato Richard Burton un'altra volta.»

«L'ho sentito anch'io», disse Sigga. «In Botswana.»

«Buon per loro. Vuoi qualcosa da bere con il tuo *kleinur*?»

«No, grazie.»

Si sedettero l'una davanti all'altra al tavolo della cucina.

«Mi sento strana», disse Sigga.

«Cioè?»

«Tesa.»

Amma diede un morso all'angolo del dolcetto. «Anch'io, per la verità.»

«La mamma sta male.»

«Che guaio. Un'altra delle sue emicranie?»

«Probabile. Le ho fatto promettere di non cucinare per Pétur.»

«Non ti fidavi che non lo facesse?»

«Stiamo parlando di Pétur, nonna.»

Amma sorrise. «A noi donne insegnano che gli uomini sono

degli incapaci. Ce lo ripetono sin da quando siamo piccole, perciò poi ci riesce difficile estirpare questa idea.»

«Il punto è che lei non lo vede come uno sfaticato buono a nulla; è convinta che sia un genio.»

«Pensa che sia entrambe le cose. Ma gli fa un torto se pensa che lui non sia in grado di cavarsela da solo. E lo fa anche a se stessa.» Con le dita radunò le briciole di *kleinur* sul bordo del tavolo, le fece cadere nel palmo aperto e poi nel caffè. «Comunque, lavo le tazze. La riunione è a casa di Ava oggi, te l'ho detto?»

«No, non me l'avevi detto.»

Ava era la padrona di casa di Amma nei tempi in cui lei e Pabbi vivevano in un attico sulla Frakkastigur. Era "diversa", così la definiva la madre di Sigga. Aveva i capelli corti che le stavano ritti in testa a ciuffi e teneva sempre della liquirizia in tasca da offrire ai bambini che incontrava per strada. Era una compositrice e a Sigga era sempre piaciuto andare a trovarla a casa sua, con il pianoforte a coda, il vecchio mobilio e tutti quei dipinti a olio appesi alle pareti.

Amma si alzò, poi esitò posando una mano sullo schienale della sua sedia. «E Karen? Verrà anche lei?»

«È in Danimarca. Sua sorella ha appena avuto un bambino.»

«Capito. Mi passi la tazza e la ciotola?»

«Li lavo io», disse Sigga. «Tu preparati.»

Amma ridacchiò. «Che cosa ho fatto per meritarmi una nipote come te? Vado a prendere una maglia in più, allora.»

Uscì dalla cucina. Sigga andò al lavello e aprì il rubinetto, poi alzò il volume della radio. Ovviamente lo speaker era passato a un'altra storia. «*E ora vediamo le notizie di prima pagina*», stava dicendo. «*È stato rinvenuto un corpo, in perfetto stato di conservazione, nei ghiacci dello Snæfellsjökull...*»

Sigga chiuse il rubinetto e si interruppe, con le mani immerse nell'acqua calda, per sentire il resto.

«*Secondo quanto è emerso dai primi accertamenti, il corpo è rimasto sepolto là, ignorato, per oltre cinquant'anni. Ulteriori dettagli nei prossimi notiziari.*»

1910

Dicembre portò con sé la neve. Guardando fuori dalla finestra la vigilia di Natale, Gudrún vide un cielo bianco senza nuvole e una coltre candida e uniforme che ricopriva il terreno. Niente più profumo di angelica quando inspirava, soltanto aria fredda che le bruciava il fondo della gola, e gli uccelli erano silenziosi, anche se vedeva le loro tracce in giardino sino al punto dove lei stessa aveva gettato delle briciole per dar loro qualcosa da piluccare.

Tomas e Freyja avevano addobbato l'albero nella *badstofa* con candele, arance e ghirlande di popcorn, tutto proveniente dal sacco portato da uno dei braccianti di Rósa di buon'ora quella stessa mattina. Gudrún si spostò in corridoio, dove udì Freyja spiegare a Tomas chi erano gli Yule Lads e la risata divertita del loro giovane ospite.

« Ripetimi i loro nomi ancora una volta », disse Tomas.

« È facile. C'è Stekkjastaur il disturbapecore, Giljagaur il ladro di latte, Stúfur il rubapadelle; Thvorusleikir il leccacucchiai, Pottaskefill il leccapentole, Askasleikir il leccascodelle, Hurdaskellir lo sbattiporte, Skyrgamur il mangiaskyr, Bjugnakraekir il rubasalsicce, Gluggagaegir lo spiafinestre, Gattathefur lo sniffatore, Ketkrokur l'uncina-carne e Kertasnikir il rubacandele. »

« Noto che si fa un gran leccare gli utensili da cucina da queste parti. »

« Parla quello che beve la zuppa direttamente dalla ciotola. »

« Si fa più in fretta. »

Una risata. « Oh, e vivono sui monti con i loro genitori, Grýla e Leppalúdi. »

« Sono troll? »

« Sì. »

« Non elfi. »

« No. »

« Quindi sono dispettosi? »

« Amano rubacchiare cose qua e là. »

« E leccarle. »

Seguì un istante di silenzio. Gudrún si avvicinò alla soglia della *badstofa* e fece capolino all'interno. Tomas e sua sorella erano in piedi l'uno accanto all'altra vicino all'albero che avevano sistemato al centro della stanza. Lui teneva fra le mani l'estremità di una ghirlanda di popcorn, mentre Freyja cercava di districare il garbuglio che si era creato al centro. La sua pelle era rosea alla luce del focolare, quasi luminescente. Teneva la testa china, concentrata sul suo paziente lavoro, e Tomas sorrideva contemplandole la nuca con occhi traboccanti di dolcezza. Per la prima volta Gudrún avvertì una fitta di invidia e una vocina sottile la spinse a chiedersi perché quella fortuna fosse toccata a Freyja e non a lei.

Fece per indietreggiare, ma entrambi guardarono nella sua direzione.

« Gunna, ti va di aiutarmi? » le chiese Freyja con un sorriso.

A quel punto Gudrún si fece avanti e prese in mano la ghirlanda.

« Qualunque cosa ci sia sul fuoco, ha un profumo delizioso », disse Tomas.

« Niente di che, solo arrosto di pernice. »

Non fu necessario alzare lo sguardo per capire che i due si erano scambiati un'occhiata eloquente, e Gudrún si rese conto che il suo tono doveva essere stato più secco di quanto avesse inteso.

« Posso fare qualcosa? » chiese Freyja.

« Sei già occupata con questo. » Gudrún fece scorrere delicatamente il dito lungo il filo finché non sentì sotto il polpastrello un nodo quasi impercettibile e iniziò a pizzicarlo con l'unghia. Osservò sua sorella e notò la piccola piega intorno alla bocca, segno che si stava mordendo l'interno del labbro. «È bello. L'albero, intendo.»

Freyja si protese per strofinare il naso nell'incavo del collo di Gudrún, come faceva sempre quando erano piccole. «Grazie.»

Gudrún appoggiò il mento sulla testa della sorella. «Ecco qui, ho iniziato a districarlo.»

Tomas prese la ghirlanda. «Continuo io. Voi andate a sedervi e riposate.»

Gudrún e Freyja si staccarono e si scambiarono un'occhiata.

«Che gentiluomo», commentò Gudrún, e notò che Freyja cercava di soffocare un sorriso.

«Devo pur ripagare la vostra ospitalità in qualche modo.»

«Raccontaci qualcosa del Natale in Danimarca», disse Freyja sistemandosi sulla poltrona di Papi.

Tomas sollevò la ghirlanda avvicinandola al viso. «Si respira un'atmosfera molto natalizia.»

«Non è una delle tue battute migliori», osservò Gudrún.

Lui alzò le spalle. «Inni, candele, riunioni di famiglia, budini di riso. E abbiamo i *nisser* al posto degli Yule Lads.»

«Che cosa sono i *nisser*?» chiese Freyja.

«Sono omini con un cappellino rosso. Ogni fattoria ne ha uno come guardiano. Hanno il compito di aiutare con il lavoro e proteggere il bestiame, ma si offendono facilmente.»

«Che cosa succede poi?»

«Continuano a far baldoria. Alcuni di loro sono in grado di cambiare forma.»

«Molto più credibili dei nostri Yule Lads», disse Freyja.

Tomas sorrise guardando la ghirlanda di popcorn. «Questo è poco ma sicuro.»

Gudrún osservò le sue dita districare abilmente quel che restava del nodo, poi scorrere su e giù lungo il filo come aveva fatto lei. Erano dita lunghe e asciutte, ma immaginava che sarebbero state gentili se mai lui l'avesse toccata, le avesse accarezzato il braccio, scostato i capelli dal viso e...

Tomas alzò lo sguardo e si accorse che lei lo stava scrutando.

«Hai fatto in fretta», fu il commento di Gudrún.

«Sono un marinaio, ricordi?»

«Già.» Gudrún prese l'attizzatoio e smosse i tizzoni incandescenti.

«Quando torna Papi?» chiese Freyja.

«Presto, ne sono sicura.»

«Non mi piace saperlo fuori con questo tempaccio.»

«Quale tempaccio?» disse Gudrún con un sorriso. «Non sta nemmeno nevicando.»

«Lo farà.» Freyja la guardò. «Hanno trovato Bjartur, sai? Me l'ha detto Papi stamattina.»

«L'uomo che era sparito in ottobre?» chiese Tomas. «Dove l'hanno trovato?»

«Ai piedi dello Snæfellsjökull.»

«È precipitato?»

Gudrún si strinse nelle spalle. «Pensano che intendesse far perdere le sue tracce.»

«Sulla montagna?»

«Non sarebbe né il primo né l'ultimo a farlo.» Si voltò a guardare Freyja. «Papi sta bene. La moglie di Bjartur è morta il Natale scorso. I suoi braccianti hanno detto che non si è mai ripreso.»

«Ieri notte ho sognato che avevamo trovato Bjartur in una grotta a metà strada sul versante della montagna», disse Freyja. «Almeno, credo che fosse lui.» Aveva un'espressione strana, e d'un tratto a Gudrún tornò in mente che da bambine, quando correvano su per lo Snæfellsjökull in estate, Freyja era sempre scalza. Così poteva sentirsi più vicina alla montagna, diceva. Era stato allora che avevano iniziato a chiamarla "la montagna di Freyja"?

Erano quasi le due e mezzo e il sole, che si era appena alzato oltre la cima del vulcano, stava iniziando a tramontare inondando il giardino coperto di neve di un intenso rosso sangue. Le ombre si allungavano dagli angoli della stanza e si arrotolavano intorno ai mobili, lasciando una coltre grigia e informe nella loro scia.

Freyja si alzò e staccò una candela dall'albero. La avvicinò al fuoco e la accese, poi la usò per accendere a una a una tutte le altre. La stanza si illuminò di una luce tremolante, passando dall'oro al buio e di nuovo all'oro. Dietro la griglia le fiamme crepitavano allegramente, e di tanto in tanto si udiva il tonfo della neve che, sciogliendosi, scivolava giù dal tetto e si abbatteva a terra, ma per il resto era tutto immerso nel silenzio.

Gudrún si affiancò a Freyja davanti all'albero. Da vicino sentiva il profumo fresco dell'abete e quello pungente dell'arancia. Arrivò anche Jules Verne, che si arrotolò intorno alle sue caviglie, e lei si chinò per prenderlo in braccio. Aveva il pelo coperto da un leggero strato di brina. Gudrún lo voltò per guardarlo meglio.

« Supponendo che tu mi stia girando intorno anche in cerca di cibo, non solo di coccole », disse.

Il gatto fece un miagolio patetico.

« Andiamo a vedere che cosa c'è in cucina, allora. Non dire niente a Papi. »

Freyja sorrise. Tomas si scostò per far passare Gudrún. Per un attimo lei prese in considerazione l'idea di chiedergli di aiutarla a pelare le patate, ma lui non stava guardando lei.

Trascorse le ore successive sgobbando: pelò le patate, sbucciò la frutta per fare la marmellata, mescolò piselli e fagioli. Udì Papi rientrare a casa con il suo passo pesante e le campane della chiesa suonare le sei per annunciare l'inizio delle festività natalizie. Alle sei e cinque portò il cibo nella *badstofa*, dove suo padre, Freyja e Tomas erano seduti accanto al fuoco, e servì i piatti in tavola. Gli altri avevano alzato lo sguardo quando lei era entrata, e Gudrún, irritata per aver passato tutto il giorno a cucinare da sola, si sentì gratificata nel vedere i loro occhi spalancati di piacere mentre pregustavano quello che aveva preparato.

«Gunna, è uno spettacolo!» esclamò Freyja.

«Papi, ci pensi tu a tagliare l'arrosto?»

Presero posto, Papi a capotavola, Tomas all'estremità opposta. Papi tagliò la carne e fece le porzioni mentre Gudrún servì il contorno nei piatti e Freyja si occupò di versare il vino. Alzarono i bicchieri e brindarono.

«*Glædilig jul*», disse Tomas.

«*Gleđileg jól*», esclamarono Gudrún e Freyja all'unisono.

Papi tracannò metà bicchiere in un'unica sorsata. «Il danese è sempre stato una lingua ridicola», sentenziò.

Gudrún notò l'espressione corrucciata di Freyja e immaginò la sua risposta trattenuta a stento. Papi di solito non era così polemico.

«Papi», disse Freyja. «Questo non rientra esattamente nello spirito natalizio.»

Tomas fece un ampio sorriso.

Papi infilzò una patata con la forchetta. «Mi sono conquistato il diritto di dire quello che penso, non ti pare? Ho lavorato sodo in tutti questi anni.»

«Non è così che funziona», ribatté Gudrún.

«Ah no?» Papi puntò la forchetta verso di lei. «Vedrai. Alla fine ti ritroverai vecchia e sola anche tu e non ti importerà un fico secco delle buone maniere.»

Gudrún affettò furiosamente la carne, cercando di nascondere le guance rosse per l'imbarazzo. «Dio non voglia che io diventi come te.»

«Tu non finirai vecchia e sola, Gunna», disse Freyja. Sembrava sull'orlo delle lacrime e per un istante Gudrún avvertì un moto di irritazione; era *lei* quella che Papi aveva attaccato.

«Avere figlie femmine è una maledizione», continuò Papi. «Le figlie ti lasciano e i loro mariti si prendono tutto.»

«Che cosa?» chiese Freyja.

«La proprietà. È innaturale non poter passare i propri beni

ai propri figli.» L'uomo fissò Tomas con uno sguardo duro. «Sangue del tuo sangue. Bárdur lo sapeva: il suo sogno dell'albero riguardava proprio la fine della sua discendenza.»

Gudrún si rese conto che suo padre stava biascicando. «Papi, dove sei stato prima di tornare a casa?»

«Sono stato da Gudmundur a fargli gli auguri di buone feste...» Lasciò cadere la forchetta. «Aveva dell'ottimo vino. Davvero ottimo.»

«Sei ubriaco, vero?»

«Può darsi.»

«Oh, per l'amor del cielo.» Gudrún si premette un dito sulla bocca per trattenere una risata. Davanti a sé vide Freyja coprirsi il volto con le mani. «Pensavamo che avessi perso il senno.»

«Davvero? La mia testa mi sta uccidendo, lo sapete?»

«Papi...», iniziò Gudrún, ma dovette premere il dito sulla bocca ancora più forte. Da quando lei e Freyja erano piccole, non avevano quasi mai visto il padre bere alcolici, e non riusciva a immaginare come doveva essere apparso a Gudmundur. Probabilmente lo sceriffo beveva vino a ogni pasto.

«Oh, figliole.» All'improvviso una grossa lacrima apparve nell'occhio sinistro di Papi e rotolò sulla guancia. «Che cosa ho fatto per meritarvi?»

«Sei un vecchio pazzo, sai?»

Gudrún si alzò e andò ad abbracciarlo, seguita da Freyja, ed entrambe si strinsero al padre mentre lui singhiozzava sulla spalla prima dell'una e poi dell'altra. Tomas continuò a mangiare con un gran sorriso stampato in faccia.

«Apriamo i regali», disse Freyja dopo che Papi si fu asciugato il naso sulla manica. «Aspettate qui.»

Si avvicinò al letto, nell'angolo della *badstofa*, e tirò fuori qualcosa da sotto il guanciale. Tornò con un pacchetto legato con uno spago. Gudrún lo prese e lo aprì. Dentro c'erano quattro sciarpe di lana: una blu, una rossa, una verde e una grigia.

«Quando hai trovato il tempo di farle?» chiese tastando la sciarpa rossa. Era soffice e incredibilmente spessa, e per un istante il suo pensiero andò a Kristin, la sua pecora preferita, che l'anno prima si era spinta sino alla spiaggia ed era annegata.

«Ci ho lavorato per un bel po'.» Freyja diede la sciarpa blu a Tomas, quella verde a Papi e tenne per sé quella grigia, che si avvolse intorno alle spalle.

«Così non corri il rischio di essere mangiato dal Gatto di Natale», disse Gudrún rivolgendosi a Tomas.

«Come dici?»

«Il Gatto di Natale», ripeté Gudrún, avvolgendosi la sciarpa intorno al collo. «Appartiene a Grýla e mangia chiunque non riceva qualcosa di nuovo da indossare a Natale.»

«Voi non avete questa tradizione?» chiese Freyja.

Lui scosse il capo.

«Non hanno uno straccio di tradizione in Danimarca?» sbottò Papi, e ancora una volta dovettero calmarlo con un bicchiere di vino.

Dopo cena Gudrún aprì la porta di casa e per un istante rimase immobile nell'aria della notte. C'era uno strato di ghiaccio nel secchio che Freyja aveva lasciato accanto alla porta, e Gudrún si piegò per vedere il proprio riflesso sulla superficie piena di bolle e incrinature. Aveva un aspetto stanco. *Era* stanca, ecco perché.

La luna era spuntata in un cielo verde, e ovunque si posasse la sua luce, si stemperava in colori diversi, formando sfumature di rosa e violetto intrappolate nei ghiaccioli che pendevano dal tetto e nei cristalli di neve che imbiancavano l'erba. Uno spettacolo magico, persino invitante. Quando si voltò a guardare la montagna, anche quella le apparve viva, inondata com'era da delicatissime sfumature di azzurro, con le creste e i crepacci dai contorni ammorbiditi come se fossero avvolti nella bambagia. Eppure Gudrún avvertì un brivido attanagliarle la spina dorsale davanti a quel paesaggio inviolato e alla sua arcana immensità. Doveva essere davvero facile perdersi lassù, cadere in un crepaccio e non riuscire a uscirne mai più. Si tenne strette le braccia intorno al corpo anche mentre rientrava in casa, chiedendosi da dove venisse quella sensazione.

Alla vigilia di Capodanno ricevettero un'altra visita. Questa volta fu Freyja ad aprire la porta, e Gudrún udì la sua esclamazione di sorpresa.

«Che Dio ci scampi da Padre Fridrik», esclamò Gudrún asciugandosi le mani nella gonna.

Tomas, che le stava tenendo compagnia in cucina, si diresse verso la porta. «Ci penso io a liberarvene», disse.

Dopo una breve esitazione, Gudrún lo seguì.

Freyja, però, era nella *badstofa* con qualcun altro; Gudrún udì una voce profonda dire «La vostra *badstofa* è straordinariamente pulita» e Freyja rispondere con un tremante «Grazie».

«Non mi sembra la voce del prete», osservò Tomas.

«Del resto, che altro potrei aspettarmi da voi?» stava dicendo il visitatore misterioso quando entrarono Tomas e Gudrún.

Gudrún si bloccò sulla soglia. Freyja era in piedi, con la schiena appoggiata al muro del camino, il mento rivolto a terra e lo sguardo fisso sul pavimento. Il forestiero era a una trentina di centimetri da lei, con il cappello in mano. Si voltò e fece correre lo sguardo da Gudrún a Tomas per poi fermarsi di nuovo su Gudrún. Uno sguardo penetrante cui era impossibile sottrarsi. L'uomo sembrava avere circa venticinque anni; era alto – molto più alto di qualsiasi altro uomo Gudrún avesse mai visto – e anche ben piantato. Gli occhi verdi, la barba scura. Era sorridente, anche se, a prima vista, Gudrún avrebbe detto che aveva un'aria guardinga, pur non sapendosi spiegare che cosa le desse quell'impressione.

«Vi prego di scusarmi se sono piombato qui senza preavviso», disse, e Gudrún sentì la voce dell'uomo vibrare dentro di sé. « Sono venuto a portare a Freyja un segno del nostro apprezzamento per il suo duro lavoro. »

« Il vostro apprezzamento? »

« Sì, il mio e di Rósa. »

Si trattava di Magnús, quindi, il marito di Rósa. Benché vivesse nella Big Farm da due anni, non frequentava assiduamente la comunità e Gudrún si rese conto con un sussulto che quella era la prima volta che lo vedeva da vicino. Rimase sorpresa dalla sua virilità e le tornarono alla mente le dicerie che erano circolate nei primi tempi dopo il suo arrivo alla Big Farm; si era scontrato con Skúli Skúlisson a proposito di una pecora rea di aver sconfinato e il diverbio si era concluso con l'aratro di Skúli ridotto a pezzi per mano dello stesso Magnús. Gudrún immaginò quanto doveva essere stato facile per lui fare una cosa del genere.

Cercò di riprendere il controllo. « Piacere di conoscervi », disse. « Gradite rimanere per un caffè? »

« Grazie, con piacere... »

« Gudrún. »

« Gudrún », mormorò lui tra sé. « Come la Gudrún della *Laxdæla*? »

« Sì. »

« E Freyja, dea del focolare. Evidentemente i vostri genitori amavano le saghe. »

« Sì, nostra madre aveva un debole per il personaggio di Gudrún. E naturalmente, ogni famiglia protetta da Freyja è una famiglia fortunata. »

« Naturalmente », ripeté lui, e rivolse un sorriso a Freyja, la quale abbassò di nuovo lo sguardo.

Gudrún provò un moto di solidarietà nei confronti di sua sorella. Anche lei avrebbe avuto timore di Magnús come datore di lavoro, pensò.

« E questo giovanotto deve essere il vostro ospite danese », disse Magnús spostando la sua attenzione su Tomas.

Tomas accennò un inchino ma non si presentò.

Seguì un silenzio imbarazzato durante il quale Magnús sorrise al soffitto.

«Vado a preparare il caffè», disse Gudrún, e si eclissò in cucina.

Quando tornò indietro, li trovò tutti e tre seduti: Freyja e Tomas rispettivamente sulla poltroncina e sul bracciolo, e Magnús al posto di Papi. Dopo aver distribuito le tazze, Gudrún si sedette a sua volta.

«È una fede nuziale quella che portate appesa al collo?» chiese Magnús.

«Sì.» Gudrún si portò una mano alla catenina. «Era di nostra madre.»

«Gudrún si sposò quattro volte, giusto?»

«Come dite?»

«Nella *Laxdæla Saga.*»

«Sì.»

«E fece uccidere uno dei suoi corteggiatori.»

«Sì.»

«Un nome alquanto cruento, difficile da portare, non trovate?» osservò Magnus.

«Tutta la nostra letteratura è piuttosto cruenta.»

«Non preferireste portare il nome di una dea?»

«No, tutto sommato, no.»

Lui sorrise. «Capisco perché vi definiscono un tipo tosto.»

Gudrún aveva il viso in fiamme. «È questo che si dice di me?»

«Be', ho sentito dire che se tutte le donne islandesi fossero come voi, a quest'ora avremmo già raggiunto l'indipendenza.»

Gudrún si sentì avvampare, quella volta per un motivo diverso, e bevve un sorso di caffè per dissimulare l'imbarazzo.

«Che cosa avete in programma per festeggiare stasera?» chiese Magnús.

«Nulla», rispose Freyja.

«Niente danze?»

«No.»

«Voi festeggerete?» chiese Gudrún.

«Mi tocca.» Magnús si portò la tazza alla bocca. «È mia moglie quella che ama ballare, non io.»

«Nemmeno io ne vedo il motivo», disse Gudrún.

Magnús sorrise. «Mi dispiace di non poter salutare vostro padre. Dove avete detto che si trova?»

«A preparare la barca», disse Tomas intromettendosi nella conversazione.

«Che peccato. Speravo di potergli chiedere qualche dritta per sfruttare al meglio i terreni.»

«Non sarà di ritorno prima del tramonto», disse Freyja.

«Capisco.»

Seguì un'altra pausa di silenzio. Gudrún cercò un modo per tenere viva la conversazione.

«Avete accennato a un omaggio?» disse infine. «È molto generoso da parte vostra.»

Magnús agitò la mano nell'aria. «Oh, non è nulla. Una conchiglia che ho trovato mentre cavalcavo sulla spiaggia; Freyja aveva detto a mia moglie che le piacciono quelle rosa, e trovo che questa sia particolarmente bella.» Si infilò la mano in tasca.

Freyja distolse lo sguardo.

Magnús tirò fuori una piccola conchiglia a spirale di un rosa delicatissimo. «Entrambi abbiamo pensato a quanto sia simile al vostro orecchio», aggiunse.

Freyja arrossì e Gudrún avvertì una stretta al cuore. Ma certo, era così che stavano le cose. Sua sorella era innamorata di Magnús.

«Oh, e naturalmente ho portato anche del formaggio ricavato dal latte della nostra pecora migliore. Per tutta la famiglia.» Tirò fuori di tasca un involto più grande protetto da un canovaccio bianco e lo posò sul bracciolo della poltrona di Papi.

«Grazie, ve ne siamo molto grati», disse Gudrún.

«Grazie», le fece eco Freyja.

Continuava a tenere lo sguardo ostinatamente rivolto altrove, ma si portò la mano al viso e si strofinò gli occhi con il palmo.

Dev'essere vero amore, pensò Gudrún, *per arrivare al punto di commuoversi per una conchiglia, per quanto sia graziosa.*

Magnús sorrise di nuovo. Gudrún tamburellò le dita sul bracciolo della poltrona. Avvertì un moto di risentimento alla bocca dello stomaco: non poteva avere sia Tomas sia Magnús, nemmeno Freyja...

Si sforzò di riprendere il controllo. Nulla di ciò che aveva fatto Magnús indicava che ricambiasse i sentimenti di sua sorella. Era sposato con Rósa, comunque; forse stava solo cercando di scusarsi per aver licenziato Freyja. Ora che aveva capito tutto, Gudrún si domandò se il motivo reale per cui sua sorella era stata allontanata fossero i sentimenti che provava. Non c'era da stupirsi che Freyja non avesse mai voluto commentare il suo allontanamento dalla Big Farm.

Incrociò lo sguardo di Magnús. «Volete mangiare un po' di formaggio con noi?» chiese. «Temo di non avere nulla con cui accompagnarlo, però. Non ho ancora finito di cucinare.»

«Non preoccupatevi.» Magnús si alzò. «Grazie per il caffè. Purtroppo devo andare. Padre Fridrik verrà a farci visita questo pomeriggio.»

«Bene, allora forse non vi toccherà andare a ballare», disse Gudrún. «Se il vecchio trombone comincia a parlare...»

Magnus inarcò un sopracciglio. «Forse non sapete che io e Padre Fridrik siamo cresciuti insieme.»

Con la coda dell'occhio Gudrún vide Tomas sorridere.

«No, non lo sapevo.»

«A nord. Siamo stati cresciuti dallo stesso fattore.»

«Capisco.»

«Comunque trovo che il modo migliore per porre fine alle sue visite sia parlare di politica.» Magnús le sorrise. «Il vecchio trombone odia la politica.»

Gudrún non si era mai sentita più sollevata. Si ispezionò le unghie con cura, troppo confusa per guardarlo in faccia.

«Noi abbiamo trovato un altro modo», intervenne Tomas.

«Ah, sì», disse Magnús. «Siete voi il pazzo?»

Tomas rise di nuovo.

« Ma siete davvero un marinaio? »

« Sì. »

« Andrete a pesca con Einar quest'anno? È un colpo di fortuna per lui, avere due braccia in più. »

Tomas si accigliò leggermente. « Non abbiamo... »

« No, non farlo », lo interruppe Freyja. Gli prese la mano. « Hai rischiato di annegare l'ultima volta che sei andato in mare. »

Tomas abbassò lo sguardo sul viso di Freyja, poi scosse il capo. « Non lo farò, se non vuoi. »

Gudrún si morse il labbro.

« Capisco », disse Magnús. « Bene, vi auguro buona giornata. » Fece cenno a Gudrún di restare seduta quando lei accennò ad alzarsi. « Grazie per l'ottimo caffè, Gudrún Einarsdóttir. »

Se ne andò chiudendosi la porta alle spalle. Gudrún udì i suoi passi scricchiolare sulla neve ghiacciata, lo schiocco delle redini quando montò a cavallo e gli diede il via, poi il suono degli zoccoli dell'animale che usciva dal giardino e, al trotto, prendeva la strada che portava alla Big Farm. Si alzò e andò alla finestra della dispensa, da dove vide la sagoma di Magnús diventare sempre più piccola via via che si allontanava, sino a sparire del tutto.

Dopo la visita, Freyja si chiuse nel silenzio e Gudrún si domandò se rivedere Magnús avesse risvegliato in lei i sentimenti per quell'uomo. *Molto probabilmente è così*, pensò.

Cercò di parlare di lui, ma ogni volta Freyja cambiava argomento. D'un tratto sembrava essersi avvicinata a Tomas ancora di più, e dopo qualche giorno Gudrún rinunciò a indagare e fra le due sorelle calò il silenzio.

Poi, il quinto giorno del nuovo anno, Freyja si guardò intorno nella stalla dove stava mungendo Margret e accennò un sorriso.

«Che c'è?» chiese Gudrún smettendo di spazzare.

«Pensavo a quanto deve essere scomodo dormire qui dentro», disse Freyja.

«Povero Tomas», fu il commento di Gudrún.

Freyja colse il suo sguardo e sorrise di nuovo. «Povero Tomas.»

«Non si lamenta mai, però.»

«È stoico.»

Ridacchiarono. Gudrún appoggiò la ramazza contro il muro e si avvicinò alla postazione della mungitura. Freyja era ancora intenta a spremere le mammelle di Margret. Gudrún posò la mano sul fianco dell'animale avvertendo una sensazione di morbidezza e calore sotto le dita. D'un tratto si ritrovò a pensare a Magnús, a come doveva essere toccare la sua pelle, e si affrettò a staccare la mano.

«Credo che resterà», disse. «Tomas, intendo.»

«Sì.»

«Tu vorresti che restasse?»

«No, se non è ciò che desidera.»

«Non ha molto senso.»

«Sai che cosa intendo.»

Gudrún fece scorrere il pollice lungo la guancia di sua sorella e lo premette dolcemente sul mento. «Devi stare attenta, Freyja.»

«Attenta a che cosa?»

«Non dovresti rendergli le cose così facili.»

Freyja sbatté le palpebre e distolse lo sguardo.

«Sto cercando di proteggerti», disse Gudrún. «Gli uomini non rispettano ciò per cui non devono impegnarsi.»

«Grazie per il consiglio.»

«Non è giusto, ma è la vita. Le donne devono essere un milione di cose e gli uomini soltanto una, perché sono loro quelli che comandano. È meglio non farsi coinvolgere troppo.» Tornò a posare la mano su Margret. «Conviene usare il nostro tempo per combattere le regole che loro stessi hanno stabilito per noi.»

Freyja sospirò.
Seguì un altro silenzio. Gudrún accarezzò Margret.
« Com'è stato? Com'è lui? » chiese alla fine, incapace di trattenersi.
« È stato bello. E lui è dolce. »
« E come hai fatto con il dolore? »
« Il dolore? »
« Non ti ha fatto male? »
« Perché avrebbe dovuto farmi male? »
« Dicono che è così, la prima volta. »
Freyja abbassò lo sguardo. « Suppongo di sì. »
« Che cosa hai fatto? »
« Be', puoi lasciare che ti scivoli addosso, come l'acqua. Finisce. »
C'era un velo di tristezza nell'aria.
« Mi dispiace », disse Gudrún.
« Non dispiacerti. » Freyja si alzò e raccolse il secchiello. « Lui mi piace. »

1975

Il Red Stocking Movement aveva indetto uno sciopero per il 24 ottobre, ma poiché la gente aveva timore di quel termine, alla fine avevano deciso di chiamarlo IL GIORNO LIBERO DELLE DONNE. Le donne avrebbero dovuto evitare qualsiasi tipo di attività – sia retribuita che domestica, nel caso fossero state casalinghe come sua madre – allo scopo di sottolineare l'importanza del loro contributo alla società. La manifestazione si sarebbe tenuta a Reykjavík, con tanto di discorsi e canti e « qualsiasi cosa ci dia modo di far sentire la nostra voce », aveva detto una delle organizzatrici all'ultimo incontro. Dovevano distribuire volantini con il programma degli eventi in centro, ma Sigga ne aveva lasciato qualcuno in giro per casa, in posti dove sapeva che sua madre li avrebbe trovati. Aveva cerchiato con l'evidenziatore il titolo – PERCHÉ UN GIORNO LIBERO PER LE DONNE? – e le motivazioni numero 6 e 10. « Perché di una donna casalinga solitamente si dice che non lavora e che si occupa soltanto della casa » e « Perché l'esperienza lavorativa di una casalinga è considerata priva di valore sul mercato del lavoro ».

Poco prima di uscire aveva provato un orribile senso di stordimento, come se il suo cervello stesse scivolando indietro, pronto a uscire dal cranio. Lo stomaco si era rivoltato come per andargli incontro e lei aveva appena fatto in tempo a correre in bagno e a riempire la tazza di vomito. Poi si era di nuovo lavata i denti, si era spruzzata dell'acqua sul viso e si era sentita come nuova. Pétur, in attesa davanti alla porta del bagno, aveva arricciato il naso quando lei era uscita.

«Che diavolo hai combinato là dentro?» le aveva chiesto, e Sigga gli era passata davanti senza rispondere.

Una volta uscita di casa, con l'aria fresca sul viso, si era sentita meglio, eppure avrebbe quasi voluto dimenticare i volantini, le riunioni, le altre attiviste, e andare a fare una bella nuotata in piscina. La più vicina era la Sundhöllin e il padiglione centrale, con il suo soffitto alto e l'acqua profonda, i fasci di luce che filtravano attraverso le finestre alte e strette e il tranquillo sciacquio dell'acqua smossa dalle sue bracciate su e giù per le corsie, le dava la stessa pace che le dava passare il tempo da sola con Amma. Forse perché era stata proprio sua nonna a insegnarle a nuotare – a nuotare davvero – dopo che lei aveva rischiato di annegare quando aveva poco più di sei anni e mezzo.

"L'incidente", così lo chiamavano in famiglia. Erano in vacanza quando era accaduto, e soggiornavano nella casa nei pressi di Akureyri. C'era anche Amma, che ogni anno li raggiungeva per aiutare la mamma con i bambini. La mamma era sempre diversa in vacanza, dopo una bella dormita. Non le importava che cosa rompevano o perdevano Gabríel e Pétur, non ci badava. «Si sa, i maschi sono così», si limitava a commentare.

Sigga amava le vacanze, amava i tragitti in auto per chilometri e chilometri di campagna disabitata, in mezzo a colline ammantate di betulle, ammirando i fiordi che luccicavano in lontananza e i cigni che scivolavano sull'acqua come macchioline bianche. Poi, arrivati alla casa estiva – l'odore di conifere e torba li colpiva non appena scendevano dalla macchina – lei e i fratelli correvano lungo il vialetto per spalancare la porta d'ingresso.

Prima dell'incidente tutti i suoi ricordi delle vacanze coincidevano con quelli della vita spensierata all'aperto, con il sole che batteva sulle teste e sulle spalle nude e l'aria che profumava d'estate, di terra calda, di sterco di pecora e timo speziato. Le case dai colori vivaci di Akureyri brillavano sempre in lontananza, insieme al suo fiordo, un lungo dito di un azzurro intenso che puntava su, verso l'Artico, dove piccole onde increspavano una superficie altrimenti liscia come seta.

E poi quel giorno – il verde tutt'intorno a lei – d'un tratto ricordò com'era stato tutto oleoso e pesante, il che l'aveva sorpresa, perché l'acqua in fondo non era niente, scorreva fra le dita quando tenevi la mano sotto il rubinetto.

I maschi sono così. La mamma ne era ancora convinta, anche dopo l'incidente. Anche dopo che Sigga, tornata dall'ospedale, aveva cercato di dirle che era Pétur il più vicino a lei sul frangiflutti del porto. Quando aveva sentito una mano sulla schiena, la spinta improvvisa, aveva capito che doveva essere stato lui a spingerla. Sigga era caduta a volo d'angelo, mulinando braccia e gambe come se in quel modo potesse librarsi in aria, e per tutto il tempo dilatato della caduta li aveva sentiti ridere, Pétur e l'amico che aveva conosciuto quell'estate. Ma lei era ancora lì. E Amma le aveva insegnato come valutare il movimento della marea osservando la superficie dell'acqua; non sempre è visibile in superficie, ma può trascinare via l'acqua sotto i piedi.

«È la cosa più importante che posso insegnarti», le aveva detto. «Come sopravvivere in mare.»

Amma rimase in silenzio durante il breve tragitto a piedi sino alla stazione degli autobus di Hlemmur, da dove sarebbero partite. Erano quasi le nove e mezzo e il sole, appena visibile nel cielo, sfiorava le antenne sui tetti delle case del centro città. Giù dalla collina, uno stormo di zigoli delle nevi se ne stava appollaiato sullo schienale di una panchina davanti a uno spiazzo di erba e cemento, i resti di una casa bruciata durante l'estate precedente. Ancora più lontano, le onde sbattevano contro il frangiflutti. Il rosa tenue del cielo stava già sfumando nel grigio; Reykjavík appariva fredda sotto quella cappa triste.

«Tutto bene?» chiese Sigga mentre raggiungevano l'angolo tra Grettisgata e Snorrabraut.

«Mmh?» mormorò Amma. «Hai detto qualcosa?»

«Stai bene?»

La donna prese la mano di Sigga e la strinse. «Stavo pensando a mia sorella.»

Oltre a non menzionare mai il padre di Pabbi, Amma non parlava quasi mai di sua sorella. Tutto ciò che Sigga sapeva della sua prozia era che, come lei stessa del resto, andava matta per la *kjötsúpa*, la zuppa a base di agnello e verdure.

«Come mai ti è venuta in mente?»

«Questi volantini. Il punto in cui si parla delle mogli degli agricoltori. Noi non eravamo mogli, ma figlie di agricoltori, e facevamo parte di quella comunità a prescindere dal sesso. E ora le donne non sono accettate come membri effettivi del sindacato degli agricoltori. A volte ho l'impressione che facciamo due passi avanti e uno indietro.»

«Tua sorella avrebbe aderito al movimento?»

«Ne sono certa.»

«Vorrei che la mamma fosse altrettanto aperta.»

«Se non altro, ha delle opinioni forti. Nessuno potrebbe mai accusarla di non sapere il fatto suo.»

«Immagino di sì.»

Amma lasciò andare la mano di Sigga e si tolse un pelucco dalla giacca. «Non sempre riusciamo a capire le persone che amiamo. Io, ad esempio, non ho mai capito mia sorella.»

«Perché?»

«Una volta, quando eravamo ragazzine, il nostro gatto non tornò più a casa, e lei uscì a cercarlo per due notti di fila, camminando sotto il vento e la pioggia per trovarlo. Aveva fatto una specie di patto con se stessa: avrebbe dato tre anni della propria vita se il gatto ne avesse potuto avere tre in più. All'epoca pensai che doveva essere davvero infelice se era disposta a fare una cosa simile. Ora capisco che era soltanto di una generosità straordinaria, superiore a quella di chiunque altro.»

«Come Pabbi», chiosò Sigga.

«Comunque...» Amma diede un colpetto al plico di volantini che teneva in mano. «È troppo sperare che tutte partecipino alla manifestazione. Ma basta parlare di donne. Piuttosto, come sta l'aspirante ginecologo?»

«Olafur? Ti manda i suoi saluti. Ed è curioso di sapere che cosa c'è che non va con la ginecologia.»

«È assurdo che un uomo possa pensare di saperne di più sul corpo di una donna di quanto ne sappia lei. Ma a parte questo, non c'è niente che non va.»

«Credi che Pabbi ne sappia di più del tuo corpo?»

«Lui è un traumatologo. Non si impiccia dell'apparato riproduttivo delle donne.»

«I ginecologi si preparano per anni, sai?»

Amma si passò il plico di volantini da un braccio all'altro. «È quello che vogliono farci credere.» Sorrise. «Anche questo fa parte del tentativo di ingannare noi e la nostra sessualità, in modo da poterla controllare.»

«Olafur non sta cercando di controllarmi.»

«No?»

«Perché non ti piace?»

«Che cosa dovrebbe piacermi di lui?»

«Amma!» Sigga cercò di apparire severa.

«Oh, be'. Finché sei felice tu... E comunque, non devi stare con lui per sempre.» Amma si accigliò leggermente. «Che cosa sta succedendo laggiù?»

L'Hlemmur – un basso edificio di vetro coperto dalla vivace insegna rossa e gialla della società di trasporti Strætó – era situato in mezzo a una grande isola di cemento circondata da tre strade principali. Mentre attendevano di attraversare la Laugavegur, Sigga notò due donne che litigavano. La più anziana stava cercando di strappare di mano un mucchietto di volantini che l'altra teneva stretto al petto. La più giovane doveva essere coetanea di Sigga, o forse leggermente più grande, una brunetta bassa, con una frangetta corta e una salopette blu sopra un maglione di lana rossa.

La più anziana batté la mano sul volantino che era già stato affisso su un lato dell'Hlemmur e disse qualcosa che si perse nel frastuono del traffico. Il volantino era bianco, con uno slogan che spiccava in rosso. Sigga aguzzò la vista per leggere: "Il nostro corpo, la nostra scelta".

Amma scosse la testa ed emise un borbottio di disapprovazione. «Povera ragazza», disse. «Non otterrà nulla facendo così.»

«Mamma direbbe che dovrebbero metterla in galera solo per aver sollevato l'argomento.»

«Davvero?»

«A volte penso che si farebbe scrivere sulla lapide: "Chi è causa del suo mal, pianga se stesso".»

Amma sorrise. «Alcune persone fanno la voce grossa, ma quando si arriva al dunque non sono più così inflessibili.»

«Be'...»

Il semaforo scattò sul verde, e Sigga e Amma attraversarono.

Sigga scorse un'altra figura, tutta infagottata in una sciarpa colorata, che faceva cenni nella loro direzione.

«Ava viene con noi?»

«Si è offerta lei», disse Amma. «Le fa bene uscire un po'.»

«Oh», disse Sigga sforzandosi di non lasciar trapelare la sua delusione.

«Non ti dispiace, vero?»

«Certo che no.»

Si fermarono davanti ad Ava, di cui si vedevano soltanto gli occhi attraverso la fessura lasciata dalla sciarpa.

«Ciao, Ava. Felice di rivederti», disse Sigga.

«Come va la scuola, Sigga?» chiese Ava con voce ovattata. «Non ho avuto modo di chiedertelo all'ultima riunione.»

«Sigga ha vinto un concorso per scrittori esordienti con il suo racconto», buttò lì Amma consegnandole una pila di volantini.

«Complimenti!», disse Ava. «Di che cosa parla il tuo racconto?»

«È basato sulla *Saga di Bárdur*», rispose Sigga. «Ovviamente.»

«Ovviamente.»

«Dille come si intitola», la esortò Amma.

«*L'altra*. È incentrato su Helga, più che su Bárdur.»

Ava sorrise, e i suoi occhi si incresparono agli angoli. «Capisco perché hai vinto, allora. Probabilmente non ci hanno capito niente e si sono arresi.»

Sigga scoppiò a ridere. Si sentiva di nuovo bene, quasi frizzante. Era soddisfatta quando aveva avuto l'idea per il soggetto del suo racconto, sebbene sua madre avesse alzato gli occhi al cielo nell'apprenderlo.

«Bene, ora ne sai tanto quanto me», disse Amma. «Dato che non ho ancora avuto il piacere di leggere questo famoso racconto.»

«Non me l'hai chiesto», si difese Sigga.

«Ma è ovvio che voglio leggerlo. E prima di tutto voglio sapere perché hai scelto di concentrarti su di lei.»

Sigga gonfiò le guance. Era quella la parte che temeva di più; cercare di tirar fuori una risposta a quel "perché". All'apparenza, la Saga di Bárdur riguardava Bárdur Snæfellsás. Discendente dei giganti da parte di padre e dei troll da parte di madre, era cresciuto sulle montagne della Norvegia. Era salpato per l'Islanda con la moglie e le sue nove figlie e aveva fondato una comunità sulla penisola di cui era diventato il capo. Erano vissuti in pace per un po', finché Helga era scomparsa, spinta in mare dai nipoti di Bárdur. Lui li aveva uccisi tutti per vendetta e si era ritirato tra le montagne. In seguito aveva appreso che Helga era sopravvissuta e che viveva insieme a un uomo sposato. Bárdur la costrinse a tornare a casa con lui, ma lei non trovò mai più la felicità.

E poi c'era Gestr, figlio di Bárdur e della figlia dell'amante di Helga, sedotta dallo stesso Bárdur, una sorta di punizione per il comportamento sconveniente di Helga. Helga era stata costretta a crescere il ragazzo sino all'età di dodici anni e poi era sparita dalla narrazione, che invece proseguiva concentrandosi su Gestr sino alla sua morte cruenta per mano del padre per essersi convertito al Cristianesimo.

Perché Sigga *non* avrebbe dovuto scrivere un racconto dal punto di vista di Helga? Anzi, era più sorprendente che nessuno l'avesse fatto prima. Le era sempre apparso chiaro che Helga rappresentava il collegamento tra la prima e la seconda parte della saga, che la sua storia aveva causato la regressione di Bárdur ai comportamenti dei suoi antenati. L'inizio della saga, raccontando degli avi e dell'infanzia di Bárdur, rivelava ai lettori chi sarebbe diventato *lui*, ma ciò era possibile soltanto grazie a Helga. Ed essendo la genealogia di Bárdur delineata in quel modo, la famiglia diventava un'entità fuori dal tempo e il destino di Bárdur intrecciato con le vicende degli antenati. Sigga sapeva che la storia si sarebbe ripetuta e che la natura della famiglia sarebbe rimasta la stessa, e sapeva che ciò era significativo. Ma non sapeva *come* era arrivata a quella conclusione: era chiaro, esattamente come era chiaro che le piaceva lo skyr e preferiva John Lennon a Paul Mc Cartney e Gabríel a Pétur.

« Per tenere alta la suspense? » chiese Ava.

« In un certo senso », disse Sigga.

« Ad ogni modo, cominciamo », disse Amma. Fece scorrere il pollice sulla guancia della nipote e lo premette leggermente sul mento. « Sigga deve essere a lezione per le dieci e mezzo, perciò cerchiamo di combinare qualcosa prima di quell'ora. »

Il volantinaggio è stato un successo, pensò Sigga. Quasi tutti coloro che avevano avvicinato erano apparsi interessati, tranne una donna di mezza età accompagnata da un uomo quasi calvo in leggero sovrappeso che, invece di prendere il volantino, si era messa le braccia dietro la schiena fissando oltre la spalla di Sigga, come se lei fosse invisibile. L'uomo aveva bofonchiato qualcosa a proposito dei baby-killer, e per un istante Sigga pensò alla ragazza in salopette che distribuiva volantini e si domandò che fine avesse fatto.

Si spinsero sino a Prikid, e poi Sigga dovette affrettarsi per la sua lezione di letteratura.

Entrò in aula accaldata e senza fiato, sperando di passare inosservata, ma il suo insegnante, Mr Finnbogi, doveva essere stato in attesa che lei arrivasse, perché si lanciò subito in una tirata sul suo racconto, il prestigio del concorso e la ricca eredità del folklore islandese mentre lei scivolava silenziosamente al proprio posto desiderando di potersi nascondere sotto il banco. Poi, a fine lezione, il professore la trattenne per chiederle che cosa intendeva studiare all'università e le assicurò che la riteneva in grado di frequentare la facoltà di Letteratura, mentre Sigga, visibilmente agitata, si limitò ad annuire. Non riusciva nemmeno a pensare di iscriversi a una facoltà, non sapendo come sarebbe andata a Londra. Se fosse effettivamente andata a studiare all'estero, sarebbe stata la prima in famiglia a lasciare l'Islanda. Cosa non di poco conto.

«Tutto a posto?» chiese Mr Finnbogi a un certo punto, e lei si rese conto di aver continuato ad annuire sebbene lui avesse smesso di parlare.

«Mi scusi, mi ero distratta un momento.»

L'uomo fece schioccare le dita. «Stai dando una mano nell'organizzazione del Giorno Libero delle Donne, vero?»

Sigga annuì di nuovo.

«Mia moglie è molto interessata al riguardo. Lavora nell'amministrazione pubblica locale e il suo capo non vuole sentir parlare di asilo nido. Per fortuna mia suocera si è trasferita vicino a noi per prendersi cura dei bambini.»

Sigga iniziò a sudare all'attaccatura dei capelli e una goccia di sudore le scivolò sulla fronte. Se la asciugò rapidamente con la mano e si domandò perché d'un tratto si sentisse suscettibile e nervosa. «Già, è davvero una fortuna», disse.

Quando arrivò a casa quella sera, i volantini che aveva lasciato per sua madre la aspettavano sulla scrivania di camera sua, impilati in bell'ordine.

C'era qualcosa che non andava, di nuovo quello strano fastidio allo stomaco. Cercò di respirare lentamente, fissando un punto ben preciso nella luce tenue che filtrava dalle finestre – perché da qualche giorno si svegliava così presto? –, ma quella sgradevole sensazione si fece sempre più insistente finché, all'improvviso, Sigga dovette correre in bagno per vomitare. Pezzi scuri e arancioni, liquido marrone: la *kjötsúpa* della sera prima.

Quando ebbe finito, si sedette con la schiena appoggiata alla vasca da bagno e lasciò ciondolare la testa. Anche sua madre non era stata bene; forse si stavano prendendo tutti l'influenza. Se non fosse che all'improvviso Sigga si sentiva benissimo, come nuova. Liberata.

D'altro canto, però – anche se era un pensiero folle – quando le era venuto il ciclo l'ultima volta?

Non essere stupida, si disse. Non riusciva a ricordare la data esatta, ma ricordava di non aver avuto le mestruazioni dopo il rientro a scuola dalle vacanze estive. In effetti, a pensarci bene, ricordava di aver comprato una confezione di assorbenti in agosto e di averli buttati nell'armadio, dove erano rimasti intatti. Perché non se n'era accorta prima?

Si alzò barcollando e tornò in camera. Si infilò nel letto e Olafur aprì gli occhi. «Sono già le otto?»

«No.» Sigga si coprì tirandosi il piumino sino al mento. «Dovevo fare pipì.»

«Bevi troppa acqua», disse lui, e si voltò dall'altra parte.

Sigga guardò fuori dalla finestra. No, non poteva essere incinta; stava sempre attenta quelle poche volte che faceva sesso con Olafur. Però non era mai stata così male.

Sentì il battito accelerare, un senso di costrizione al petto, e chiuse gli occhi. No. Non era incinta, non voleva nemmeno pensarlo.

Le venne un altro conato di vomito, ma quella volta senza conseguenze perché si era svuotata poco prima. Non c'era verso di riprendere sonno. In ogni caso aveva appuntamento con Amma da Mokka, il loro bar preferito, prima della scuola. Amma l'avrebbe rassicurata, le avrebbe detto: «Oh, questo non significa che tu sia incinta. Avrai mangiato troppo salato, o non abbastanza salato» o qualcosa del genere, e Sigga si sarebbe subito sentita meglio. E se invece *fosse* stata incinta... be', Amma avrebbe saputo che cosa dire anche in quel caso.

«Io mi alzo», disse a Olafur. «Vuoi fare tu la doccia per primo?»

Lui aprì gli occhi e la guardò con la vista annebbiata. «No», disse dopo qualche istante. «Ho lasciato dei libri a casa. Andrò a prenderli e ne approfitterò per fare la doccia là.»

Sigga si alzò, si lavò e si vestì frettolosamente in bagno. Quando scese al piano di sotto, Olafur era già salito sulla sua auto – il taxi del padre in realtà, una Flymouth Chrysler marrone –, parcheggiata vicino a quella di Sigga. Mentre lei lo raggiungeva, alzò gli occhi verso la finestra all'ultimo piano e notò un movimento confuso, come se qualcuno avesse scostato la tenda per sbirciare fuori e si fosse ritratto immediatamente.

Bussò sul finestrino dalla parte del passeggero e Olafur si piegò per abbassarlo.

«I miei vicini ti stanno spiando di nuovo», disse Sigga.

«Chi?»

«Quelli dell'appartamento all'ultimo piano.»

«Intendevo lui o lei?»

«Probabilmente lei. Lui di solito è già uscito a quest'ora.»

Olafur stava armeggiando con l'autoradio. «Non dirmi che è di nuovo guasta.»

«Per stasera... Forse dovrei passare un po' di tempo con i miei genitori. Mia madre continua a tormentarmi», disse Sigga.

«È quello che fanno tutte le madri, no?»

«La tua non si comporta così con te.»

«Be', è diverso. Io non sono la sua unica figlia femmina. Allora, Sali o no?»

Sigga guardò le mani che stringevano il finestrino aperto. «Posso farti una domanda?»

«Dimmi.»

«Tu vorresti dei figli?»

«Certo.»

«Quando pensi di averli?»

«Meglio averli quando si è giovani, immagino.»
«Lo dice anche Karen.»
Karen era una compagna di scuola di Sigga, nonché la sua migliore amica.
Olafur le lanciò una rapida occhiata, poi tornò a concentrarsi sull'autoradio. «Che altro dice Karen?»
«Vuole almeno otto bambini. Due parti trigemini e uno gemellare.»
«Oltre i tre è come andare in cerca di guai.»
«Perché tre?»
«A quel punto non si può più tornare indietro dal punto di vista dell'elasticità dei tessuti.»
«Oh, capisco.»
Sigga si era figurata la scena: le urla, le risate, le briciole dei biscotti mangiucchiati sotto i piedi. E Karen che adorava i suoi marmocchi e venerava suo marito, il quale rientrava a casa la sera in cerca di un pasto caldo quando i bambini erano già a letto, per poi uscire di nuovo e andare al bar con gli amici. Aveva provato un moto di compassione per quella futura versione di Karen, poi di vergogna per il proprio atteggiamento di superiorità nei confronti della sua amica. Non sapeva spiegare da dove derivasse. Solo che a volte la gente sembrava davvero cieca, pronta ad *accontentarsi* della propria condizione e per nulla desiderosa di cercare altro. Eppure *doveva* esserci altro, Sigga lo sentiva; l'esistenza non poteva essere così priva di colore come il doversi accontentare.
«Ce l'ho fatta», disse Olafur, e alzò il volume.
«*... e ora torniamo in Botswana, dove Elizabeth Taylor e Richard Burton si sono appena risposati*», stava dicendo il giornalista, e d'un tratto Sigga non riuscì a respirare. Fu questione di un attimo, ma all'improvviso non poté sopportare nemmeno il pensiero di essere chiusa nell'abitacolo.
«Che cosa ci fai ancora lì?»
«Sai che ti dico? Me la faccio a piedi. Ho bisogno di un po' di aria fresca.»

Olafur lanciò un'occhiata al lembo di pelle nuda fra i suoi stivali e la gonna. « Non fare la stupida. »

« Be', grazie mille. »

« Sigga, non voglio litigare. »

« Allora non cercare un pretesto per farlo. »

« Okay, scusa. Ma è un po' di tempo che sei strana con me. »

Lei si irrigidì, seccata. « Hai detto che non mi avresti fatto pressioni. »

« No, non mi riferivo al... lato intimo. »

« Allora in che cosa sono strana? »

« È da quando hai vinto il premio per il tuo racconto. È come se d'un tratto pensassi di essere migliore di me. »

Lei distolse lo sguardo. *Potresti semplicemente essere orgoglioso di me?* Ma forse si stava davvero comportando in maniera diversa.

« Non è così? »

Sigga si sforzò di sorridere. « Certo che no. È tutto a posto, Olafur. »

« Dici sul serio? »

« Ci vediamo dopo. »

Lo udì sospirare mentre lei si allontanava.

Arrivò all'appuntamento con cinque minuti di anticipo, aprì la porta ed entrò al Mokka. Era un bar alla moda con colonne a mosaico, lampade a sospensione, moquette rossa e séparé in similpelle. In fondo al locale, una cameriera era appoggiata al bancone in cui erano esposti i piatti presenti sul menù del giorno.

C'era un unico altro cliente seduto nella saletta al piano di sopra. Sigga ordinò un waffle, pagò e si sistemò al tavolo più vicino alla porta. Mentre aspettava, tirò fuori il taccuino e la penna. Il locale era sempre tranquillo a quell'ora, ed era uno dei motivi per cui le piaceva. Quando lei e Amma avevano iniziato a uscire da sole, quello era stato uno degli unici posti della città dove avevano la garanzia di non imbattersi nel resto della famiglia.

La cameriera le servì quanto aveva ordinato, dopodiché tornò alla sua postazione. Sigga strappò un angolo del waffle e lo intinse prima nella panna, poi nella marmellata. Amma era in ritardo, cosa insolita per lei.

Sigga aprì il suo taccuino. Poteva ingannare l'attesa scrivendo il discorso per la cerimonia di assegnazione del premio. Ma le sembrava un evento lontano e insignificante in quel momento: la cerimonia, il racconto. Perché mai le era venuto in mente di scrivere di Helga? Che importanza aveva se era stata allontanata dall'uomo che amava, costretta a fare da madre al proprio fratellastro senza mai avere figli propri? Era davvero quella la tragedia peggiore per una donna, non avere figli propri?

Rimise il cappuccio alla penna. E se una ha dei figli e non è in grado di amarli? Ma no, era assurdo. Quale madre non ama i propri figli?

Finì di mangiare il waffle e allontanò il piatto. Amma era in ritardo di quasi venti minuti ormai. Sigga raccolse le sue cose e uscì; superò l'edificio del carcere praticamente correndo, sbucò in Grettisgata e proseguì sino a casa di Amma.

La trovò fuori, intenta a parlare con la vicina del piano di sopra. Avvicinandosi, udì la donna dire «... dev'essere un turista», e Amma aggiungere: «Potrebbe essere chiunque. A volte succede che qualcuno faccia perdere le proprie tracce di proposito».

«Ma pensa che comportamento *egoista.* Tutte quelle persone che ti cercano, mettendo a rischio la propria vita...»

Non appena vide Sigga, Amma spalancò gli occhi. Toccò la manica della vicina e la donna si interruppe a metà frase.

«Oddio, scusami tanto», esclamò Amma. «Mi sono completamente dimenticata. Dovevamo vederci al Mokka, vero?»

«Non importa», disse Sigga, anche se non era vero. In realtà avrebbe voluto dire che era *seriamente preoccupata*, ma ora che era arrivata sin lì era quasi arrabbiata, invece. *Ti sei dimenticata di me perché eri troppo occupata a spettegolare?*

«Ho troppe cose per la testa», disse Amma, e la sua vicina annuì con forza.

«È colpa mia», disse.

«È sparito qualcuno?» chiese Sigga cercando di mantenere un tono di voce neutrale.

«Non di recente», disse la vicina. «È il cadavere di cui hanno parlato anche al telegiornale. Mi sono ricordata che tua nonna è originaria di quella zona.»

Amma lanciò un'occhiata a Sigga. «Vuoi entrare a prendere un caffè?»

Sigga controllò l'orologio. «Devo andare a lezione.»

«Domani, allora?»

«Va bene.»

Amma parve sul punto di aggiungere qualcosa, ma la sua vicina riprese a parlare, al che Sigga fece un breve cenno di saluto e si avviò nella direzione opposta rispetto a quella da cui era venuta. Meglio andare, si disse, piuttosto che restare lì e discutere, cosa che non succedeva mai. Sua nonna non l'aveva fatto apposta, lo sapeva, e quando Sigga arrivò a scuola, l'irritazione era quasi svanita.

1911

L'occasione successiva in cui Gudrún vide Magnús fu il 17 gennaio. Il giorno del compleanno di sua madre. Intorno a mezzogiorno, sull'onda di un guizzo istintivo, lasciò Freyja e Tomas a fare il sapone – bollendo soda e grasso di pecora, con gran divertimento di Tomas – e si recò a piedi sino alla chiesa di Hellnar sotto la sferza del vento pungente. Lungo la strada notò due cespugli di uva ursina ancora carichi di frutti – quasi un presagio – e ne staccò alcuni rametti da portare con sé.

Quando arrivò, la chiesa era deserta. Con il bel tempo, quel luogo era gradevole e accogliente, con la luce che spioveva dalla guglia, i soffici, verdi tumuli delle tombe che punteggiavano l'area circostante, l'azzurro intenso dell'Atlantico che si scorgeva più giù, ai piedi della scogliera. In un giorno di brutto tempo, invece, il piccolo cimitero appariva freddo e sgraziato, la chiesa desolata, il paesaggio di un grigiore implacabile: grigio il cielo, grigie le lapidi, grigio il mare che si scatenava in tutta la sua furia. In compenso, in una brutta giornata come quella, rifletté Gudrún, era improbabile trovare Padre Fridrik nei paraggi.

Si inginocchiò ai piedi della tomba di sua madre e depose i rami che aveva raccolto, formando una croce sul tumulo. La neve era come zucchero spolverizzato al setaccio sul terreno, e Gudrún sentiva già scricchiolare le giunture che risentivano del freddo. «Buon compleanno, mamma», disse stringendosi la sciarpa nuova intorno alle spalle.

Era ancora inginocchiata quando si sentì chiamare. Si guardò intorno. Magnús era in sella alla sua giumenta, davanti all'ingresso della chiesa. Gudrún sollevò la mano in segno di saluto e lui ricambiò il cenno, poi smontò da cavallo e le andò incontro.

« Perché siete fuori con questo tempo infame? » chiese soffiandosi sulle mani.

Gudrún si raddrizzò. « Potrei farvi la stessa domanda. »

« Sono venuto a trovare Padre Fridrik, ma pare che non ci sia. »

« E io sono venuta a trovare mia madre. »

« Mi dispiace. » Magnús era vicino a lei ora, e le posò una mano sulla spalla. « Freyja mi ha detto che è morta quando eravate piccole, giusto? »

Gudrún dovette deglutire con forza prima di riuscire a parlare. « Sì, molto piccole. »

Lui ritrasse la mano. « È difficile crescere senza una madre. »

« Anche vostra madre è morta? »

« Può darsi. »

« Non l'avete conosciuta? »

« No. » Magnús le sorrise, poi si voltò a guardare la chiesa. « Venite con me. Voglio mostrarvi una cosa. »

Gudrún lo seguì camminando fra le tombe sino ad arrivare sul sagrato. Magnús spalancò la porta della chiesa ed entrambi si ritrovarono immersi nella penombra.

Gudrún non entrava là dentro da anni, ma l'odore di muffa era forte come lo ricordava, e il soffitto a cupola della stessa tonalità di azzurro di un tempo, anche se le sembrava un pochino più basso.

C'erano quattro banchi di legno su ciascun lato della navata centrale che conduceva a un pulpito disadorno sulla destra, un piccolo organo sulla sinistra e l'altare centrale. Quattro vetrate punteggiavano le pareti lasciando entrare quel poco di luce di una giornata uggiosa.

« Che cosa volevate mostrarmi? » chiese Gudrún.

Magnús percorse la navata e, fermandosi davanti al pulpito, picchiettò un dito sul libro aperto sul leggio.

«Questa Bibbia fu donata alla chiesa dalla famiglia che possedeva gran parte dei terreni qui intorno prima di cederli a mio suocero. È bellissima, vero?»

Gudrún osservò il libro. Era più grande di qualsiasi altro volume avesse mai visto, rilegato in pelle di vitello marrone scuro. Anche i caratteri tipografici erano molto raffinati, e quando Magnús lo richiuse, lei notò le decorazioni in foglia d'oro sulla copertina.

«Padre Fridrik mi ha detto quanto vale», disse Magnús.

«Quanto?»

«Più di quanto potremmo valere noi due, di sicuro.» Le sorrise.

«Allora perché lascia incustodito un esemplare così prezioso?»

«È convinto che a nessuno da queste parti verrebbe mai in mente di rubarlo.» Alzò le spalle. «Del resto, dove potrebbero nasconderlo?»

«Tutta la zona potrebbe offrire un nascondiglio adatto», obiettò Gudrún.

«Mmh.»

Per un attimo Magnús si soffermò a osservare la Bibbia in silenzio, poi vi batté sopra la mano e rivolse un sorriso a Gudrún. Tornarono verso la porta.

«Spero che il formaggio vi sia piaciuto», disse.

«Sì, grazie.»

«Bene.»

«Rósa come sta?»

«Benissimo.»

«E vi siete divertito alla *vikivaki* di Capodanno?»

«La festa con quelle danze non è tanto di mio gradimento.» Magnús la guardò con i suoi occhi leggermente raggrinziti agli angoli. «Preferirei passare il tempo a fare conversazioni interessanti, ma mi dicono che è il ballo, oggi, ad andare per la maggiore.»

Gudrún scoppiò a ridere, sentendosi stranamente leggera e confusa.

« Anche se, in effetti, ho conosciuto qualcuno di interessante quella sera. » Arrivati all'ultimo banco, lui si fermò e si appoggiò al bordo di quello sulla destra. « Il vostro ospite ha in mente di darsi da fare in qualche modo, visto che non seguirà vostro padre in mare per la stagione di pesca? »

« Non so. »

« Ho parlato con un tizio che possiede una fattoria più o meno delle stesse dimensioni di quella di mio suocero. Sta cercando qualcuno che la mandi avanti giorno dopo giorno e che si faccia carico dell'organizzazione del lavoro. Gli ho detto che avrei cercato una persona adatta. »

Gudrún sorrise. « Non credo che Tomas abbia esperienza nel gestire una fattoria. »

« Oh, sono certo che vostro padre saprà essere un buon insegnante. »

« Ma... »

« La paga sarebbe buona, così mi hanno assicurato. »

« Dove si trova la fattoria? »

« Nei pressi di Glaumbær. »

Gudrún avvertì una stretta nel petto. « È a quasi tre giornate a nord da qui. »

« Già. »

« Tomas non accetterà. »

Magnús si mise la mano in tasca e tirò fuori un orologio che strofinò con la base del palmo. « Perché voi sentireste la sua mancanza? »

« No, è che... Voglio dire, certo, gli siamo tutti affezionati. Ma non credo che si spingerebbe così lontano. »

« Perché no? »

« Be'... » Gudrún annaspò alla ricerca di un motivo valido. « Siamo le uniche persone che conosce in Islanda. »

« Vero. Be'... » Magnús si rimise l'orologio in tasca. « Ad ogni modo, non importa. È solo che ci sarebbe piaciuto dare un aiuto. »

« *Vi* sarebbe piaciuto? »

« A me e Rósa. »

Ma certo. Rósa sta cercando di dare un aiuto, pensò Gudrún. *Ha saputo che a Snæfellsnes esiste qualcuno di cui non gestisce ancora la vita.*

« Il nostro unico desiderio è che nessuno si approfitti della vostra ospitalità. »

« Che cosa volete dire? »

Magnús parve imbarazzato. « Mi dispiace, non era mia intenzione offendervi. Mi stavo solo chiedendo come quel giovane potrà ripagare la permanenza a casa vostra, ora che la stagione della fienagione è terminata. »

« Tomas non è un peso per noi. »

« Sono lieto di sentirvelo dire », disse Magnús, e lanciò un'occhiata lungo la strada. « Siete diretta a casa? »

« Sì. »

« Permettetemi di offrirvi un passaggio con Maria, la mia giumenta. »

Gudrún esitò, e lui sorrise.

« Per favore. »

Lei chinò la testa per nascondere il rossore sulle sue guance. « Va bene, grazie. »

Fuori il vento aveva smesso di infuriare, e davanti all'improvviso cambiamento del tempo, i due si scambiarono un sorriso. Il cielo si era fatto di un azzurro sorprendentemente limpido, ogni velatura era stata spazzata via dalla brezza e il sole si rifletteva sulle gocce di rugiada che ancora indugiavano sulle foglie. Uno storno fischiettava e trillava sui rami di un sorbo. Magnús e Gudrún si avvicinarono a Maria, che stava pascolando poco più in là. Lui aiutò Gudrún a montare, poi, con un balzo montò a sua volta dietro di lei.

« Siete sicuro che possa portarci entrambi? » chiese Gudrún.

Lui batté sul fianco della giumenta. « Certo. »

Fece schioccare la lingua, e Maria si mise in movimento, procedendo con cautela lungo la strada.

Gudrún sedeva ben dritta, gli occhi fissi davanti a sé. Tutto le sembrava ingigantito, in un certo senso: il dondolio ritmico della giumenta sotto di sé, il calore del corpo di Magnús alle sue spalle, e fu sollevata quando finalmente scorse casa sua. Freyja e Tomas erano in giardino, il viso rivolto verso Gudrún, il mastello del bucato ai loro piedi. Erano così vicini l'uno all'altro che Gudrún pensò che potessero quasi tenersi per mano.

Magnús fermò Maria davanti al cancello e smontò, poi posò le mani intorno alla vita di Gudrún e la aiutò a scendere sollevandola con disinvoltura, quasi fosse leggera come una bambina.

« Grazie », disse lei.

Lui sorrise.

« Vi andrebbe di entrare a prendere un caffè? »

« Mi farebbe molto piacere. »

Freyja e Tomas erano già rientrati in casa lasciando la porta aperta. Gudrún fece accomodare Magnús nella *badstofa*, poi si avviò in cucina. Freyja stava riempiendo il bollitore.

« L'hai invitato a prendere il caffè », disse senza alzare gli occhi.

« Sì. » Gudrún si tolse il cappotto e la sciarpa. « Posso prepararlo io. »

Freyja fece un passo indietro e le cedette il posto.

« Vado a occuparmi del nostro ospite », disse Tomas.

Gudrún si voltò verso il bollitore. Udì Tomas uscire fischiettando, poi uno scambio soffocato di saluti provenire dall'altra stanza. Tamburellò le dita sul bancone, in attesa che si formassero le bollicine sulla superficie dell'acqua. Jules Verne spuntò da qualche angolo nascosto e si strofinò speranzoso contro le sue gambe, ma lei lo scostò con il piede. Freya si muoveva nervosamente spostando barattoli da una parte all'altra senza uno scopo preciso.

« Avete finito di fare il sapone? » le chiese Gudrún.

« No. Ci siamo distratti. » Freyja sorrise tra sé.

« Mmh. »

« Tomas intende scrivere un'altra lettera stasera. Ci vuole mezza pagina solo per salutare tutti i fratelli e le sorelle. Ti immagini come ci si deve sentire a far parte di una famiglia così numerosa, Gunna? »

«Secondo me nessuna donna dovrebbe affrontare un supplizio simile, figurati se riesco a immaginarmelo.»

Freyja sorrise di nuovo.

Finalmente l'acqua raggiunse il bollore. Gudrún preparò il caffè e lo portò nella *badstofa*.

Tomas se ne stava seduto lì da solo, apparentemente assorto nei suoi pensieri.

«Dov'è Magnús?» chiese Gudrún.

«È dovuto andare via», disse Tomas. «Ha lasciato detto di salutarti.»

«Oh.» Gudrún tentò di sorridere, ma il suo era un sorriso tirato che cercava invano di nascondere la delusione. «Vorrà dire che avremo più caffè per noi. Freyja, aiutami.»

Freyja distribuì le tazze e Gudrún tornò in cucina a prendere panna e zucchero.

Quando rientrò nella *badstofa*, Tomas era in piedi. Allungò la mano per prendere lo zucchero.

«Faccio io», disse, e poi, rivolto a Freyja: «Prima lo zucchero, naturalmente». Versò un cucchiaino di zucchero nella tazza di lei. «Ecco fatto.»

Aveva un tono così compunto che Gudrún quasi scoppiò a ridere, convinta che lui le stesse prendendo garbatamente in giro, ma poi colse la sua espressione e si rese conto che non era così. Distolse lo sguardo.

«Mi piacerebbe vedere da vicino la montagna di Freyja», disse Tomas quando tutti e tre furono seduti. «Mi accompagneresti?»

«Andremo la prima mattina di sole», gli promise Freyja. «Ti piacerà.»

«Ne sono certo.»

Freyja sorrise. «Quando sono tra quelle rocce, ho l'impressione che morire non sia poi così male. Non se avviene lassù.»

«Non essere così tragica. Parli come se fossi Bjartur», disse Gudrún.

Tomas alzò un sopracciglio. « Non mi avevate detto che si è suicidato? »

« È quello che ho sentito dire, infatti », disse Gudrún. « Ha lasciato un biglietto per suo fratello. »

« Che cosa diceva? »

« "Mi dispiace, ma devo farlo." » Gudrún si strinse nelle spalle. « Non era granché come scrittore. »

« Che tipo era? »

« Sembrava un uomo abbastanza semplice. Beveva un paio di bicchieri in occasione delle danze *vikivaki*; amava sua moglie; giocava a *manni*. » Gudrún notò l'espressione incerta di Tomas. « È un gioco di carte islandese. È stato un uomo felice finché è durata. E ora probabilmente suo fratello dovrà vendere la fattoria. »

« Mi pare che non ci sia nessuna analogia con l'atteggiamento di Freyja », osservò Tomas.

« Infatti. » Freyja appoggiò la tazza sul suo ginocchio. « E comunque dico sul serio. Non riuscite a immaginare di far parte della montagna per sempre? »

« È quel "per sempre" che non riesco a immaginare », disse sua sorella, più tagliente di quanto intendesse essere. « Nessuno ci riesce. »

Freyja, testarda, insistette. « Io ci riesco quando sono lassù. »

« Tu e Dio. »

« Non intendo con la mente... »

« In quale altro modo puoi immaginare? »

« Con il corpo. »

« È vero », disse Tomas. « I figli delle mie sorelle hanno capito che cosa significa avere fame e sentirsi soli prima ancora che le loro menti sapessero come formare le idee. »

« Be', se guardiamo ai bambini per avere risposte... », disse Gudrún, e Freyja rise. La sua caparbietà si stava sciogliendo.

« Raccontami una storia dalla Saga di Bárdur », disse Tomas di punto in bianco. « Dove lui aiuta qualcuno. »

Gudrún sospirò. « Adesso? »

«Ti prego.»

«Un uomo che veniva dalla Norvegia con Bárdur – Ingjaldur, così si chiamava – si era stabilito vicino al monte Ennisfjall, dove viveva la gigantessa Hetta. Hetta continuava a uccidere le pecore di Ingjaldur, e quando lui la affrontò, lei cercò di ingannarlo dicendogli che gli avrebbe rivelato un buon posto dove pescare in cambio delle pecore che lei aveva già rubato.»

«E poi che cosa accadde?»

«Poi, quando Ingjaldur uscì in mare, lei scatenò una terribile tempesta e lui rischiò di annegare. L'uomo invocò l'aiuto di Bárdur, e proprio quando stava per morire assiderato, gli si avvicinò una barca. Notò che il vogatore indossava una tunica grigia e si rese conto che si trattava di Bárdur in persona, venuto in suo soccorso.»

«Come ha fatto a capirlo?»

«Bárdur portava sempre una tunica grigia dopo essersi ritirato sui monti, ricordi?», disse Freyja.

«Oh, sì.»

«Non era l'eroe che potresti immaginare», spiegò Gudrún. «Si limitava ad andare in soccorso di coloro che lo chiamavano e che poi gli esprimevano la loro gratitudine», spiegò Gudrún.

«Lo credo bene», disse Tomas. Si piegò in avanti e le strinse forte la mano. «Come fai a sapere tutte queste cose, Gunna?»

«Le so e basta.» Gudrún si alzò, cercando di non farsi vedere così agitata. Tomas non la chiamava mai Gunna, e non l'aveva più toccata da quando aveva posato la testa sulla sua spalla durante il tragitto da Dritvik. «Credo che prenderò un altro caffè», disse, e lasciò la stanza.

L'invito arrivò il giorno successivo poco dopo la colazione, quando Freyja stava lavando i piatti in cucina. Fu Gudrún a leggerlo a voce alta agli altri due. Rósa Gudmundsdóttir li invitava cordialmente al ballo che si sarebbe tenuto alla Big Farm per festeggiare il compleanno di suo marito.

« È questo sabato », disse Gudrún girando il biglietto. « Il 21 gennaio. »

« Significa qualcosa? », chiese Tomas.

« Non credo abbia lasciato l'organizzazione all'ultimo momento », disse Gudrún. « Evidentemente non ha pensato di invitarci prima. »

« Io non capisco perché siamo stati invitati », disse Papi, e si tirò le maniche del maglione. « Ora ci tocca andare. »

« No », disse Gudrún. « Non abbiamo bisogno della sua carità. »

« Andremo eccome, invece », ribatté Papi.

« Forse c'è *qualcuno* che vi vuole là », disse Tomas, e Gudrún si sentì avvampare.

« Se proprio dobbiamo farlo... andremo. »

La mattina della festa si preannunciava limpida e mite.

« Mi porti sulla tua montagna, quindi? » chiese Tomas a Freyja.

« Mi raccomando, vedete di tornare per tempo », disse Gudrún, come se non le importasse di restare a casa da sola con Papi, immerso nella sua lettura.

Freyja sorrise, prese la mano di Tomas e lo trascinò fuori dal cancello correndo, con la treccia che saltellava da una spalla all'altra.

Furono di ritorno soltanto poco prima delle cinque. Papi li aspettava accanto al cancello del giardino, una figura scura e senza forma; il tenue bagliore arancione della sua pipa accesa lo faceva sembrare un vulcano lontano.

« Si parte fra mezz'ora », fu tutto ciò che disse quando Tomas e Freyja gli passarono accanto.

Gudrún corse in cucina, dove aveva messo una grande pentola d'acqua sul fornello per farla scaldare. Accese il fuoco e, mentre aspettava, portò una candela in camera sua. Papi aveva steso i loro vestiti buoni in bell'ordine sul letto, e Gudrún si sentì chiudere la gola all'idea che suo padre li avesse preparati con tanta cura continuando a tenere un occhio e un orecchio tesi in attesa del ritorno di Freyja. Lei e Tomas sarebbero potuti salire sulla montagna in qualsiasi altro momento, si disse. Perché Tomas l'aveva suggerito proprio quel giorno?

Si lavò con l'acqua che aveva fatto scaldare, si cambiò d'abito e si fece passare un pettine fra i capelli. Freyja si stava cambiando dietro di lei nella penombra in cui era immersa la stanza.

« Faremo tardi », disse Gudrún senza guardarla in faccia.

« L'inizio vero e proprio sarà fra qualche ora », disse Freyja. « Lo so perché davano sempre un sacco di feste quando lavoravo là. »

« Come si svolgerà? »

« Ci saranno musica e balli e cibo. Usano l'argenteria per le feste; toccava sempre a me lucidarla. Rósa diceva che lo facevo meglio di chiunque altro. »

« E per lei ci vuole solo il meglio, naturalmente. »

« Le piace che la gente pensi che ha una bella vita. A volte mi fa pena. » Freyja fece un passo avanti entrando nel cerchio di luce irradiato dalla candela e Gudrún sentì un nodo formarsi alla bocca dello stomaco. Indossava un abito bianco appartenuto alla loro madre, e i capelli biondi tirati indietro e legati con un nastro blu le lasciavano il viso scoperto. Sembravano ancora più folti e lucidi del solito, le labbra più turgide e rosse, la pelle delle braccia e del viso ancora più luminosa.

« Davvero? » disse Gudrún, e in quell'istante, capendo che Rósa era stata eclissata come donna più bella della penisola, concluse che sì, anche lei poteva quasi compatirla. Provò una punta di imbarazzo, poi si riscosse. Quella davanti a lei era Freyja, la sua sorella minore, cui aveva pettinato i capelli alla ricerca dei pidocchi, cui aveva asciugato il moccio da bambina.

« Qualche volta sì », disse Freyja. Si torceva le mani, quasi si sentisse in imbarazzo anche lei, e Gudrún le afferrò i polsi per tranquillizzarla.

«Ora sarà meglio andare», disse.

La Big Farm si trovava ai margini dei campi di lava, e alla luce della lanterna oscillante, Gudrún vedeva la roccia nera che si inerpicava su per le colline e scendeva nei canaloni, ricoperta dallo spesso, morbido strato di muschio tra il grigio e il verdastro che si formava sempre dopo il raffreddamento. Rimasero in silenzio mentre si avvicinavano, con il respiro che formava ghirlande di vapore intorno ai loro visi, ma si sentiva già la musica nell'aria e si intravedevano le luci che uscivano dal grande edificio posto in mezzo a un prato bordato di betulle. Gudrún avvertiva il profumo dell'erica e della gaultheria e udiva il gorgoglio di un piccolo ruscello che sbucava dallo strato di lava circostante. Girò la testa per individuarlo, e Freyja indicò un punto lontano sulla sinistra.

«Si getta in un lago laggiù», spiegò. «Sarà profondo almeno cinque metri. Quando c'è il sole, il fondo riflette l'azzurro del cielo.»

«Bene», disse Papi, incerto. «Eccoci qui.»

«Riconosco questo brano», disse Tomas.

Si erano fermati davanti alla porta d'ingresso e per un attimo nessuno si mosse né parlò. Gudrún si guardò intorno.

«Forse, se ci concentriamo intensamente, ci sentiranno», disse.

Dopo essersi schiarito la gola, Papi finalmente bussò e la porta si aprì immediatamente, investendoli di un'ondata di calore. Gudmundur, il padre di Rósa, apparve sulla soglia. Era il più basso di tutta la famiglia, ma aveva le spalle larghe, una vivace barba rossiccia e degli occhiali dalla montatura rotonda e argentata.

«Einar!», esclamò, e gli tese la mano.

Papi gliela strinse e Gudmundur ricambiò con una pacca sulla schiena.

« Accomodati. Abbiamo ancora un bel po' di quel vino che ti è piaciuto tanto alla vigilia di Natale. »

Papi borbottò qualcosa ma fece un passo avanti, e gli altri lo seguirono.

La *badstofa* della Big Farm era molto più grande della loro, con le pareti rivestite di pannelli in legno di pino e diverse cassapanche decorate sparse qua e là, le cui ombre tremolavano alla luce delle candele. Le sedie e gli altri mobili erano stati spostati ai lati della stanza per fare spazio alla trentina di persone già presenti, che chiacchieravano e ridevano a voce così alta che a stento si riusciva a udire il trio di musicisti nell'angolo a sinistra che suonavano il popolare *Krummavisur* con la fisarmonica, il langspil e il violino. Dall'altra parte della sala, quattro giovani cameriere erano allineate dietro un tavolo, tutte con i grembiuli di un bianco immacolato e le mani arrossate. Rósa e Magnús stavano di fronte al camino acceso al centro della parete opposta, entrambi vestiti di un rosso scuro che, come Gudrún dovette ammettere con una certa irritazione, esaltava i capelli ramati di Rósa. Accanto a Magnús, la giovane donna sembrava ancora più piccola e più delicata del solito. I due stavano parlando con il dottor Jóhann, ma quando Einar condusse Gudrún e la sua famiglia al centro della stanza, Rósa arricciò le labbra in una smorfia, come se avesse appena assaggiato del latte rancido, e Magnús spalancò gli occhi per un attimo, poi sorrise e andò ad accoglierli.

« Non sapevo che avremmo avuto il piacere di ospitarvi questa sera », disse stringendo la mano a Papi.

« Non siete stati voi a invitarci? » chiese Gudrún sforzandosi di ignorare la delusione che le chiudeva la gola. *Chi era stato, allora?*, si domandò. *Rósa?* Era assurdo.

Magnús sorrise di nuovo, un sorriso aperto, anche se un po' distratto. « Ma che bella sorpresa. » Prese la mano di Gudrún e vi posò un bacio formale, poi fece altrettanto con Freyja. Questa annaspò e ritirò la mano destra non appena lui l'ebbe lasciata andare e se la portò al petto come se fosse qualcosa di delicato.

Nel gruppo ci fu un attimo di esitazione. Papi strusciò i piedi e si schiarì la gola. Gudrún maledisse silenziosamente sua sorella per l'incapacità di dissimulare le reazioni.

« Bene, ti lascio ai tuoi ospiti », disse Gudmundur al genero, e si unì al dottore e a Rósa che erano ancora immersi in una fitta conversazione, anche se Gudrún aveva la sensazione che la donna la stesse guardando con la coda dell'occhio.

Mentre Rósa osservava il gruppetto di nuovi arrivati, un altro uomo si avvicinò a loro e Gudrún riconobbe Palli, che aveva perso un occhio in seguito a un incidente con un amo quand'era ragazzo e che da sempre era innamorato di Rósa.

« Prego, bevete qualcosa. » Magnús fece cenno a una delle cameriere, che arrivò con un vassoio pieno di bicchieri di vino.

« Grazie », disse Papi prendendone uno.

Tutti fecero altrettanto tranne Freyja, che scosse il capo.

« No, grazie, Lauga », disse, e la ragazza ebbe un sussulto, come se non l'avesse riconosciuta.

« Puoi portarne un po' ai musicisti », disse Magnús alla cameriera, e lei annuì in silenzio e si fece strada tra gli invitati.

« Queste feste sono sempre così chiassose? » chiese Gudrún alzando la voce.

Magnús piegò la testa avvicinando la bocca all'altezza dell'orecchio di Gudrún. « Sempre », disse, e lei sentì il suo respiro caldo come una coperta sulla pelle.

« C'è anche il buon Padre Fridrik », disse Tomas.

Gudrún alzò gli occhi e vide il prete avvicinarsi a loro con in mano un piatto traboccante di pane, formaggio e lingua.

« Einar », disse mentre li raggiungeva. « Volevo giusto scambiare quattro chiacchiere con te. Perché ultimamente ogni volta che ti incrocio, tu ti volti dall'altra parte e vai in direzione opposta? »

« Sono molto preso dal lavoro », spiegò Papi. « Forse ogni volta che mi hai visto stavo pensando a quello. »

Gudrún bevve un sorso di vino. Era ovvio che Rósa servisse vino anziché *brennivín* alla sua festa; chi preferiva quella scadente acquavite islandese? Il vino aveva un sentore di terra e polvere con una nota di ciliegia, e Gudrún, irritata, lo trattenne in bocca un po' più del necessario prima di deglutirlo. Sarebbe stata una noia mortale rimanere bloccata lì con Padre Fridrik per tutta la sera anche se c'era un lieve fremito nell'aria, e d'un tratto si rese conto che Papi provava la stessa avversione per il prete che provava lei. In fondo, perché non avrebbe dovuto essere così? Da dove venivano le opinioni di Gudrún sui suoi compaesani se non da lui?

«Non devi lasciare che la tua testa sia piena di pensieri mondani», disse Padre Fridrik. Posò una mano sul braccio di Magnús e il suo viso fu attraversato da una strana espressione, quasi avida, pensò Gudrún. «Il nostro padrone di casa qui presente conosce l'importanza di ritagliarsi un po' di tempo per una riflessione teologica di tanto in tanto.»

«Soltanto lo stolto ritiene che tutti coloro che gli sorridono e lo adulano siano suoi amici», disse Papi.

Padre Fridrik risucchiò un respiro spezzato e Gudrún si bloccò, deglutendo. Senza volerlo, incrociò lo sguardo di Magnús e vide i suoi occhi incresparsi ai lati in maniera quasi impercettibile.

«Da *Edda*», puntualizzò Tomas, come se stessero giocando a indovinare da dove erano tratte le citazioni. Per un attimo Gudrún si domandò come facesse a conoscere quell'opera, ma poi pensò che Freyja doveva avergliene letto qualche passo.

«Sono lieto di constatare che vi state appassionando alla nostra letteratura», commentò Padre Fridrik con tono freddo. «Vogliate scusarmi.»

«Papi» esclamò Gudrún mentre seguiva con lo sguardo il prete che si allontanava.

Papi si strinse nelle spalle.

Gudrún guardò Freyja in cerca di sostegno, ma lei stava fissando una scala nell'angolo a destra che Gudrún supponeva conducesse alla camera da letto della servitù.

« Vedo che c'è anche Halldór », disse Papi indicando con un cenno del capo un gruppo di uomini anziani in piedi vicino al tavolo del buffet. « Devo parlargli di un muro di cinta. »

Scomparve tra gli invitati.

« Non fateci caso », disse Gudrún. Magnús fece per parlare, ma qualcuno inciampò alle spalle di Gudrún e le diede una gomitata nella schiena facendola scattare in avanti e rovesciare un po' di vino a terra. Voltandosi, Gudrún scoprì che era stato Skúli, il suo vecchio compagno di giochi, a urtarla. « Santo cielo. Possano i troll catturare tutti i tuoi amici, Skúli Skúlisson! »

Skúli le prese il viso fra le mani e le posò un bacio scivoloso sulla bocca. Aveva messo su parecchi chili. « Gudrún Einardóttir, il fiore di Snæfellsnes. »

Lei lo respinse, le guance in fiamme, e lui tornò dai suoi amici ridendo.

« Ecco qua. » Magnús tirò fuori un fazzoletto e tamponò il vino rovesciato. « Avete fatto un favore a tutti. Più il pavimento è sporco, più divertente è la festa. » Fece cenno a un'altra cameriera che si avvicinò prontamente con il vassoio.

Gudrún scambiò il suo bicchiere vuoto con uno pieno e bevve una lunga sorsata di vino. Non riusciva a decidere se le attenzioni di Magnús la mettevano a disagio o la lusingavano, o entrambe le cose.

« Sapete suonare uno strumento? » le chiese lui.

« No », rispose Gudrún. « Non ho nessun talento. »

« Questo non è vero. »

« Perché me lo chiedete? »

« So che vostra sorella canta. » Magnús colse lo sguardo attento di Tomas. « Voi avete già avuto il piacere di sentirla? »

Tomas spostò il peso da un piede all'altro e si passò una mano fra i capelli. Agli occhi di Gudrún, paragonando i due uomini, Tomas appariva di un'immaturità disarmante, e se non fosse stata ancora ferita, il suo cuore avrebbe provato compassione per lui. «Un paio di volte», rispose lui.

«Spero che sappiate quanto siete fortunato.» Magnús alzò il bicchiere. «Ci piaceva ascoltarla quando girava per casa.»

I musicisti arrivarono alla fine del brano, posarono gli strumenti e presero i bicchieri. Qualcuno, che Gudrún non riconobbe, iniziò a intonare *Ólafur Liljurós*, subito seguito dai suoi amici.

Olaf cavalca lungo la scogliera,
ha perso la strada,
si ferma.
Trova la dimora di un elfo davanti a sé,
c'è una fiamma rossa che arde là dentro.
Dolce era la brezza ai piedi della scogliera,
dolce era la brezza ai piedi della scogliera.

Nel frattempo Rósa aveva raggiunto Magnús e teneva la mano sulla sua spalla, come se fosse lei Gudrún l'Esploratrice che tentava di colonizzare Vinland.

«Allora, vi state godendo la nostra piccola riunione conviviale?» chiese. Guardo Gudrún e lanciò una rapida occhiata a Tomas, ma ignorò volutamente Freyja, la quale aveva ancora lo sguardo perso in lontananza. Toccava a lei rispondere, suppose Gudrún, e serrò i denti.

«Moltissimo, e vi siamo grati per l'invito.»

«Mi fa un immenso piacere. E tu, amore mio?»

«Come potrei non divertirmi alla mia festa di compleanno?», disse Magnús, e per un attimo a Gudrún parve di cogliere una lieve nota di irritazione nella sua voce. «Sei troppo buona con me.»

Rósa fece un sorriso melenso. Gudrún scolò il suo bicchiere di vino. Era frutto della sua immaginazione, oppure le orecchie le stavano giocando brutti scherzi, con tutto il rumore che aveva intorno a sé?

Il cantante passò al falsetto per interpretare la parte della compagna dell'elfo.

« Benvenuto, Ólafur Liljurós! »
Ha perso la strada,
si ferma.
« Vieni sulla scogliera a vivere con noi. »
C'è una fiamma rossa accesa.
Dolce era la brezza ai piedi della scogliera,
dolce era la brezza ai piedi della scogliera.

Alle spalle di Gudrún, Skúli Skúlisson urlò rivolto al cantante: « Sei l'elfa più brutta che io abbia mai visto! ».

Rósa, davanti a lui, si voltò a guardarlo con aria di disapprovazione.

« Skúli Skúlisson ha mai visto un'elfa? » chiese Tomas.

« Purtroppo nessuna di loro ha ceduto al suo fascino e lo ha fatto sparire », disse Gudrún.

Magnús rise.

Rósa era passata dalla contrarietà al broncio, ma quando Magnús la guardò, lei sorrise scoprendo i suoi perfetti dentini bianchi. Gudrún, invece, serrò le labbra per nasconderli.

« Non siate così severi, voialtri », disse. « Skúli è solo entrato nello spirito della festa. » Diede un buffetto sul naso a Magnús.

« Come sempre, mi rimetto a te per tutto ciò che riguarda le feste », concluse lui.

Lei gli conficca la spada nel fianco,
lui ha perso la strada,
si ferma.
Olaf ora è ferito.
C'è una fiamma rossa accesa.
Dolce era la brezza ai piedi della scogliera,
dolce era la brezza ai piedi della scogliera.

« Scusatemi », disse Gudrún, e si diresse verso il tavolo del buffet. Scambiò di nuovo i bicchieri e scolò il contenuto di quello nuovo in due sole sorsate. Poi, sentendo lo stomaco brontolare, si rese conto di non aver mangiato nulla dopo la colazione. Prese una salsiccia affumicata con le dita e la divorò, poi una fetta di pane di segale, e infine una cucchiaiata di formaggio spalmabile. Avvertiva su di sé lo sguardo delle cameriere che la fissavano, anche se nessuna di loro osava fermarla.

« Prenderò un altro po' di vino », disse alla cameriera più vicina, che le versò un bicchiere e glielo porse con lo sguardo fisso a terra.

« Tu sei Lauga? » chiese Gudrún.

« Sì. »

« Allora conosci mia sorella, Freyja. »

« Sì. »

Gudrún bevve un altro sorso. « Sai perché Rósa l'ha allontanata? »

Lauga alzò lo sguardo, gli occhi spalancati, e scosse il capo.

« È stato perché Freyja aveva un debole per Magnús? »

Gli occhi della ragazza si spalancarono ancora di più. « Non ha mai detto nulla al riguardo », disse con un fil di voce. « Ma andavano a fare delle passeggiate insieme, sì, e a volte si spingevano sino a Snæfellsjökull. E lui riusciva sempre a farla ridere... »

« Non avrei mai pensato che Rósa potesse essere gelosa, ma suppongo che si senta in diritto di controllare anche i sentimenti degli altri », disse Gudrún.

Lauga sembrava agitata e aggiunse qualcosa che Gudrún non riuscì a cogliere. Ormai l'alcol stava facendo effetto, si sentiva stordita e il cuore stava iniziando a martellarle nel petto.

« Non fa troppo caldo qui dentro? » chiese.

La voce di Rósa irruppe nel brusio chiedendo silenzio. Gudrún si voltò e la vide di nuovo davanti al camino con una mano che afferrava il braccio di Palli. Lui la guardava con un misto di timidezza e orgoglio.

Gudrún sbuffò. « Lo tiene al guinzaglio come un vecchio cagnolino », disse a Lauga, la quale si guardò intorno imbarazzata, come se fosse in cerca di aiuto.

« Ho pensato che potremmo fare un gioco », disse Rósa quando nella stanza finalmente calò il silenzio. « Che ne dite di "Caccia alla strega"? »

La proposta fu accolta da qualche urlo di consenso isolato.

Rósa sorrise. « Solo perché il mio caro marito compie ventisette anni, non significa che non possiamo divertirci con qualche passatempo infantile, non vi pare? » Iniziò a far correre uno sguardo indagatore nella sala. « Vediamo... Chi potrebbe essere la nostra strega? »

Gudrún prese un'altra cucchiaiata di formaggio. Non riusciva a immaginare Magnús che si divertiva con quei giochetti stupidi, e provò un guizzo di soddisfazione nel constatare che Rósa non doveva conoscere così bene suo marito, dopotutto.

« Bene, ho individuato la persona giusta per vestire i panni della strega » disse Rósa, e Gudrún sentì un pizzicore alla nuca quando, alzando lo sguardo, vide gli occhi di Rósa puntati su di sé. « Gudrún Einarsdóttir. »

« Perfetto », disse Palli, e in cuor suo Gudrún maledisse l'occhio buono che gli era rimasto.

« Ricordi come si gioca, vero? » chiese Rósa.

Metà della sala si era voltata a guardarla. Gudrún posò il cucchiaio del formaggio con la massima cautela e si pulì frettolosamente la bocca con il dorso della mano.

« Più o meno », balbettò.

« Tu ti nascondi da qualche parte, e noi spegniamo le luci e cerchiamo di trovarti. Puoi spostarti liberamente, ma quando noi gridiamo "Dove sei, strega?", tu devi fare una risatina perfida. »

« Mi ricordo. »

« Contiamo sino a sessanta », proseguì Rósa. « Palli, tu ti occupi di spegnere il fuoco. Tutti gli altri spengono le candele, poi chiudono gli occhi.

Ci fu un improvviso susseguirsi di movimenti confusi. Gudrún esitò per un istante, dopodiché iniziò a muoversi con il cuore che le martellava dolorosamente nel petto. Con tutte le luci spente, la sala era piombata in un buio pesto; all'improvviso il gioco le apparve più serio di quanto avesse immaginato e si ritrovò a pensare che desiderava nascondersi davvero.

Quasi immediatamente sbatté la coscia contro il tavolo del buffet, suscitando le risatine degli ospiti più vicini a lei.

«Venti», stava scandendo Rósa. «Ventuno, ventidue.»

Gudrún fece un secondo tentativo. Si mosse misurando i passi, tastando lo spazio davanti a sé finché non arrivò a un muro. Dal nulla sentì una mano afferrare la sua e trascinarla verso destra, dove prima aveva visto una porta.

«Lauga?» sussurrò, e avvertì una lieve pressione.

Poi la sua mano ricadde lungo il fianco, e quando provò ad avanzare trascinando i piedi, non trovò altro che aria davanti a sé.

«Quarantatré, quarantaquattro...»

Sgusciò fuori dalla *badstofa* e si inoltrò nel corridoio con il braccio destro disteso e la mano contro la parete, finché non raggiunse un'altra apertura. Entrò con cautela. Quel nuovo ambiente era ancora più buio, ma a giudicare dagli odori – chicchi di caffè, avena e un leggero profumo di mele – Gudrún immaginò di trovarsi nella dispensa. Facendo un altro passo avanti, inciampò in un sacco e cadde a sedere sul pavimento mordendosi la lingua per non lasciarsi sfuggire alcun suono.

Nella *badstofa* Rósa annunciò «Sessanta!» e si levarono altre grida di esultanza. Qualcuno urlò «Troviamo la strega!», e per un attimo Gudrún si sentì travolgere da un assurdo terrore all'idea di che cosa le avrebbero fatto quando l'avrebbero trovata. Si rannicchiò contro il sacco, tendendo l'orecchio mentre cominciavano a cercarla. Udì passi, schianti, risate e qualche sporadica imprecazione, finché, dopo alcuni minuti, qualcuno ricordò di dire ad alta voce «Dove sei, strega?».

Gudrún si umettò le labbra e fece una risatina, come richiedeva il gioco. Udì un urletto di eccitazione accanto a sé. Una voce maschile. Quindi c'era un'altra persona nella dispensa insieme a lei; non riusciva a vederla, ma sentì un respiro pesante provenire dal vano della porta, e poi le scarpe che strisciavano sulle assi del pavimento. Muovendosi carponi, si avviò verso l'uscita. Le pulsava la testa e temette di essere sul punto di vomitare, ma poi si ritrovò fuori dalla stanza, e proprio mentre cercava di rimettersi in piedi, andò a sbattere contro qualcuno.

«Palli?», disse la persona misteriosa (di nuovo Skúli?), al che lei emise un gemito, si staccò dal muro e iniziò ad allontanarsi da quella presenza il più in fretta possibile.

«Dove sei, strega?» disse Rósa dalla *badstofa*, e Gudrún ridacchiò di nuovo, ma quella volta a bassa voce.

«È in corridoio con me», urlò Skúli. «Ora la prendo.»

Gudrún si rimise carponi e rientrò in sala. Se soltanto fosse riuscita a raggiungere la scala, si disse, forse avrebbe potuto fermarsi lì e aspettare che si stancassero di cercarla.

«Trova la strega» cominciò a scandire qualcuno vicino a lei, poi altri si unirono alla cantilena, e la risata di Rósa emergeva su tutti. Qualcun altro le calpestò la mano e le vennero le lacrime agli occhi dal dolore, ma strinse i denti e continuò a rimanere in silenzio. Anzi, riuscì ad allontanarsi e a rimettersi in piedi barcollando.

«Dove sei, strega?»

Un'altra risatina soffocata, poi un ansito quando Gudrún sentì una mano sollevarle la gonna. Con il battito accelerato, fece un lungo respiro tremante, ma i suoi piedi non volevano saperne di muoversi. Poi sentì un'altra mano – di qualcun altro? O semplicemente la mano libera che non teneva sollevata la gonna? – che fece scorrere le dita più su, lungo la gamba. Era come se le stessero facendo il solletico, e il solletico di solito era piacevole, ma in questo caso era sbagliato, lo intuiva; di sicuro sarebbe finito prima o poi, disse a se stessa, nessuno poteva agire così impunemente, nemmeno nell'oscurità, eppure la mano continuava a salire su, su, quasi sino a raggiungere...

«*No!*» urlò lei in modo che sentissero tutti, e finalmente riuscì a liberarsi di quelle mani invadenti.

«Che succede?» disse qualcuno accanto a lei, quasi dal punto esatto da cui lei si era appena allontanata. La voce di Tomas.

No, ripeté lei, ma soltanto tra sé. *Non poteva essere lui.*

Si premette le mani sulle orecchie, si addossò contro il muro e, cercando di non staccarsi mai, fece il giro della stanza, ma gli altri si stavano avvicinando sempre di più, e poi qualcuno le cinse la vita con le mani attirandola dolcemente a sé.

«Gudrún?» disse Magnús, e lei, sollevata, abbassò le difese. «Siete voi?», tornò a chiedere lui, e Gudrún si rese conto di non aver risposto.

«Sì.»

«L'ho trovata!» urlò lui, e qualcuno vicino a loro si lasciò andare a un'esclamazione di disappunto. Qualcun altro doveva aver acceso una candela, perché Gudrún vide il viso di Magnús e l'espressione preoccupata che vi era dipinta.

«Va tutto bene, Gudrún Einardóttir?»

«Sì.» Si umettò le labbra. «Certo.»

Anche Tomas e Freyja erano nelle vicinanze, e pure Rósa e un'altra decina di persone che avevano partecipato al gioco.

«Non ci hai reso le cose molto difficili», osservò Rósa un po' imbronciata. «Bene, riaccendete le candele, tutti quanti. I musicisti si sono riposati abbastanza.»

Si allontanò, e dopo qualche istante la musica ricominciò e le candele tornarono a illuminare ogni angolo della stanza.

«Sei pallida», disse Freyja avvicinandosi a sua sorella e posandole una mano sul braccio.

Gudrún la scostò, imbarazzata, temendo che anche Magnús notasse il suo pallore. Tomas non l'aveva ancora guardata da quando erano state riaccese le candele, ma lei capì che stava ascoltando. Avrebbe voluto affrontarlo, sentirlo negare, ma Freyja ne sarebbe rimasta sconvolta. «Mi hanno calpestato la mano», disse. «Mi fa male.»

« Bevete un altro bicchiere di vino », suggerì Magnús. « Ve lo meritate. » Fece un cenno a Lauga, che portò subito un bicchiere.

« Posso dare un'occhiata alla tua mano? », disse Tomas allungando la propria.

« Non è niente », disse Gudrún nascondendola dietro la schiena. « Non ho bisogno del tuo aiuto, grazie. »

« Come vuoi », ribatté lui alzando le spalle.

Se era stato lui, come poteva essere così tranquillo? Forse l'aveva scambiata per Freyja, anche se Gudrún e sua sorella erano abbastanza distinguibili, persino al buio.

Freyja, che era davanti a Gudrún con la mano ancora sospesa dopo essere stata allontanata, si voltò verso di lui e disse: « Voglio ballare ».

« Allora balliamo », disse Tomas. Gudrún lo vide guardare di traverso Magnús, che gli sorrise senza tradire alcuna reazione.

Tomas e Freyja sparirono tra gli invitati e Gudrún rimase da sola con Magnús.

« Quindi... », iniziò, ma non appena si rese conto di non avere nulla da dire, preferì bere un sorso di vino.

Magnús la guardava, in attesa.

« Se dovete dedicarvi agli altri ospiti... »

« Sì? »

« Vi do il mio permesso », disse lei, d'un tratto esausta, pentita di aver accettato l'invito alla festa.

Qualcuno aveva aperto la porta e Gudrún girò la testa sentendo una leggera brezza sfiorarle le guance. Quell'alito di vento portava con sé il dolce odore di fumo di legna, di fritto e di sudore, e lo inalò profondamente. Fuori un fremito attraversò il prato, che aveva la stessa delicata sfumatura di azzurro che avvolgeva tutto il resto nell'oscurità. Gudrún udiva appena il suono delle onde che si frangevano contro gli scogli, riusciva quasi a immaginare lei e Magnús su un'isola. Un'isola in mezzo a un'isola.

« Non mi è piaciuto il gioco di prima », disse dopo un po'.

« Mi dispiace sentirvelo dire. »

«Non era il caso che lei scegliesse proprio me.»

«Oh, be', "strega" è solo un altro modo di definire una donna interessante, non credete?»

«Perché siete così gentile con me?» chiese Gudrún prima di potersi trattenere, salvo poi mordersi la lingua.

Magnús non le rispose subito, ma quando lei osò guardarlo, fu lieta di vedere una lieve increspatura intorno ai suoi occhi e il fugace brillio dei suoi denti bianchi.

«Magnús», lo chiamò Rósa, impaziente. «Vieni a risolvere questa disputa, amore mio.»

«Arrivo», disse lui di rimando senza distogliere lo sguardo da Gudrún. Le posò una mano sulla spalla e la strinse dolcemente. «Se mai doveste avere bisogno della mia gentilezza, sarei ben lieto di aiutarvi.»

Gudrún aveva la fronte madida di sudore ed era troppo debole per parlare, ma annuì.

«Tenetelo a mente», aggiunse lui, e se ne andò.

1975

« Sigga, tu farai coppia con la ragazza nuova », disse l'insegnante di Storia. « Voglio che prepariate una presentazione sull'invasione del 1940 da consegnare fra due settimane. »

« La ragazza nuova? »

« Sì, una nuova allieva che viene da Akureyri. » Mr Kristján alzò lo sguardo dal foglio appoggiato sulla cattedra. « È seduta in fondo. Magari la puoi anche accompagnare a fare un giro. »

Un'altra responsabilità, pensò Sigga, ma disse: « Certo », e gli sorrise.

Si diresse in fondo all'aula. A metà strada sbatté il fianco contro un banco oltre il quale stava cercando di insinuarsi appiattendosi, e l'occupante alzò lo sguardo verso di lei.

« Ciao », disse la ragazza.

« Scusa, scusa », disse Sigga istintivamente, poi: « Oh, sei tu! ».

La ragazza dei volantini.

« Sì, sono io. » Piegò la testa di lato. « Ti riconosco. Non eri tu l'altro giorno a Hlemmur? Quando stavo litigando con quella vecchia racchia. »

« Sì. » Sigga si sedette nel posto vuoto accanto a lei. « Che cosa è successo? »

« Non volevano ascoltare i motivi per cui distribuivo i volantini, e a quel punto non ci ho più visto. Maledetti ipocriti. Come se non fosse proprio quello il problema. »

Dalla cattedra Mr Kristján alzò la testa e le fissò con aria di disapprovazione.

«Già», disse Sigga abbassando la voce a un sussurro.

«Sono i loro dannati preti che dicono alle donne di tornarsene a casa, aggiustare le cose con il marito che ha cercato di ucciderle.» Tamburellò le dita sul banco. «Scusami. Tu non sei credente, vero?»

«No, non ti preoccupare.»

«Io sono Sóley, comunque.»

«Sigga.» Si infilò dietro l'orecchio una ciocca di capelli ribelle. «Dunque, sono venuta a dirti che dovremo lavorare in coppia a una presentazione.»

«Okay, fantastico.»

«Vuoi venire a casa mia, così ne parliamo meglio? Ho un paio di ore libere tra oggi e domani.»

«Perché no?»

Mr Kristján si alzò e iniziò a scrivere qualcosa alla lavagna. I due ragazzi – Haukur e Daníel – seduti davanti a Sigga e Sóley si voltarono.

«Ragazza nuova, vieni da Snæfellsnes?» chiese Haukur.

«No.»

«Ah, avevo sentito dire che venivi da lì. Mio zio si è trasferito laggiù, ad Arnarstapi. È capo della polizia locale. Ha detto che voleva andarsene in pensione e continuare a percepire l'assegno mensile e ora si è ritrovato ad avere a che fare con i cadaveri. Non gli era mai capitato a Reykjavík.»

Sóley alzò le spalle. «Mai stata ad Arnarstapi.»

«Il corpo imprigionato nel ghiaccio? Che cosa ne faranno ora?» domandò Sigga.

«Lo porteranno qui per fare dei test. Poi probabilmente lo cremeranno.»

«Davvero?»

Haukur si tirò indietro appoggiando i gomiti sul banco dietro di sé. La maglia si sollevò leggermente rivelando una striscia di peli neri e sottili che scendevano lungo l'addome, e Sigga dovette distogliere immediatamente lo sguardo per non farsi sorprendere a guardare. Era sempre stato leggermente sovrappeso finché, dopo le ultime vacanze estive, era tornato in forma, pronto a entrare nella squadra di calcio. Si diceva che fosse stato mandato in un centro per il dimagrimento in America, ma in qualsiasi modo avesse ottenuto la sua perfetta forma attuale, c'era qualcosa in lui, un che di sfrontato, che lei trovava ripugnante e attraente al tempo stesso.

«Be', non è che qualcuno possa andare a reclamarlo, in ogni caso», proseguì, e Sigga cercò di sostenere il suo sguardo con nonchalance. «Ha più di cinquant'anni.» Diede una gomitata a Daníel. «Se fosse una pollastrella, potresti sempre usare il suo corpo per fare pratica. Magari potresti superare lo step base.»

«Chiudi il becco, idiota. E che cosa mi dici di Audur, allora?»

«Audur non conta, amico, lei è stata con tutti.»

Sóley alzò un sopracciglio. «Si può sapere di che cosa state parlando?»

«Del corpo ritrovato nel ghiaccio», spiegò Sigga. «Ci sono state delle indagini al riguardo e poi, non si sa perché, hanno lasciato perdere il caso.»

«I telegiornali non hanno riferito la notizia in modo corretto, comunque» disse Haukur. «Era in una grotta di ghiaccio. Il piede fracassato o qualcosa del genere.»

«Una grotta di ghiaccio, va bene», disse Sigga. «Quello che è.» Si agitò sulla sedia e avvertì un'improvvisa fitta al fianco sinistro. Forse perché aveva saltato le sessioni di nuoto? O forse perché il suo ossigeno era già stato dirottato altrove. Aveva dato un'occhiata ai vecchi manuali di medicina di Pabbi la sera prima per informarsi sulle prime fasi della gravidanza, su come agiva il suo corpo sotto la superficie.

«Sigga, tutto bene?» chiese Sóley.

Sigga fece un respiro profondo e premette la mano sul punto dolorante. Era solo la sua immaginazione o la sua pancia era un po' più rotonda del solito? Solo un piccolo, piccolissimo rigonfiamento.

« È perché dai retta a questi idioti? » insinuò Sóley. « Ti fanno venir voglia di vomitare? »

Haukur si tirò su di scatto dal banco su cui aveva appoggiato i gomiti. « Scusa? »

« Sciò, via », disse Sóley, e invitò i due compagni ad andarsene sventolando la mano.

Le due ragazze si diedero appuntamento davanti all'ingresso principale dopo la prima campanella del pomeriggio. Non appena uscirono dal cortile della scuola, Sóley accese una sigaretta, aspirò, trattenne la boccata per un istante e poi, con la disinvoltura di una fumatrice consumata, buttò fuori una nuvoletta di fumo. Le spalle parvero rilassarsi, così come il viso, e sorrise, questa volta apertamente.

« La tua scuola è tosta, accidenti », disse. « Siete una marea. Nella mia ultima scuola eravamo una quindicina in tutto. »

« Mia madre viene da Akureyri », disse Sigga. « Le sue sorelle vivono ancora là. Dicono tutte che siamo troppo viziate qui. »

« Mi sembra giusto », disse Sóley. « La nostra nuova casa è dotata di un bollitore elettrico. Nessuno sapeva che cos'era quando l'abbiamo visto per la prima volta. »

« Dove vivi? » chiese Sigga, e Sóley agitò una mano in direzione del lago. « Dall'altra parte. Ma è una sistemazione temporanea. Ce l'ha trovata l'università, i miei genitori insegnano lì. »

Svoltarono a sinistra e imboccarono la Spitalastigur. Un po' più avanti, sul lato sud, c'era una casa a tre piani più il seminterrato rivestita in lamiera ondulata verde, con il tetto nero come le colonnine delle finestre. Uno steccato bianco delimitava il giardino. Le finestre del piano rialzato erano aperte e un gatto rossiccio sonnecchiava sul davanzale. Sóley si fermò e allungò la mano emettendo il suono di chi manda un bacio, ma il gatto la ignorò.

« Capirò che un tipo è quello giusto per me quando scoprirò

che ama i gatti», disse. «È la mia nuova regola. Ad Akureyri tutti i ragazzi preferivano i cani.»

«E che cosa c'è che non va in questo?» chiese Sigga. «I cani ti amano comunque, anche se li tratti male. E loro volevano che le loro ragazze facessero la stessa cosa.»

Dall'altro lato della strada c'era un furgoncino rosso e giallo parcheggiato con due ruote sul marciapiede. Aveva il logo della Coca-Cola sulla fiancata e delle casse di bottiglie vuote sul retro. L'autista, seduto sul tettuccio, stava leggendo il giornale. La pagina di sinistra era interamente occupata dalla pubblicità di una caffettiera automatica. Sigga l'aveva già vista: mostrava una donna giovane e graziosa, dai colori sbiaditi, che teneva in mano una tazzina con il piattino. Sopra all'immagine lo slogan recitava: "Ehi, ho appena avuto una promozione... Scommetto che è stato merito del mio caffè!".

Sigga pensò a Olafur. «E se non sono interessati a nessun animale?»

«Psicopatici», sentenziò Sóley allegramente.

Quando Sigga aprì la porta, la casa era immersa nel silenzio. «Mamma? Pabbi?» chiamò. «Ci siete?»

Si udì un rumore proveniente dal soggiorno; il rumore di qualcuno che si alzava dal divano e si dirigeva verso l'ingresso trascinando i piedi. Probabilmente la mamma stava leggendo le sue solite riviste di cucina.

«Ti presento Sóley», iniziò Sigga, ma si interruppe quando vide Pétur sulla soglia. «Oh, sei tu.»

«Ciao», disse Sóley guardando Pétur, che la guardava a sua volta, incuriosito.

«Ehi. Non ci conosciamo, vero?» disse lui.

«Lasciala in pace», disse subito Sigga. «Ti va un caffè, Sóley?»

«Volentieri.»

Sigga le fece strada in cucina, accese il bollitore, tirò fuori due tazze, le sciacquò sotto il rubinetto, poi si voltò e sobbalzò, rischiando di far cadere le tazze. Pétur era sulla soglia.

«Scusa», disse con un sorrisetto indisponente. «Pensavo che mi avessi sentito. C'è abbastanza acqua per fare un caffè anche per me?»

«No», disse Sigga voltandogli le spalle. «Preparatelo da solo. Dov'è la mamma?»

«È andata da Amma a prendere una torta salata o qualcosa del genere.»

«Perché, a te non funzionano le gambe?»

Lui si strinse nelle spalle. «Ha detto che io non avrei saputo che cosa cercare.» Si portò il pollice alla bocca e si succhiò l'unghia, come faceva quando erano piccoli. «È di nuovo a dieta.»

«Oh, bene», disse Sigga. «Sarà ancora più lunatica, allora.»

Sóley fece una smorfia. «Oddio, non riesco a immaginare niente di peggio che non poter mangiare quello che mi pare.»

«Vedrai quando saremo vecchie e i nostri corpi non funzioneranno più come si deve», disse Sigga.

Pétur fece un altro sorrisetto malizioso. «Parli proprio come lei.»

Sigga avvertì una stretta al petto. «No, non è vero.»

Il bollitore fece uno scatto e fischiò. Sigga versò l'acqua sul macinato nella caffettiera francese, sistemò lo stantuffo, attese, andò a prendere il latte nel frigorifero e tirò fuori un vassoio dal mobiletto. E che cosa sarebbe accaduto al suo corpo se ci fosse stato dentro un bambino che avrebbe avuto la priorità? Il suo aspetto sarebbe cambiato? Non sarebbe più stata la stessa? Ragga non era cambiata, ma quella era un'altra storia. Non c'era mai nulla che andasse storto alla sua giovane cognata.

«Mi hai sentito?» chiese Pétur.

«Noi andiamo di sopra», disse Sigga mentre versava il caffè. «Così tu puoi tornare al lavoro che non hai o a fare quello che ti pare.»

Il viso di suo fratello si contrasse in un'espressione leggermente irritata, poi alzò le spalle e tornò in soggiorno. Sigga condusse Sóley nella propria stanza.

«Chi era?» chiese Sóley una volta chiusa la porta.

«Mio fratello di mezzo. Ignoralo pure.» Indicò una foto sulla scrivania. «Questo invece è il mio fratello maggiore, e lui è il mio nipotino. Loro sono quelli buoni.»

Sóley osservò la foto. «Carini.»

Di solito era Pétur ad attirare frotte di ragazze, ma Sigga riteneva che il più attraente dei due fosse Gabríel. Lui e Ragga formavano una bellissima coppia, comunque. Gabríel era alto un metro e novanta, capelli biondi e barba folta, ed era l'unico dei tre fratelli ad aver ereditato gli occhi azzurri della nonna. E Ragga, dal canto suo, era bella come una dea.

Nella foto Gabríel teneva il suo Tóti, diciotto mesi, in una fascia portabebè sulla schiena. Il piccolino aveva le braccia intorno alle spalle del papà, la testa penzoloni perché era addormentato. Sigga provò un moto di affetto per il fratello e il nipotino e poi uno di invidia per come Gabríel e Ragga fossero sicuri di ciò che volevano, per come fossero legati come famiglia. Ma solo perché per loro funzionava, non significava che quel tipo di famiglia fosse la cosa giusta anche per lei.

Si premette di nuovo la mano sulla pancia. Camicine, golfini, bavaglini per i rigurgiti di latte, gorgoglii, balbettii, sorrisi. Che meraviglia, se i bambini erano tutto questo.

«Quanti anni hanno?» chiese Sóley. «I tuoi fratelli, intendo.»

«Pétur ha tre anni e mezzo più di me, quindi ventidue, e Gabríel ne ha appena compiuti venticinque. Lavora nell'equipaggio del peschereccio di suo suocero a Heimaey. Pétur invece non fa nulla. Doveva andare all'università, ma a quanto pare non ha ancora deciso quale facoltà frequentare.»

Sóley si sistemò una bretella della sua salopette. «A me in realtà non importa molto di queste cose. Non credo che sia il lavoro a definire una persona.»

«Mai?»

«Qualche volta, forse.»

Sigga si sedette sul letto e Sóley si sedette accanto a lei incrociando le gambe all'altezza delle caviglie. Aveva delle belle caviglie, pensò Sigga. «Che cosa vuoi fare, allora?»

«Io? Io voglio avere il comando, essere una leader.» Sóley assunse un'espressione seria. «Riesci a immaginare un Primo ministro donna in questo Paese? Al mio futuro marito toccherà fare tutti quegli stupidi rituali del caffè al mattino, portare i bambini dal pediatra quando si ammalano, e rilasciare interviste su come si organizza una cena per ricevere gli ambasciatori in visita ufficiale.»

«Il futuro marito che non hai ancora incontrato?»

«Sì. Dovrà essere molto attraente e brillante. Quindi odierà tutte le menate che gli toccherà sbrigare, ma se non altro non gli importerà di guadagnare meno di me.»

«Al mio ragazzo darebbe fastidio.» Sigga guardò fuori dalla finestra. «Pensa che il ruolo dell'uomo sia quello, del tipo... dare è compito del maschio e ricevere quello della femmina. Con l'eccezione del sesso orale, naturalmente.»

Sóley alzò il sopracciglio destro così in alto che finì nascosto dalla frangia. «Quindi al tuo ragazzo non piace leccartela?»

Sigga arrossì. «Non ho detto questo.»

«In un certo senso sì.»

«Voglio dire...» Sigga abbassò lo sguardo. «Passa tutto il tempo a guardarne un sacco, immagino che non sia niente di speciale per lui.»

«*Che cosa?*»

«È ginecologo. Cioè, non ancora. Sta ancora studiando medicina, ma intende specializzarsi in ginecologia.»

«Ma pensa. E io che credevo che i ginecologi facessero semplicemente ciò che piace a loro.» Sóley si fece dubbiosa. «Ma è almeno bravo a letto?»

«Non è male.»

«Sigga, santo cielo. Siamo troppo giovani per accontentarci, non credi?»

«È solo che... insomma, è poi così importante?» chiese Sigga. «Non sono altre le cose che contano davvero?»

«Non hai fatto l'amore con molti ragazzi, vero?» disse Sóley.

«Due.»

«Bene. Quando troverai qualcuno che ti ama, e scopa anche da Dio, capirai perché si fa un gran casino intorno a questa cosa.» Si appoggiò alla spalliera del letto e sorrise.

«Ad ogni modo, sei tu quella che ha un fidanzato perfetto in mente. Che non esiste, bada bene.»

«Certo che esiste.» Tirò fuori un pacchetto di sigarette dalla salopette. «A proposito, posso fumare qui dentro?»

«Certo. Possiamo aprire la finestra.» Sigga si alzò per andare ad alzare il pannello scorrevole, e quando si voltò vide Sóley intenta a scorrere le pagine che giacevano sulla scrivania.

«Che cos'è questo? Non è un lavoro per la scuola, giusto?»

«Ah, quello.» Sigga si esaminò le unghie. «È una cosa che ho scritto io. Ho vinto un concorso per scrittori esordienti. La cerimonia di premiazione si terrà a Londra. Non che questo significhi qualcosa, ovviamente, ma continuo a pensare che potrebbe portare a qualche sviluppo interessante.»

«Di che cosa parla?»

«Conosci la Saga di Bárdur? Ecco, io l'ho riscritta dalla prospettiva della figlia, Helga.»

«Ha l'aria di essere interessante. Complimenti, sorella!» Sóley posò il manoscritto e tirò fuori una sigaretta, poi si appoggiò al davanzale.

«Ora mi pento di non aver trasformato lo stesso Bárdur in un personaggio femminile o qualcosa del genere. Voglio dire, perché no? Anche Helga se ne va a vivere in montagna dopo che Bárdur l'ha riportata indietro dalla casa di Skeggi. Anche lei avrebbe potuto salvare delle persone.»

Sóley la guardava intensamente, e Sigga si sentì avvampare. «Ad ogni modo, te l'ho detto, non è una borsa di studio vera e propria. Non credo che mi cambierà la vita o altro.»

«Dimmi di più.»

«No, davvero. Non c'è nient'altro da dire in questo momento.»

«Okay, allora raccontami del tuo fidanzato.» Sóley batté una mano sul davanzale per invitarla ad avvicinarsi, e Sigga la raggiunse. «Come vi siete conosciuti?»

«È una lunga storia.»

«Raccontamela», disse con un sorriso invitante. «So di essere un po' pungente, ma non giudico.»

Sigga guardò il soffitto, poi il pavimento, poi Sóley. Ricordava ancora il party di quella sera, o forse si confondeva con le decine di altre feste nei seminterrati nelle case degli studenti, una massa di adolescenti che condividevano bottiglie di *brennivin*, fumo, musica, gli Who, gli Stones, i Led Zeppelin, dibattendo i meriti di ogni band all'infinito.

«Ero a una festa, me ne ero andata via tardi e avevo perso l'ultimo autobus della sera, così decisi di tornare a casa a piedi.»

«Okay.»

«Poi, quando mi trovai vicino a Tjörnin, mi accorsi che qualcuno mi stava seguendo, un uomo. Mi voltai a guardarlo e lui accelerò il passo.»

«Merda.»

«Mi posò un braccio sulla spalla. Non c'era nessun altro in giro, tieni presente.» Sigga si sentiva la bocca secca e deglutì. «Mi disse "Ciao" e io gli risposi, perché...»

«Perché non potevi fare altrimenti», disse Sóley andando in suo soccorso.

«Poi lui mi chiese dov'ero stata e io risposi che avevo passato la serata con degli amici, e lui volle sapere se c'era anche il mio ragazzo, e io gli dissi di no, ma ebbi subito la sensazione di aver sbagliato, così dissi che un ragazzo ce l'avevo e che mi stava venendo incontro e che io stavo facendo due passi per scaldarmi perché mi era venuto freddo, e lui continuava a sorridermi mentre parlavo.» Sigga si sentiva male ricordando quei momenti. «È stata un'esperienza terribile. Lui era davvero... grosso, braccia robuste, torace possente. Non tanto alto, ma sapevo che era più forte di me. Così continuai a parlare di qualsiasi cosa, cercando di distrarlo, senza mai smettere di guardarmi intorno, come se stessi aspettando che il mio fidanzato spuntasse da un momento all'altro.»

«Okay.»

«E poi, arrivando in Bankastræti, lui cercò di trascinarmi in una viuzza laterale, e fu a quel punto che vidi un ragazzo molto alto che veniva verso di noi. Non so come, ma mi venne da dire: "Ecco il mio fidanzato", e quel tipaccio restò spiazzato. Mi staccai da lui e iniziai a correre verso questo giovanotto gridando "Ciao, amore, pensavo che non arrivassi più" e cercando di fargli capire che avevo bisogno di aiuto con lo sguardo o l'espressione del viso.» Sigga fece un sorriso stentato e abbassò lo sguardo prima di proseguire. «E la cosa bella è che quello sconosciuto capì la situazione al volo e mi resse il gioco improvvisandosi il mio ragazzo. Mi strinse fra le braccia e mi chiese com'era andata la serata, in modo che il tipo che mi aveva seguito potesse sentire.»

«E quel giovanotto alto ora è il tuo ragazzo?»

«Sì.»

Rimasero in silenzio per qualche istante, poi Sóley le diede qualche colpetto di solidarietà sulla mano. Sigga alzò gli occhi e incrociò il suo sguardo. Era empatico.

«Non lo sa nessun altro. Ai miei genitori ho detto che ci siamo conosciuti alla festa. Sapevo che mi avrebbero accusato di essere un'idiota per essere andata in giro da sola di notte. O almeno, è quello che avrebbe detto mia madre.»

«Tua madre non dovrebbe farti sentire così.»

Quel commento colse Sigga di sorpresa. «Mamma è fatta così, ma va bene. Sa essere inflessibile, ma si sa, viene da Akureyri e questo ha il suo peso.»

«Be', non è che siamo tutti fuori di testa ad Akureyri.»

«No, certo, ma penso che lì la vita sia più difficile per le donne. Ecco perché mia madre mi fa pressione.»

Sóley tirò un'altra boccata. «Be', tu la conosci meglio di me, questo è sicuro.» Si voltò leggermente per guardare Sigga negli occhi. «Quindi vorresti diventare scrittrice?»

«Non so», disse Sigga. «Penso di sì.» Risistemò le carte sulla scrivania. L'estate precedente Gabríel e Ragga erano partiti con i genitori di Ragga, Pabby era impegnato con il lavoro, mamma e Pétur erano nella casa delle vacanze e Sigga aveva deciso di rimanere a Reykjavík. Leggeva sino a tardi, faceva lunghi sonnellini nel pomeriggio e non mangiava nulla all'infuori degli hot dog del chiosco di Tryggvagata. Qualche volta era andata in piscina nel tardo pomeriggio, ma per lo più era rimasta seduta alla scrivania e aveva scritto. Pagine e pagine. Non soltanto la storia di Helga, ma anche altro. Se la sua vita avesse potuto essere come quella che aveva vissuto quell'estate, pensò, allora avevano mentito tutti quando continuavano a insistere sulla serietà e la responsabilità di essere adulti.

«Fantastico», disse Sóley con un ampio sorriso.

Sigga avvertì un frullio nel petto. *Ti stai rendendo ridicola*, si disse, ma c'era qualcosa di molto diverso in quella ragazza, e nel contempo di familiare, come se si conoscessero da anni. «Sì, sarebbe fantastico.»

Tra una cosa e l'altra erano passati quattro giorni da quando era stata male, e per tutto quel tempo Sigga era riuscita a evitare Olafur, e quindi la necessità di raccontargli che cos'era successo. Quando lui la cercava, lei accampava scuse per chiudere la telefonata dopo pochi minuti – compiti, appuntamenti, cena – e quando lui diceva di voler andarla a trovare a casa, lei fingeva di avere mal di testa. Dopo il secondo giorno si rese conto di avercelo davvero: un fastidioso pulsare alle tempie, e i capogiri ogni volta che si alzava troppo rapidamente.

«Hai una brutta cera», disse la mamma quando la vide scendere per la cena. «Vieni qui. Fammi sentire se scotti.» Appoggiò il dorso della mano sulla fronte. «No, per fortuna.»

«Sto bene», disse Sigga. «Sono solo stanca.»

«Sei rimasta sveglia sino a tardi per studiare?»

«Sì, penso che dipenda da quello.»

La mamma fece schioccare la lingua contro i denti. «Hai bisogno di riposare. E datti un po' di colore su quelle guance.»

«Grazie, mamma.»

«Lo dico solo per il tuo bene. Devi continuare a essere carina, altrimenti Olafur potrebbe perdere l'interesse.»

«*Mamma.*»

La mamma si voltò verso i fornelli. «Sono più vecchia di te, Sigrídur. E so come funziona.»

Il dolore pulsante peggiorò e Sigga si massaggiò le tempie con le dita. In cucina c'era un'aria soffocante e l'odore di pesce e cipolle era quasi insopportabile.

«È questo che ti hanno insegnato a scuola di danza?» chiese a sua madre.

«Io non ho mai frequentato una scuola di danza. Non avevamo i soldi per farlo. Ho preso delle lezioni organizzate a livello locale ad Akureyri.»

«Ma eri brava. Pabbi ha detto che avevi addirittura fatto un provino per una compagnia da queste parti, prima del matrimonio, e che ti avevano anche preso.»

«Sì.»

«E che saresti potuta andare in tournée con loro in Norvegia.»

«Me lo avevano proposto, sì.»

«E perché non hai accettato?»

«La mia vita era qui.»

«Ma avresti almeno dovuto provare.»

La mamma tornò a guardare Sigga per un istante, come se stesse soppesando che cosa dire. «Se fossi andata, voi tre non sareste nati», disse alla fine, e tornò a mascolare il cibo.

Sigga non insistette e cambiò argomento. «Che cosa prepari di buono?» chiese. Era una domanda banale, ma non riusciva a pensare a nient'altro da dire.

«*Plokkfiskur*, pasticcio di pesce. Pabbi dovrebbe essere qui a minuti. Appena arriva, mangiamo.»

«Vuoi dire che mangeremo io e Pabbi.»

La mamma agitò una mano, come a voler respingere la precisazione. «Sai che ho lo stomaco piccolo.»

Sigga diede un'occhiata alla massa grigia nella pentola e sentì protestare il proprio stomaco. Vide formarsi una bolla nella besciamella e poi scoppiare, e dovette girare la testa dall'altra parte.

«Devo andare in bagno», disse, e corse di sopra.

Spalancò le finestre di camera sua – sia quelle che davano sulla strada, sia quella unica sopra l'ingresso della casa – e si sedette sul davanzale affacciato sul davanti, aspirando grandi boccate di aria fresca. Ottobre aveva un sapore diverso, pensò, di foschia, di terra umida e di grasso di agnello grigliato. Sporse la parte superiore del corpo assaporando la piacevole sensazione dell'aria che entrava nei polmoni, la luce smorzata che le accarezzava la pelle. Sulla destra il cielo passò dall'albicocca al rosa al rosso ruggine. Apparvero le stelle e palpitarono deliziosamente sui tetti delle case colorate.

Udì dei passi sostenuti provenire dal marciapiede e vide la sagoma di suo padre materializzarsi nella luce smorzata del tramonto. D'un tratto fu travolta dal desiderio di fermarlo, come aveva l'abitudine di fare quando era bambina. All'epoca gli andava incontro e lo tratteneva per almeno cinque o dieci minuti a scambiarsi il racconto delle rispettive giornate, prima di permettergli di entrare in casa e lasciare che i suoi fratelli lo reclamassero.

Sigga si spostò all'altra finestra e la aprì di più, sporgendosi proprio nell'attimo in cui lui apriva il cancelletto. Con la coda dell'occhio vide accendersi una luce in una stanza della casa di fronte e udì lo scorrere dei pannelli di una finestra che si apriva.

Pabbi alzò lo sguardo e rivolse un tranquillo cenno di saluto non a Sigga, però, bensì alla loro vicina, che a sua volta si era affacciata.

«Salve, Thórfinnur», disse la donna, poi, accorgendosi di

Sigga, aggiunse « Oh », e i suoi lineamenti si contrassero per un istante – meno di un istante – poi si riprese e sorrise. « Sigga, vero? »

Pabbi si voltò di scatto e alzò gli occhi, e a Sigga parve che avesse un'aria quasi colpevole.

« Sì », disse lei. Aveva la bocca secca, come se avesse mangiato sabbia. « Come fa a sapere il mio nome? »

« Oh, be'. » La donna rise. Era una bella risata, musicale. « Sento il tuo ragazzo che ti chiama dalla strada quando passa a prenderti. »

« Bene. Buona serata, Isafold », disse Pabbi. « Buon fine settimana. »

« Buona serata », disse la donna. Indugiò ancora un attimo, poi salutò entrambi con uno sfarfallare delle dita. « Mi ha fatto piacere vedervi. »

Pabbi sorrise prima a lei, poi a Sigga, infine aprì la porta di casa. Sigga lo sentì togliersi il cappotto e le scarpe, andare in cucina, dire qualcosa alla mamma. Sigga chiuse la finestra della sua stanza forse con più slancio del dovuto, e scese al piano di sotto. Loki era acciambellato sull'ultimo gradino, e lei si sedette due gradini più su, piegandosi per grattarlo dietro le orecchie. Pabbi tornò nell'ingresso. « Come stai? », le chiese. « La mamma mi ha detto che stai studiando troppo. »

« Non è vero », ribatté lei. « Studio come sempre. Un numero di ore normale. »

Pabbi le tese la mano. Lei esitò brevemente, poi la prese e, scavalcando Loki, si ritrovò avvolta nell'abbraccio di suo padre. « Ti ho già detto quanto sono orgoglioso del tuo successo come scrittrice, vero? », le sussurrò tra i capelli.

« Sì. » Lei affondò la testa sotto la sua ascella, godendosi il pizzicore del suo maglione di lana e il profumo di muschio e agrumi della sua acqua di colonia. Questo era Pabbi. Era ridicolo pensare che potesse sentirsi in colpa, dato che non aveva mai fatto nulla per cui provare un senso di colpa. « Quand'ero ragazzo avevo stretto una bella amicizia con una persona che amava la saga di Bárdur quanto te», disse. «La nonna cercava di educarci parlandoci di Snæfellsnes sin da allora.»

«Chi era? Örn o Gústaf?»

«Nessuno dei due.» Pabbi indugiò per un istante, pensoso, poi riprese. «Ci piaceva fingere di essere Bárdur e Helga.»

«Oh.» Era *un'amica*, allora. «Non riesco a immaginarti da giovane. Com'eri? Che cosa ti piaceva fare?»

«Cose normali, direi. Prima dei dieci anni trascorrevo gran parte del mio tempo a pescare e disegnare.»

«Oh, sì.»

«Ti ho mai detto che mi divertivo a creare una versione tutta mia di mio padre? Me lo immaginavo a volte un soldato, a volte un attore famoso. Douglas Fairbanks, mi pare. Anche lui amava pescare e disegnare, e pensavo che, se fosse venuto a cercarmi, saremmo andati in vacanza tutti insieme in una casa di campagna vicino a un ruscello. E lui e io ci saremmo alzati presto per disegnare paesaggi, poi ci saremmo seduti a pescare il salmone.»

«Ma lui non è mai venuto, vero?» chiese Sigga. Non appena ebbe fatto la domanda, se ne pentì; Pabbi scosse il capo e si incupì.

«Che cos'altro ti piaceva fare?» chiese Sigga prima che potesse distogliersi dai ricordi.

«In alternativa alla pesca, mi piaceva costruire zattere, il che mi fa pensare a Gabríel. È sempre stato bravo con le mani. Aiutavo i portuali a scaricare le merci, e in questo modo mi guadagnavo un paio di corone che poi spendevo al cinema. Mi piacevano le storie e i film, come a te.»

«Niente che si sia ripetuto in Pétur?»

«Direi di no. Per un po' mi sono chiesto se non fosse un bambino delle fate. Solo che questi bambini erano sempre troppo buoni – nei racconti di tua nonna, almeno.»

Sigga rise, immaginando che suo padre se lo aspettasse, e lui sorrise, poi scosse di nuovo il capo. «Non dire a tua madre che ho detto questo. Siete tutti e tre meravigliosi, ciascuno a modo suo. Ma è bello avere un genio in famiglia.»

Mamma si presentò sulla soglia della cucina. «Un genio può abbassarsi a preparare la tavola?»

«Stavo giusto per portare il mio racconto ad Amma», disse Sigga. «Mi ci vorranno cinque minuti, non di più.»

«La preparo io la tavola», disse Pabbi lasciando libera Sigga. Si avvicinò alla mamma e le diede un bacio sulla guancia. «La cena ha un profumo delizioso, Eva.»

«Tu sei stato al lavoro tutto il giorno», ribatté lei. «Può farlo Sigrídur e portare il racconto alla nonna dopo cena.»

Conta sino a dieci, si disse Sigga. *O anche venti.*

«Dov'è Pétur?» chiese Pabbi.

«È uscito con una ragazza.» Mamma si slacciò il grembiule. «Non so quando metterà la testa a posto, quel ragazzo. Pare che abbia una nuova fiamma ogni settimana.»

Sembrava compiaciuta, notò Sigga.

«Io laverò i piatti, allora», disse Pabbi.

«Sbrigati. Ti verso un bicchiere di vino.»

Sigga andò in cucina, prese le posate dal cassetto e iniziò a preparare la tavola.

Quella sera, quando Olafur chiamò, fu Sigga a rispondere al telefono. Parlarono per qualche minuto dei suoi studi, poi del torneo di scacchi in cui era impegnato. Stava perdendo con un avversario che, sosteneva lui, giocava sporco. Sigga lo ascoltava distrattamente, la mente ancora concentrata su suo padre, con quel suo sorriso svagato, il suo amore per la saga di Njáll e Edda, le sue lunghe dita da pianista che potevano lasciar cadere qualsiasi tazza e bruciare qualsiasi torta, con i suoi occhiali con cui si addormentava per poi svegliarsi al mattino con quelli, orgogliosi, sulla testa.

Il pensiero che lui potesse avere un segreto le faceva male fisicamente. Del resto, non stava nascondendo qualcosa anche lei? Non solo a lui, a tutti, in realtà.

«Quindi che cosa ne pensi?» chiese Olafur.

«È possibile barare a scacchi?» chiese lei avvolgendo il filo del telefono intorno al mignolo sino a far diventare la punta giallastra come cera.

«Non hai sentito quello che ti ho raccontato sinora?»

«Non attentamente, scusa.»

«Perché no?»

«Stavo pensando ad altro.»

Glielo avrebbe detto, sì. Se lui glielo avesse chiesto nel modo giusto, lei glielo avrebbe detto.

«Mi dispiace di averti annoiato», disse Olafur.

«Non ho detto questo.»

«D'accordo. Mi dispiace se quello che sto dicendo non è abbastanza importante per te.» Olafur attese un istante, poi sbottò. «Sono solo io a portare avanti la conversazione. Tutti i ragazzi che conosco ci avrebbero già rinunciato, a questo punto.»

Non stasera, quindi, pensò Sigga.

«Sto per andare a letto», disse lei. «Parleremo domani, okay?»

«Lo faremo?»

«Certo. Buonanotte, Olafur.»

1911

Nella settimana successiva alla festa, Freyja e Tomas fecero delle escursioni in montagna quasi ogni giorno. Non invitarono Gudrún e lei non chiese di unirsi a loro. C'era stato un altro periodo nella sua vita in cui sua sorella passava il tempo a fare lunghe arrampicate quotidiane, subito dopo l'arrivo del suo primo ciclo mestruale. Gudrún aveva cercato di seguirla una volta, per accertarsi che non si facesse male, ma era stata lei a smarrire la strada, cadere, sbattere il gomito ed escoriarsi lo stinco e tornare a casa barcollando per poi trovare Freyja già davanti al fuoco.

« Non seguirmi », aveva detto Freyja con tono solenne quando Gudrún l'aveva rimproverata. « Vado lassù per stare da sola. Mi aiuta a riflettere. »

« Parla con me », le aveva detto Gudrún. « Rifletto io per entrambe. »

Freyja aveva scosso il capo.

Ora Gudrún provava lo stesso senso di distacco e frustrazione nel vedere quei due varcare il cancello del giardino e allontanarsi insieme; Freyja non andava più lassù da sola, ma nemmeno condivideva i suoi pensieri con Gudrún quando tornava a casa.

« Mi ricorda sempre di più vostra madre », disse Papi a Gudrún un giorno.

« Tomas non ti somiglia per niente, però », osservò Gudrún, e suo padre rispose con un grugnito.

Ogni volta che Gudrún guardava Tomas, le veniva in mente la mano che si insinuava sotto la sua gonna e avrebbe voluto non essere stata così precipitosa nel rifiutare l'offerta di Magnús di trovargli un posto di lavoro da qualche parte. Che cosa avrebbe fatto, dopotutto, una volta che Pabbi si fosse trovato fuori in mare?

Poi, il sabato, Tomas andò a cercarla mentre lei era in dispensa a foderare il setaccio per preparare lo skyr. Usava una garza per filtrare il siero in eccesso, dopodiché usava quello che era stato raccolto nella brocca per conservare il cibo o lo mescolava con l'acqua per berlo. Era un'attività lenta, tranquilla, da svolgere in silenzio, e non le faceva affatto piacere essere interrotta.

«Voglio cucinare io la cena», disse Tomas. «Mi lasceresti usare la cucina?»

«Non è mia la cucina», rispose lei un po' seccamente.

«C'è un dolce speciale che gli islandesi preparano per fare festa?»

«La *vinarterta.*»

«Ti andrebbe di mostrarmi come si fa?»

Gudrún lo guardò. Aveva le guance leggermente arrossate e gli occhi che brillavano, e lei si intenerì. «È una torta a strati», disse. «Dovremmo iniziare subito se vuoi mangiarla stasera.»

«Grazie, Gunna.»

«Che cosa proponi come piatto principale?»

«La *kjötsúpa*?» suggerì lui, e lei raccolse agnello, burro, mandorle, farina, uova, carote, patate, prugne, cardamomo, zucchero e un po' di skyr e portò tutto in cucina.

Tomas la aiutò a pelare le patate e a pulire le carote, tritare le mandorle e i semi di cardamomo per gli strati di pasta della torta. Dopo un po' si mise a canticchiare, con Gudrún che teneva il tempo tritando. Il sole arrivò a illuminare i batuffoli di polvere e lei prese a lamentarsi del fatto che il suo costante spolverare era totalmente inutile e Tomas le disse che la cucina brillava come se fosse ricoperta di gioielli.

«Trovi sempre il modo di scoprire qualcosa di bello da ammirare?», chiese Gudrún.

«Sì.»

«Devi aver trascorso un'infanzia molto felice», disse, e lui appoggiò la guancia sulla spalla di lei per un istante, come quella volta durante la passeggiata lungo la scogliera.

«Ero felice, sì, ma ora lo sono di più.»

Il ricordo di quella mano invadente che si insinuava sotto la sua gonna spinse Gudrún a scostarsi leggermente e lui sollevò il capo. *Non sai per certo che sia stato lui*, disse a se stessa. *Né se il suo gesto era rivolto a Freyja*. Eppure, dopo la festa, lui a stento l'aveva degnata di uno sguardo: questo doveva pur significare qualcosa.

«Hai sempre desiderato diventare marinaio?» chiese Gudrún.

«Non ci ho mai pensato molto, in realtà. La vita prende una certa direzione anche se non l'hai pianificato, non credi?»

«Sei un filosofo sprecato», disse Gudrún grattandosi la guancia con le dita sporche di farina e lui rise di lei. Gudrún, per tutta risposta, alzò gli occhi al cielo e tuffò le susine in una pentola di acqua bollente. «Per il ripieno di marmellata, scola queste, poi mescolale con zucchero e cardamomo.»

«Abbiamo una torta simile in Danimarca», disse lui.

«Qui si prepara in occasione dei matrimoni.»

«Quindi è un dolce molto speciale. Bene.»

«Perché...», iniziò, poi si fermò.

Da fuori si udì provenire un rumore di zoccoli. Le campane della chiesa suonarono il quarto d'ora in lontananza; una mano bussò alla porta di casa.

Gudrún andò ad aprire. Di sicuro era Magnús, si disse, e il suo cuore prese a martellarle nel petto.

Aprì la porta. Padre Fridrik era lì davanti a lei, così vicino che se non ci fosse stata la porta fra loro, i loro visi praticamente si sarebbero toccati. Aprì la bocca in un ampio sorriso e lei notò che i suoi denti erano di una strana sfumatura giallo-grigiastra.

«Mia cara ragazza», esordì. «Come vedi, non mi sono ancora arreso con voi due, te e tua sorella. Tornerò tutte le volte che sarà necessario per riportarvi in chiesa.»

«Entrate», disse Gudrún. «Sto cucinando con Tomas, ma potete venire in cucina a parlare mentre lavoriamo, se volete.»

Girò sui tacchi e si apprestò a tornare in cucina, e dopo qualche istante sentì che il prete la seguiva.

«Dov'è tua sorella?» chiese quando entrò in cucina con il cappello in mano.

«Sta dormendo», disse Tomas.

Padre Fridrik bofonchiò qualcosa per esprimere la sua disapprovazione. «In pieno giorno?»

«Abbiamo fatto una lunga camminata questa mattina presto», disse Tomas. Abbassò il fuoco sotto le susine e mise l'agnello, le carote e le patate in una casseruola pronta da una parte.

«Oh, poveri noi», esclamò il prete. «Come impiegano il tempo le donne in Danimarca se sono gli uomini ad assumersi tutto il peso del loro lavoro?» Alzò la mano per prevenire l'obiezione di Gudrún, che si stava accingendo a rispondergli, e sorrise dolcemente ai due giovani. «Vado a svegliare tua sorella.»

Pochi minuti dopo tornò con Freyja. Gudrún e Tomas interruppero la preparazione della cena e rimasero in attesa gli uni di fronte agli altri.

«Bene», disse Padre Fridrik. «Sono venuto anche per una missione speciale. Un membro della nostra congregazione, Birta Jóhansdóttir di Arnarstapi, è morta due notti fa.»

«Mi dispiace molto», disse Gudrún. «Com'è successo?»

«Il Signore l'ha chiamata a sé.»

«Capisco. Ed è stata una sorpresa che lui la chiamasse, o le aveva dato un preavviso?»

Padre Fridrik strinse gli occhi. «Vostro padre ha allevato voi signorine a essere molto irriverenti.»

«Io conoscevo Birta», disse Freyja d'un tratto. «Lavorava alla Big Farm prima di me. Aveva sposato il sovrintendente del porto.»

Padre Fridrik chinò il capo in segno di assenso.

«L'ho vista non molto tempo fa», disse Freyja. Le brillavano gli occhi, notò Gudrún. «Sembrava in perfetta salute.»

«È morta dando alla luce una bambina», disse Padre Fridrik.

«Ma aveva una zia levatrice», osservò Freyja.

Il prete agitò una mano come a dire che quello era un dettaglio di poco conto. «In effetti lei voleva sua zia accanto, ma io sono riuscito a dissuaderla. Le ho detto che Dio ha un piano per ciascuno di noi, e che è la vanità umana che ci induce a interferire. E che non c'era ragione di presumere che ci sarebbero state complicazioni.»

«Quindi non c'era *nessuno* accanto a lei che potesse assisterla durante il parto?»

Gudrún percepì l'indignazione nella voce di Freyja e sentì la propria montare per solidarietà. Guardò sua sorella e vide che aveva le labbra strette e sbiancate.

«Almeno avrebbe potuto darle un po' di ergotina», disse Gudrún. «Non sarete pure contro quella. È il Signore che la fa crescere, no?»

«Le donne sono destinate a provare dolore per espiare il peccato originale», disse il prete passandosi la mano libera fra i capelli.

«E voi come fate a conoscere così a fondo i piani del Signore?» chiese Tomas. «Magari voleva che la levatrice fosse presente.»

Padre Fridrik diventò rosso di rabbia. «E voi che cosa c'entrate? Questo non è affar vostro. È un problema della comunità.»

«Mia madre faceva la levatrice», disse Tomas. «E anche mia nonna. Scommetto che hanno salvato più vite di voi, Padre.»

«Più corpi, forse. Io mi occupo delle anime, come ben sapete.»

«Avete detto di essere venuto qui per una missione», intervenne Gudrún. «Immagino che non abbia niente a che fare con la povera Birta Jóhansdóttir, visto che noi la conoscevamo appena.»

«Il marito della defunta non ha parenti femmine, così mi sono permesso di suggerire che sia Freyja a occuparsi della piccola, dato che al momento è disoccupata», spiegò il prete. «E il vedovo è stato ben felice del mio suggerimento.»

Gudrún fu colta dallo stupore. «State scherzando, vero?» *Freyja?* Con la coda dell'occhio vide sua sorella avvicinarsi ai fornelli e fissare la pentola. «Sono sicura che è il padre la persona più adatta a occuparsi della neonata.»

Tomas si avvicinò a Freyja, e a quel punto entrambi davano le spalle al resto della stanza.

«Che cosa stai preparando?» chiese lei.

«Una sorpresa», rispose Tomas.

Padre Fridrik si fece ancora più rosso in viso. «Vedo che qui c'è un gran lavoro da fare da parte mia», commentò.

«Mi dispiace, Padre, ma come vedete siamo molto occupate.»

Il prete si ricacciò il cappello in testa e se ne andò indispettito.

Gudrún raggiunse gli altri due. «Puoi togliere le prugne dal fuoco, ora. Scolale, schiacciale, unisci il resto degli ingredienti e poi rimetti tutto sul fuoco finché il composto non si addensa e diventa leggermente appiccicoso.»

«Stai preparando la *vínarterta*?» chiese Freyja.

«In teoria sì», disse Tomas prendendo la pentola e portandola sul lavandino.

«Era il dolce preferito di mia madre», disse Freyja. «Papi ci ha raccontato che separava gli strati e mangiava la marmellata come prima cosa, per poi intingere la sfoglia nel caffè.»

«Questo non lo sapevo», disse Gudrún.

Freyja si voltò e sorrise a qualcosa che aleggiava appena sopra la spalla di Gudrún, la quale dovette resistere all'impulso di voltarsi a guardare.

«Perché hai reagito così alla proposta di Padre Fridrik?» chiese Freyja,

«Perché, tu *volevi* occuparti della piccola?»

«No.»

«E allora...»

«Non sta dicendo che non saresti stato in grado di farlo, vero, Gunna?», disse Tomas. Versò il contenuto della pentola nel colino e il profumo ricco e fiorito delle susine riempì la cucina. «Sembra già deliziosa. Quali altri dolci preparate da queste parti?»

Freyja abbassò lo sguardo.

«Abbiamo la *skúffukaka*», disse Gudrún dopo un attimo di esitazione.

«Me la faresti assaggiare?»

«Certo.»

Tomas sorrise a entrambe. Versò le prugne sgocciolate su un tagliere e iniziò a tagliarle a pezzetti. Quando Freyja gli passò vicino, lui allungò una mano e le sfiorò la schiena.

«Ti ho sporcato con il succo.»

«Non mi importa del succo» disse Freyja. Poi, di colpo, impallidì. Gudrún si fece avanti, ma Tomas la precedette sostenendo Freyja con un braccio.

«Che succede?» chiese Gudrún.

«È solo...» Freyja guardò Tomas. «Non è nulla, credo. Per un attimo non ti ho più visto.»

«Non ti senti bene?» chiese Tomas, allarmato. «Hai mal di testa?»

«Non è mal di testa.» Freyja gli sfiorò il viso. «Sto bene ora, stai tranquillo.»

Qualche giorno dopo Gudrún stava mischiando farina, zucchero e cacao quando Freyja entrò in cucina strofinandosi gli occhi.

«Dov'è Tomas?» chiese.

Gudrún posò il cucchiaio. «È andato a fare due passi, credo. Non vi siete incrociati?»

«Stavo dormendo.»

«Di nuovo?»

Freyja guardò fuori dalla finestra. «È quasi buio.»

« Sono sicura che tra poco sarà di ritorno. Vieni ad aiutarmi a fare la pastella per la *skúffukaka.* »

Freyja intrecciò nervosamente le dita. « Si mangiava spesso la *skúffukaka* alla Big Farm. Almeno gli uomini. Rósa diceva sempre che era troppo ricca. La definiva "peccaminosa". »

« Se una cosa è buona, non è un peccato », disse Gudrún. « Vieni qui, mettiti il grembiule. »

« Prima fammi portare un lume al cancello. »

« Come vuoi. »

Freyja prese una lanterna e uscì. Gudrún aggiunse il latte, le uova e il burro nella ciotola e mescolò sino a ottenere una pastella liscia e morbida, poi mescolò ancora un po' in attesa che sua sorella tornasse. Fuori, nel cielo, il violetto stava sbiadendo rapidamente per lasciare spazio alle ombre della sera. Tese l'orecchio. Non c'era nessun movimento ai lati della casa, ma dal davanti udì un regolare, lontano *clop clop* farsi sempre più vicino e distinto.

Si sentì serrare il petto. No, non poteva essere un'altra volta Padre Fridrik. Era passato troppo poco tempo dalla sua ultima visita. Il che voleva dire...

Appoggiò il cucchiaio sul bordo della ciotola, si lavò le mani con cura come a dimostrare a se stessa che non aveva fretta, poi percorse il corridoio e raggiunse Freyja sulla soglia di casa.

« Chi è? » chiese.

Freyja stava fissando una figura più avanti lungo la strada. « Non è Tomas. »

« Certo che non è lui. A meno che non abbia trovato un cavallo durante la passeggiata. »

Freyja la guardò senza parlare.

« È meglio rientrare », disse Gudrún, ma nessuna delle due si mosse.

Era in grado di dire che si trattava di Magnús dalla distanza di trenta metri o anche di più, persino al buio. Nessun altro avrebbe cavalcato sollevato dalla sella in quel modo.

Il cavallo procedeva lentamente; Gudrún si sistemò la gonna

e si lisciò i capelli, e parvero passare ore prima che cavallo e cavaliere entrassero nel cerchio di luce della lanterna appesa al cancello.

« Buonasera », gridò lui riparandosi gli occhi.

« Buonasera », disse Gudrún.

« Ho cavalcato tutto il giorno. Posso abbeverare Maria e farla riposare qui per un'ora? »

« Siete il benvenuto », disse Gudrún.

Freyja si voltò e rientrò in casa. Gudrún attese che Magnús legasse la giumenta, poi corse in cucina a cercare un recipiente per l'acqua. Lo riempì e glielo portò versandone un po' a terra, nella fretta.

« Grazie. »

Lui la seguì nella *badstofa* e si tolse guanti e giacca.

« È una serata fredda », disse Gudrún.

« Ma è molto accogliente qui. »

« Oh, be', tutte le cose piccole sembrano graziose », disse lei guardandosi intorno.

« Non è così piccola. »

« Dovete stare un po' curvo. »

Magnús sorrise. « È vero, ma non avete mai visto la stanza dove sono cresciuto. »

« Gradite del caffè? »

« Grazie. Non pensate che io sia venuto solo per quello. » Sorrise di nuovo. « È così, naturalmente, ma non dovete pensarlo. »

Gudrún non sapeva come ribattere, così andò in cucina a preparare il caffè.

Quando tornò, lui era in piedi in mezzo alla stanza con una mano in tasca.

« Non era Freyja quella sull'uscio con voi? » chiese l'uomo.

« Sì. » Gudrún gli porse la tazza. « Lei sta... deve sbrigare alcune faccende. »

Si sedettero e bevvero un sorso.

« Sono venuto anche perché... mi dispiace che non vi siate divertita alla festa. A volte è più facile lasciare che Rósa organizzi le cose come ritiene sia meglio.»

Gudrún alzò le spalle. «Non era il caso di venire sin qui per giustificarvi.»

«Quindi mi perdonate?»

«Naturalmente.»

Magnús sorrise. Continuarono a sorseggiare il caffè.

«Parlatemi di voi, Gudrún Einarsdóttir.»

«Che cosa volete sapere?»

«Vediamo.» Tenne in equilibrio la tazza sul ginocchio. «Sinora so che siete molto esperta della nostra letteratura. So che fate un buon caffè. Conosco la vostra reputazione di donna impavida e schietta. Che cos'altro dovrei sapere come amico?»

«Perché, diventiamo amici?»

«Mi farebbe piacere.»

Gudrún sentì delle goccioline di sudore imperlarle lo spazio fra il naso e il labbro superiore e si trattenne dall'istinto di tamponarle.

«Non so che altro dirvi. Non mi hanno mai chiesto di descrivere me stessa a parole.»

«Stento a crederlo.»

«Non sono la sorella preferita di tutti.»

«Ah», disse lui, e si soffermò a osservarla per un istante. «Posso aiutarvi a iniziare. Che cosa volete?»

«Che cosa voglio?»

«Sì. Che cosa volete dalla vita?»

«Voglio essere una persona.»

Magnús strinse gli occhi, divertito. «Questo è già sicuro.»

«Voglio essere riconosciuta come persona, poi voglio che mi sia concesso di fare errori e di prendere decisioni in autonomia. Voglio guadagnarmi da vivere e avere un tetto sopra la testa.»

«Queste sono parole rivoluzionarie.»

«Non ditemi che le temete», disse lei senza pensare, poi si morse la lingua.

«No, non le temo.» Magnús appoggiò la tazza sul pavimento. «Ma penso che molti potrebbero rimanere scioccati.» Incrociò il suo sguardo. «Non avete citato un marito, però. Quale posto avrebbe in tutto questo?»

Gudrún esitò; lui inarcò un sopracciglio.

«È obbligatorio avere un marito?» disse lei lentamente. «Non posso essere una persona senza questa presenza al mio fianco?»

«Non intendete sposare qualche povero diavolo e comandarlo con il pugno di ferro?»

«Non voglio sposare una persona per comandarla, perché sono io la prima a non voler essere comandata.»

«Siete una vera innovatrice», mormorò Magnús.

«Non credo.»

Gudrún colse un rapido movimento con la coda dell'occhio e, voltandosi, vide che Freyja era entrata nella stanza. Si torceva le mani.

«Non è ancora tornato», disse guardando Gudrún. «E se è caduto e si è fatto male?»

«Sono sicura di no.»

«Ma se invece è caduto davvero nel campo di roccia lavica, non lo troveremo mai.»

«Sono sicura che non gli è successo niente, Freyja.»

Udirono un rumore di stivali provenire da fuori e Freyja si precipitò ad aprire la porta.

«Papi», disse. «Hai visto Tomas?»

Papi entrò in casa sfregandosi le mani per scaldarle. Non appena si accorse di Magnús, trasalì.

«Buonasera», disse Magnús alzandosi.

«Buonasera», rispose Papi. «Gudmundur vi ha mandato a cercarmi?»

«Papi? Hai visto Tomas?» ripeté Freyja.

Lui le fece un cenno di diniego. «Non è venuto con me, ma sono sicuro che sarà a casa in tempo per cena.» Lanciò un'occhiata a Magnús prima che lei potesse ribattere. «C'è qualche problema con l'affitto?»

«No, no», disse Magnús. «Mi sono fermato qui di ritorno da Arnarstapi.» Si agitò sulla sedia, imbarazzato. «Non mi ero reso conto che mancava all'appello il vostro ospite.»

«Perché?» chiese Freyja in preda al panico. «Lo avete visto?»

«Temo di sì.» Magnús fece correre lo sguardo fra i suoi interlocutori. «Ad Arnarstapi. Non sapevo che stava agendo senza che voi ne foste a conoscenza, altrimenti lo avrei trattenuto.»

«Che cosa state dicendo?» lo incalzò Gudrún. «Trattenuto dove?»

Magnús si passò stancamente una mano sul viso. «In Islanda. Ha pagato un passaggio su una delle imbarcazioni dirette in Danimarca.» Aveva un tono rammaricato. «Salpava stasera.»

Seguì un silenzio attonito per un istante che parve interminabile, poi Freyja urlò «No!».

«Freyja, sstt, tranquilla», disse Gudrún.

«Non è vero», disse Freyja.

Papi si schiarì la gola.

«Purtroppo l'ho visto salire a bordo», aggiunse Magnús.

Freyja si voltò e uscì di casa.

«Dovete scusarla», disse Gudrún, ma lui scosse la testa.

«È sotto shock, capisco.»

Lei si strofinò le mani e abbassò lo sguardo. Non sapeva bene che cosa provare: gratitudine per Magnús e per la sua calma; pietà per Freyja, rabbia nei confronti di Tomas. Forse quella mano alla festa *non* era stata un errore, non l'aveva scambiata per Freyja. In fin dei conti era un porco, pensò, anche se una piccola parte di sé, ricordando il suo sorriso, non voleva crederlo.

«Lasciate che vada a parlare un attimo con Freyja», disse Magnús. «Sembra averla presa male.»

«Grazie», disse Gudrún.

Papi indicò la porta, poi si sedette sulla sua poltrona, tirò fuori la pipa e iniziò a pulirla. «Una bella liberazione, quindi», disse.

Magnús si mise il cappello. Fuori l'erba era gelata e le scarpe producevano uno scricchiolio mentre Magnús seguiva Freyja sino al cancello. La luna era alta nel cielo e ogni elemento toccato dalla sua luce brillava come il coltello usato da Papi per eviscerare il pesce. Gudrún vide Magnús posare una mano sulla spalla di Freyja e piegarsi come per dirle qualcosa all'orecchio. Freyja non si mosse nemmeno per guardarlo, e lui si rialzò dopo un istante con un'espressione di compatimento sul viso. Si voltò a guardare Gudrún, ferma sulla soglia, e lei sentì il proprio battito accelerare, le guance in fiamme.

Alzò una mano in segno di saluto, lui staccò la sua dalla spalla di Freyja per rispondere, poi si voltò, sganciò il cavallo dal palo, montò in sella e si allontanò al trotto.

Nei giorni successivi alla partenza di Tomas, Freyja si chiuse di nuovo in se stessa. Lei e Gudrún mungevano la mucca in silenzio, conservavano la carne in silenzio, filavano la lana in silenzio, lavavano i pavimenti in silenzio. Gudrún era straziata dal dolore di non poter consolare Freyja se non in minima parte.

Papi era impegnato nei preparativi per la stagione di pesca che sarebbe iniziata di lì a poco. Gudrún avrebbe quasi desiderato che fosse già partito; forse Freyja si sarebbe aperta con lei, se fossero rimaste sole. Sapeva perché sua sorella aveva reagito in quel modo alla notizia, sapeva che cos'era accaduto; negli ultimi tempi, Freyja non si era più curata di nascondere a Gudrún quando si alzava la notte per andare nella stalla o quando tornava al mattino presto, prima che Papi si svegliasse. Lei sapeva, e Freyja sapeva che lei sapeva, ma nessuna delle due parlava. Gudrún avrebbe potuto rimproverarla per la sua avventatezza, ma era certa che non sarebbe servito; sua sorella sapeva essere cocciuta quando voleva.

Ora, però, Freyja aveva smesso di raggiungerla a letto. Qualche volta, svegliandosi al mattino, Gudrún la trovava a sonnecchiare sulla sua poltrona davanti al fuoco spento. Altre volte era già nella stalla alle prese con Margret, con i capelli tirati indietro, curva sul secchio del latte. Aveva occhiaie scure e il viso gonfio di lacrime,

Piluccava a stento il cibo. Jules Verne non aveva mai mangiato così bene, tanto che Gudrún era stata costretta a chiuderlo fuori all'ora dei pasti. E ogni giorno non si sapeva mai se Freyja sarebbe stata irritabile o profondamente triste; solo che sarebbe stata o l'una o l'altra cosa, pertanto Papi prese a evitarla.

Il giorno prima che Papi partisse per la pesca, Gudrún trascorse ore in cucina a preparare una *skúffukaka* per lui. Nell'aria c'era profumo di torta – burro e malto – e lei percepiva un senso di calma dentro di sé e dentro la casa stessa. Udì suo padre fischiettare nella *badstofa* mentre finiva di preparare le reti, mentre Jules Verne andava e veniva dalla dispensa a caccia di resti di cibo. Fuori pioveva senza sosta, ma dentro gli unici segni del maltempo erano le sferzate di pioggia e lo scintillio delle gocce sui vetri alla luce delle candele.

Gudrún dispose l'ultima infornata sulla griglia a raffreddare e si pulì le mani nel grembiule prima di raggiungere Papi.

«Per quanto ne hai ancora?» gli chiese.

«Un'ora, più o meno.» Lui infilò un ago, aguzzando la vista.

«Possiamo mangiare prima, se vuoi.»

«Mmh.»

Gudrún si sedette sul bordo della sedia, con i gomiti sulle ginocchia e prendendosi il mento fra le mani. Indugiò a osservare suo padre, ascoltando lo scoppiettio del fuoco e il leggero fruscio dell'ago ogni volta che lui lo faceva passare tra le maglie della rete. Di tanto in tanto guardava qualcosa sul bracciolo della poltrona, e Gudrún ci mise un po' di tempo per capire che si trattava di una bussola montata su una cassa d'oro.

«Che cos'è quella?»

«Una bussola.»

«Lo so. Volevo dire, come l'hai avuta?»

«Me l'ha data il ragazzo.» Papi tossì, apparentemente imbarazzato. «Ha detto che ce l'aveva in tasca quando l'abbiamo salvato.»

«Non ha intenzione di tornare a navigare, quindi?»

«Credo di no.» Guardò l'oggetto, un po' timoroso. «Immagino che valga un bel po' di soldi.»

«Ti aveva detto che intendeva partire?»

«No.»

«Pensavo che sarebbe rimasto.»

Papi si strinse nelle spalle. «La sua famiglia è in Danimarca.»

«Lo so, ma avrebbe potuto salutarci, non fuggire come un codardo.»

«I danesi sono fatti così.»

«Mmh.» Gudrún si tirò su e si appoggiò allo schienale. «Be', per Magnús è stato difficile dovercelo dire.»

«Il marito di Rósa?» chiese Papi con tono un po' sorpreso.

«Certo.»

«Non mi è parso che fosse molto sconvolto, per la verità. Perché avrebbe dovuto esserlo, del resto?»

«Ha detto che si sentiva responsabile per averlo lasciato andare.»

«Be', chissà come ragiona questa gente del Nord. Non sono come noi.»

«Papà, non tutti possono venire da Snæfellsnes.»

«Che cos'è che avevo sentito dire su di lui quando si è trasferito qui?» si domandò Papi cercando di ricordare. «Ah sì, ha sfasciato l'aratro di Skúli Skúlisson per via di una pecora che continuava a sconfinare per pascolare nelle sue terre.»

«Sei sicuro che non l'abbia sfasciato Skúli?»

Skúli giocava con Gudrún e Freyja quando era un tipetto di dieci anni con i capelli rossi e Gudrún ne aveva nove. A un certo punto aveva addirittura pensato che l'avrebbe sposato, ma il padre di Skúli era morto e sua madre era impazzita e lui aveva dovuto badare ai suoi fratelli e sorelle e non aveva più trovato il tempo per giocare. Più Gudrún ci pensava, più immaginava che alla fine avesse acquisito un grande senso di responsabilità.

«Perché avrebbe dovuto farlo?» chiese Papi.

«Non mi sembra che Magnús possa fare una cosa del genere.»

«Semiselvaggi, popoli del Nord» ripeté l'uomo. «Questo sembra un mezzo gigante, per giunta.»

«Come Bárdur.»

«Non gli assomiglia per niente.»

«Oh, Papi». Gudrún scosse il capo. «Dov'è Freyja?»

Lui tornò a riparare le reti. «Non è in cucina con te?»

«No.»

«L'ho vista andare da quella parte.»

«Non c'è.»

«Sarà a letto, allora» disse lui accennando verso la tenda che proteggeva il letto di Gudrún e Freyja.

Gudrún lasciò suo padre e andò a controllare. Non c'era nessuno, ma la finestra era aperta, con la tendina mossa dalla brezza e la pioggia che inzuppava il cuscino. Gudrún chiuse la finestra sbattendola con forza e la tenda smise di agitarsi, come fosse attraversata da un brivido.

«Freyja?» chiamò.

Nessuna risposta.

Tornò in cucina. Freyja era in piedi davanti al tavolo e alla candela che Gudrún aveva acceso prima. Teneva la mano destra sulla fiamma, il palmo abbastanza vicino da permettere a Gudrún di vedere la lingua gialla del fuoco lambire la pelle.

Fece un passo avanti e scostò con forza il braccio di Freyja. «Che cosa diavolo stai facendo?»

«Niente.»

«Dove sei stata?» Freyja aveva i capelli bagnati e la fronte imperlata di pioggia. «Dormivi con la finestra aperta?»

«Mi sono distesa per un po'.»

«Dammi la mano.»

Freyja la alzò lentamente. C'era un piccolo segno nero nella piega del palmo.

«Dobbiamo lavarla.»

Gudrún prese una ciotola d'acqua e un canovaccio e picchiettò la mano della sorella sino a far sparire quel segno. Freyja la lasciò fare, tenendo il braccio ciondoloni e inerte.

«Non ti fa male?» le chiese Gudrún.

«No.»

«Non farlo più.»

Gli occhi di Freyja furono attraversati da un lampo. «Credi che io sia pazza, vero?»

«Puoi biasimarmi?»

«Non sono pazza.»

«Senti...» Gudrún spremette il canovaccio sopra la ciotola finché non ne uscì più acqua. «So che ti manca Tomas...»

«Tu non sai *niente*», disse Freyja.

«Allora dimmelo tu.»

«Lui non se ne sarebbe mai andato così, Gunna. È assurdo.»

«Gli uomini non ragionano come noi. Non devono farlo», disse Gudrún. Non fu necessario ricordarle la conversazione che avevano avuto nella stalla, quando le aveva consigliato di non lasciarsi coinvolgere troppo; era ancora sospesa fra loro, persino in quel momento. Freyja si incupì, lo sguardo offuscato. «Tesoro...»

«No, non posso parlarne, Gunna.»

Gudrún si avvicinò e prese le mani di Freyja tra le sue. «Mi dispiace, Freyja.»

«Lo so.»

«Facciamo compagnia a Papi sino all'ora di cena.»

Andarono nella *badstofa* tenendosi per mano, ma non appena arrivarono sulla soglia, Freyja si ritrasse, pallida come un cencio. Gudrún guardò Papi, seduto sulla sua poltrona con la bussola in mano, intento a lucidarla. Alzò gli occhi verso di loro e aprì la bocca per parlare, ma Freyja lo precedette.

«Mettila via!» urlò.

Il viso di Papi si corrugò di stupore. « Siamo tornati all'estate scorsa? Pensavo che avessi superato i tuoi piagnistei. »

Freyja liberò la mano da quella di Gudrún, si voltò e scappò via. Papi guardò Gudrún, che si morse il labbro. Come poteva far capire a suo padre che vedere gli oggetti appartenuti a Tomas era doloroso per Freyja e che era meglio che non li vedesse? Era sicura che lui sapesse che era successo *qualcosa* tra Freyja e Tomas, ma con Papi non si sapeva mai che cosa era in grado di cogliere o che cosa preferiva ignorare. Per due volte Gudrún fu sul punto di parlare, e per due volte si trattenne, non volendo rivelare troppo.

« Ti senti pronto per domani? » chiese lei alla fine.

« Mi affido alla sorte in mare aperto », borbottò lui.

« Vado a controllare la cena », disse Gudrún, e lasciò la *badstofa*.

Gudrún si rese conto del bambino in arrivo quando Freyja, dopo aver lasciato cadere lo skyr, era scoppiata a piangere.

Accadde a colazione la settimana dopo la partenza di Papi. Gudrún aiutò a raccogliere i frammenti della ciotola e a pulire il pavimento, scorrendo mentalmente gli eventi sulla linea del tempo mentre lo faceva.

Dopo rimasero inginocchiate sul pavimento della cucina, l'una di fronte all'altra.

« Andrà tutto bene », disse a Freyja, indicando con un cenno del capo il ventre di sua sorella.

« Come l'hai capito? » chiese Freyja spalancando gli occhi.

« Non so come ho fatto a non capirlo prima, piuttosto. Sei così distratta, sempre sull'orlo delle lacrime. E hai le dita gonfie. »

« Sono gonfie, vero? » Freyja si guardò le mani. « Non andrà bene, in realtà. »

« Troveremo una soluzione. »

«Gunna, non...»

«Papi non sarà di ritorno sino ad aprile, ma se non vuoi che lui lo sappia...»

«No! Oh Dio, non può scoprirlo.»

«Non ti caccerà di casa, Freyja.»

«Non so che cosa penserà», disse Freyja a bassa voce, quasi a se stessa.

«Non si vede ancora. Non nascerà prima del solstizio. Se resti lontana sino ad agosto, non lo verrà a sapere.» Gudrún guardò il ventre di sua sorella. «Torneresti da Rósa, se ti riprendesse? Potresti fare dei lavori di cucito o qualcosa di non troppo stancante. E lei potrebbe non far trapelare nulla, se glielo chiedessimo.»

«Non tornerò mai là. Non farmi tornare là, Gunna. Ti prego.» La sua voce aveva assunto un tono acuto che rasentava l'isteria e il cuore di Gudrún si contrasse. Fu sfiorata dall'idea che in effetti Freyja non avrebbe avuto la forza di affrontare la situazione.

«Sstt, sstt», le disse con tono rassicurante. «Non lo farò. Penseremo a qualcos'altro.»

Freyja si premette la base dei palmi sugli occhi. «Gunna...»

«Non piangere, Freyja.»

«Sono esausta.»

Gudrún le prese le mani e le baciò. «Andiamo a letto, allora.»

Dopo aver accompagnato in camera la sorella, andò a sedersi davanti al fuoco. Lì c'era Jules Verne che si stava facendo la toilette quotidiana; lei lo scostò con il piede. «Tu sì che capisci le persone!»

Il gatto la fissò per un istante, poi tornò a leccarsi.

Lei raccolse il libro, ma la sua mente non voleva saperne di concentrarsi, e fu un sollievo quando udì il familiare battere degli zoccoli sul terreno. Andò di corsa in cucina, sganciò un secchio, poi indossò cappotto e stivali e sgusciò fuori dalla porta di casa.

Magnús aveva quasi raggiunto il cancello prima che arrivasse anche lei.

«Salve di nuovo», disse.

«Salve.»

«Sono passato per darvi un saluto e per scusarmi. Mi dispiace di avervi portato brutte notizie l'ultima volta.»

«Non è stata colpa vostra.»

«Come vi sentite ora?»

«Prevale la rabbia.»

Lui smontò da cavallo e si appoggiò al palo dello steccato, rivolgendole un'occhiata piena di solidarietà. «Lo immagino. Direi che quel giovanotto vi ha trattato molto male.»

«E non sapete nemmeno la metà di quello che è successo», disse Gudrún, provando l'improvviso desiderio di dirgli tutto. Magnús parlava con tanta calma, con tanta facilità. E poi aveva quel sorriso affabile, quegli occhi...

D'un tratto si rese conto di che cosa le ricordava quel verde. Il laghetto che Papi aveva ricavato in giardino quando lei e Freyja erano bambine. Doveva essere un tratto roccioso del terreno, perché non aveva mai assunto un aspetto fangoso come succedeva agli altri bacini; a volte era azzurro acquamarina, altre volte verde smeraldo, ma sempre di un colore limpido, fuorché al tramonto, quando una luce arancione accarezzava la superficie dell'acqua. In seguito Papi lo aveva dovuto riempire perché gli animali selvatici continuano a caderci dentro e ad annegare durante la notte.

«E dove state andando con il vostro secchio?» chiese Magnús.

«Oh, questo.» Gudrún abbassò lo sguardo. «Freyja non si sente bene e noi abbiamo finito la scorta di muschio di lava.» Pensò al mucchietto ancora conservato in dispensa e cercò di cacciare via quell'immagine, quasi temesse che lui potesse leggerle nella mente.

«Mi dispiace sentirvi dire questo», disse l'uomo. «Era sempre così allegra quando lavorava alla fattoria, anche se negli ultimi tempi sembrava piuttosto giù, in effetti.»

«Non è nulla» si affrettò a minimizzare Gudrún. «Si riprenderà presto.»

«Mi fa piacere.»

Lui tese la mano e Gudrún la guardò stupidamente per un istante prima di rendersi conto che le stava chiedendo la sua. Gliela porse e lui la strinse guardandola negli occhi con insistenza.

«È sempre un piacere vedervi, Gudrún Einarsdóttir.»

Le lasciò andare la mano e lei la tirò indietro come se si fosse scottata su una fiamma. Un sorriso sfiorò gli angoli della bocca di Magnús, ma sparì con la stessa rapidità con cui era spuntato. L'uomo infilò un piede nella staffa e montò in sella.

«Ve ne andate?» chiese Gudrún.

«Non vorrei disturbarvi mentre avete qualcuno di cui prendervi cura.» Sfiorò con i talloni i fianchi di Maria e la giumenta girò su se stessa per riprendere la direzione da cui era venuta. «Inoltre sono stato mandato a Hellnar per sbrigare una faccenda d'affari e mia moglie prende ogni mio ritardo molto seriamente.»

Al diavolo Rósa, pensò Gudrún. *Perché non fa a tutti il santo piacere di contrarre qualche brutta malattia?*

«Conto di rivedervi presto», disse Magnús.

«Siete sempre il benvenuto.»

Magnús sfiorò la tesa del cappello e si allontanò al trotto.

Freyja dormì sino al tardo pomeriggio e si presentò solo quando la luce prepotente del sole si stava già smorzando. Gudrún non udì i suoi passi e sussultò quando vide un'ombra posarsi sul libro che stava leggendo. Alzò gli occhi verso Freyja, incorniciata dall'alone dorato del sole calante.

«Hai fame?»

Freyja scosse il capo. Si sedette a tavola e prese a far scorrere distrattamente il dito sulla sua superficie mentre guardava il camino e qualcosa di molto più lontano. Gudrún la osservò. Non sapeva spiegare perché, ma d'un tratto si sentì sopraffatta da una strana timidezza.

Fu Freyja a parlare per prima, sempre fissando un punto vago in lontananza. «Devo trovare Tomas.»

Gudrún aggrottò la fronte. «Non sappiamo se è già arrivato a casa. Potresti scrivere al suo indirizzo, se lo ricordi...»

Freyja scosse di nuovo il capo con forza. «Lui è ancora qui.»

«Qui? In Islanda? L'hai visto?»

«No, ma lo sento.»

Gudrún chiuse il suo libro. «Quindi non l'hai visto?»

«No, ti ho già detto di no.»

«D'accordo, tesoro. Dove pensi che sia, allora?»

«Non lo so.» Freyja chiuse gli occhi. «Non so dirlo.»

Gudrún si inginocchiò davanti a lei. «Freyja, ascoltami. Non sei la prima donna ad avere un bambino senza un marito. Hekla ne ha tre, tutti concepiti con uomini diversi, – dicono – e lavora come cuoca per Padre Fridrik. I bambini le vanno tra i piedi mentre cucina, certo, ma non è una situazione così brutta, in fondo.»

Freyja rimase in silenzio.

«Papi è un uomo buono, se è lui a darti pensiero. Forse sarà preoccupato perché pensa che avrai qualche difficoltà in più, ma non ti sbatterebbe mai fuori casa.»

«Devo assolutamente trovarlo, e lui non è ad Arnarstapi», mormorò Freyja.

Gudrún alzò la voce. «Papi si è guadagnato l'affitto della casa e del terreno lavorando per la famiglia di Rósa, non gliela porteranno mai via. Saremo noi a ereditarla, un giorno. E se avremo superato i venticinque anni – si batté il petto due volte – non avremo nemmeno bisogno di qualcuno che gestisca la nostra piccola proprietà per noi.» Cercò di avere un tono ottimista. «Vedi? A volte è una fortuna non essere sposate!»

Freyja si ritrasse e la guardò; era difficile decifrare la sua espressione, ma Gudrún notò che le tremavano le mani in grembo e, come reazione, sentì il proprio cuore fare un tonfo di scoramento.

«Gunna, devo trovarlo», ripeté. «Devo sapere che cosa è successo.»

«Freyja.» Gudrún si sentì sprofondare sotto il peso dell'ossessione di sua sorella e avvertì tutta l'inutilità di lottare contro di essa. «Che cosa c'è che non va? C'è qualcos'altro che ti tormenta? Persino Magnús ha notato che sei molto giù da un po' di tempo.»

«Magnús è stato qui?»

«Solo di passaggio. Era diretto a Hellnar e io ero fuori.» Gudrún abbassò il capo per nascondere il rossore sulle guance.

Freyja la allontanò bruscamente, cogliendola di sorpresa e facendola cadere all'indietro con un tonfo. «Tu non vuoi aiutarmi, vero?» disse, e scoppiò in lacrime.

Gudrún avvertì una fitta al gomito nell'urtare contro il pavimento e un altro dolore, diverso, in testa. «Non so che cosa ti aspetti da me», disse, e c'era rabbia ora nella sua voce. «Tomas se n'è andato e io ti avevo messo in guardia, che cosa dovrei fare adesso?»

Freyja smise di piangere e la fissò.

Gudrún si accarezzò il gomito sfuggendo lo sguardo della sorella. Ricordò che cosa aveva provato quando le avevano detto che la mamma era morta. Dopo lo shock, per qualche motivo, si era sentita travolgere dalla rabbia ed era corsa a rifugiarsi in cucina, dove Freyja stava giocando con i tappi delle bottiglie. Vedendola entrare, Freyja le aveva sorriso, un sorriso disarmante che si allargava da un orecchio all'altro, e le aveva teso le braccine per essere presa in braccio. E Gudrún, benché avesse solo quattro anni, aveva capito che da quel momento in poi sarebbe stata sempre responsabile per la sorella minore.

Era stato allora. Quello era stato il momento che aveva forgiato Gudrún, la piccolina, con tutta la vita che le si apriva davanti come un fiore, nella Gudrún di adesso, con il fiore ormai sul punto di sfiorire. Lo aveva lasciato scivolare via nel fiume del tempo, aveva lasciato che l'acqua la trascinasse avanti senza curarsi di decidere lei stessa il verso della corrente. Freyja, Freyja, Freyja. Ogni giorno la stessa logorante preoccupazione per sua sorella, la stessa sollecitudine, lo stesso amore totalizzante. Ma per che cosa? Era forse nata per essere subordinata a un'altra anima, per reprimere completamente se stessa?

«Forse sarà un bene per te» disse con tutta l'onestà che riteneva giusta in quel momento. «Non hai mai dovuto affrontare le conseguenze delle tue azioni sinora. Magari questo servirà a farti crescere.»

Freyja scosse il capo, come a volersi sturare le orecchie. «Che cosa hai detto?»

Gudrún si alzò. «Ho detto che questa volta non mi prenderò cura di te.»

«Sei *contenta* che le cose siano andate in questo modo? Ti fa piacere vedermi disperata?»

«Non dire assurdità.»

Gli occhi di Freyja erano di nuovo lucidi. «Per tutto questo tempo mi sono chiesta come abbia fatto Bjartur, ma forse aveva una sorella come te.»

«Ho fatto del mio meglio», disse Gudrún cercando di tenere un tono di voce basso. «Forse ora potrò scegliere come vivere la mia vita prima che sia troppo tardi. E tu... tu te la caverai con le tue forze.» All'improvviso non riuscì più a sopportare quella situazione, non sopportava più niente. Si voltò e uscì dalla stanza, lasciando Freyja seduta da sola davanti al fuoco.

Gudrún trovò il biglietto in cucina il mattino dopo. Freyja lo aveva lasciato sul davanzale, tenuto fermo dal piattino del burro. *Ho dovuto farlo*, diceva, nient'altro.

Mezz'ora dopo Gudrún era nel soggiorno della Big Farm, seduta davanti a Rósa Gudmundsdóttir.

«Devo vedere Magnús», le disse per la quinta volta.

«Continuo a non capire. Perché Freyja se n'è andata di casa?»

«Se n'è andata e basta.» Gudrún si strinse le mani e le premette finché non sentì un dolore lancinante. «Stava bene. Doveva essere confusa quando è uscita.»

«*Dove* pensate che sia andata?» chiese Rósa.

«Ama la montagna. Va a fare lunghe passeggiate lassù in estate.»

Rósa sembrava poco convinta. «E pensate che sia andata a fare una passeggiata ora?»

«Non può essere uscita molto tempo prima che mi svegliassi», mentì Gudrún. «Era a letto con me sino a poche ore fa. Se partiamo subito, abbiamo buone probabilità di raggiungerla. Soprattutto perché è...» Si fermò appena in tempo. «... indisposta.»

«Gudrún, so che siete preoccupata per Freyja, ma non sapete nemmeno che direzione ha preso», disse Rósa con calma. «Andare in montagna a febbraio è pericoloso. Il freddo...»

«Lo so. Ma morirà, se non la troviamo in fretta.»

Rósa si morse il labbro. Aveva delle belle labbra. Tutto di Rósa Gudmundsdóttir era bello. Le caviglie erano belle. Il suo soggiorno era bello. Gudrún cercò di figurarsi Freyja seduta a cucire davanti alla finestra o intenta a pulire il focolare, e avvertì qualcosa che la artigliava dentro il petto. Come poteva dire a Rósa che sapeva dov'era andata sua sorella? *È la sua montagna*, avrebbe potuto dire, e Rósa avrebbe pensato che era pazza. *Ed è disperata. Una volta ci ha detto che avrebbe voluto morire là. E io l'ho mandata via.*

«Parlava molto bene di voi», disse Gudrún. «Vi prego.»

«Le ero affezionata, ma...»

«Ma non volete aiutarmi a trovarla.» Gudrún si strinse spasmodicamente le mani in grembo.

«Non abbiamo la certezza che si sia spinta sin là», aggiunse Rósa. «Dovremmo cominciare le ricerche più vicino a casa.»

«Ma io *sono sicura* che è là.»

Rósa fece un'altra pausa, e quando riprese a parlare, la sua voce era più dura. « È per Magnús? »

« Che cosa? »

« Vi chiedo se state cercando una scusa per passare del tempo con mio marito. Tutti sanno che è un ottimo scalatore. È naturale che correreste dritta da lui, se Freyja fosse davvero lassù. »

« Ma che diamine, Rósa... »

« Che cosa sta succedendo qui? »

Lui era apparso sulla soglia. Gudrún scattò in piedi sentendo affluire il sangue alla testa e gli tese la mano istintivamente. Magnús guardò prima la mano, poi lei, per quella che parve un'eternità, dopodiché entrò nella stanza.

« Sedetevi, prego », disse.

Gudrún si sedette, d'un tratto imbarazzata dal proprio slancio di poco prima.

« Che cosa sta succedendo? » chiese di nuovo.

« Gudrún Einarsdóttir è venuta qui per parlare con te », disse Rósa. « Le vostre strade si stanno incrociando spesso in questi giorni. »

« Rósa », iniziò lui con tono pacato posizionandosi accanto alla moglie. « Vuoi dirmi che cosa è successo? »

« Freyja è scomparsa. »

« Oddio. » La sua espressione cambiò immediatamente. « Da quando? »

« Stamattina presto. »

« Che cosa stiamo aspettando, allora? Raccoglierò degli uomini e formerò una squadra. »

Rósa lanciò a Gudrún un'occhiata di traverso. « Non sappiamo dove... »

« È sullo *jökull*, il ghiacciaio », la interruppe Gudrún.

Udì Rósa fare un rapido respiro e si domandò se fosse per esprimere disapprovazione o semplicemente impazienza. « Non c'è nessuna prova. »

« È lì che è andata. »

Magnús parve incerto. Guardò prima sua moglie, poi Gudrún, incrociando il suo sguardo. « Ne siete certa? »

« Sì. Ha la febbre, forse è persino delirante. Sarà andata in un luogo che le è familiare. E deve avere qualcosa in mente. Diceva sempre che salire lassù la aiutava a pensare. »

« D'accordo, allora. »

« Amore... », iniziò Rósa.

Lui posò una mano sulla spalla della moglie. « Dobbiamo fidarci di quello che dice Gudrún. »

L'espressione di Rósa fu attraversata da un lampo; fu così fuggevole che Gudrún quasi non lo colse ma pensò che fosse irritazione e provò una sensazione di trionfo perché Magnús aveva preso le sue parti contro sua moglie. Incrociò il suo sguardo e gli mandò un silenzioso messaggio di ringraziamento. Lui sorrise, come se avesse capito, e la sua espressione cambiò, facendosi più dolce.

Dopo una breve esitazione, Rósa si alzò. « Aspetterete qui, allora? »

« Grazie », disse Gudrún, e distolse lo sguardo affinché nessuno vedesse i suoi occhi riempirsi di lacrime.

Quando Rósa si allontanò, l'orologio sulla parete parve ticchettare più forte. Gudrún udì un tramestio e un mormorio di voci femminili provenire dall'alto. Freyja avrebbe dormito lassù.

Magnús si schiarì la gola. « Dovete scusare la riluttanza di mia moglie », disse. « È sempre stata una donna molto pragmatica, ma tiene molto a Freyja in realtà. »

« Grazie per avermi creduto. »

« Oh, non è niente. »

« No, non è affatto così. »

Mentre Gudrún pronunciava questa frase, la voce le si strozzò in gola, e lui, preso alla sprovvista, lasciò la stanza improvvisamente. Gudrún si portò il dorso della mano alle guance per raffreddare la pelle bruciante.

Magnús rientrò poco dopo con un bicchiere d'acqua. «Ecco», disse a bassa voce.

«Grazie», mormorò lei, e le venne di nuovo voglia di piangere.

Lui tirò fuori un orologio da taschino. «Personalmente preferisco qualcosa di più forte. Non è ancora mezzogiorno, ma se dobbiamo affrontare il tempo che si prospetta oggi in montagna... vi dispiace?»

«Certo che no.»

Magnús sorrise. «Grazie.»

Si versò un generoso bicchiere di brandy e lo bevette in un'unica sorsata. «Scusatemi. Vado a dare una mano a mio suocero perché avverta i vicini.»

«Posso aiutare in qualche modo?»

«No, non ci metterò molto.»

Gudrún attese in salotto mentre le persone andavano e venivano intorno a lei. Alla fine riapparve Rósa, che si stava infilando un paio di guanti.

«Devo andare a far visita a un affittuario malato», disse. «Buona fortuna con la vostra ricerca.»

«Grazie», disse Gudrún.

Rósa abbozzò un sorriso forzato. «Spero che abbiate ragione riguardo alle intenzioni di Freyja; a quanto pare siete riuscita a convincere mio marito.»

«È stato molto gentile», disse Gudrún copiando la sua espressione.

«Suppongo di sì.» Rósa non sorrideva più. «Sono molto fortunata.»

«Sono felice per voi», fu il commento di Gudrún. Poi, non riuscendo a trattenersi, aggiunse: «Da quanto tempo siete sposati voi due?»

«Cinque anni. Quando l'ho conosciuto, Magnús viveva a Reykjavík con una donna più matura. Benestante, ma sola. Avete capito il tipo.» Alzò una mano per darsi un'aggiustatina ai capelli. «Poi, dopo qualche anno, ha cominciato a corteggiarmi. Mi ha confessato che ci aveva messo tanto tempo per trovare il coraggio di chiedermi di uscire.» Incrociò lo sguardo di Gudrún, e lei riuscì a leggervi un lampo di sfida.

«Avete ragione», disse Gudrún. «Siete stata fortunata.»

Rósa le rivolse un ultimo sorriso tirato, poi le voltò le spalle e uscì.

Di lì a breve Magnús riapparve con Gudmundur. Furono raggiunti da altri uomini che indugiarono sulla soglia finché una domestica non prese i loro cappotti e trovò sedie per tutti. C'era Palli, e pure Einar, che sapeva curare qualsiasi animale malato semplicemente imponendo la mano sulla sua testa. Erano poco più grandi di Gudrún, circa trent'anni. Poi l'amico di Gudmundur, Haraldur, che era persino più vecchio di Papi ed era il sacrestano della parrocchia. Poi un ragazzo che Gudrún non conosceva, che a quanto pareva lavorava per Haraldur. Infine c'era Skúli, che le aveva fatto un cenno quando era entrato. Lei aveva ricambiato il saluto.

In totale erano dieci, Gudrún compresa, allineati nel salottino. Gudmundur chiese a Gudrún di raccontare nuovamente l'accaduto.

Freyja era malata, iniziò lei. Nel dormiveglia Gudrún non si era accorta che la sorella si era alzata prestissimo, e prima che lei si alzasse a sua volta, Freyja se n'era già andata. Usciva spesso per fare passeggiate, ma nel suo stato, chissà che cosa indossava e se si era persa.

«Tu non vieni con noi, vero?» disse Skúli.

«Certo che vengo.»

Lui aprì la bocca per parlare, ma Gudmundur lo anticipò.

«C'è un luogo particolare dove le piace andare a fare queste passeggiate?»,

«Lo Snæfellsjökull.»

Attese che il mormorio cessasse.

«So che è pericoloso...»

« Siete venuta da noi in tempo », disse Magnús. « È pur sempre una missione di salvataggio, vale la pena di rischiare. »

Gudrún unì le mani perché gli altri non le vedessero tremare. Le parole di Magnús rimasero sospese nell'aria.

« È prevista una tempesta per questo pomeriggio », disse Gudmundur, e Haraldur annuì. « La visibilità in montagna sarà molto limitata e il terreno sarà duro e scivoloso. Ci sono alte probabilità che ci romperemo tutti l'osso del collo. »

« Che cosa state dicendo? » chiese Gudrún.

« Ci vogliono più di due ore solo per arrivare alla base, e dovremmo scendere prima che la tempesta si abbatta su di noi. È impossibile salire lassù oggi. »

« Ma non facciamo nemmeno un tentativo? » chiese Magnús.

« Sarebbe inutile », disse Haraldur accendendosi la pipa. « Meglio partire domattina, così avremo il cielo sgombro per tutto il giorno. »

« Vi prego », disse Gudrún. « *Vi scongiuro.* »

Tutti scossero il capo evitando di incrociare il suo sguardo supplichevole, persino Skúli.

« Mi dispiace », disse Haraldur rilasciando nuvolette di fumo dalla bocca.

Lei fece un respiro profondo, e poi un altro. « Andrò da sola, allora », disse, e vide Gudmundur scuotere la testa con aria cupa.

« E io verrò con voi », disse Magnús.

« Così domani verremo a recuperare tre corpi », osservò Gudmundur con aria tetra.

Gudrún si sentì male. Guardò Magnús, che le rivolse un sorriso incoraggiante.

« Rósa ha già chiesto alle ragazze di preparare un po' di provviste. Partiremo non appena saranno pronte. »

« Grazie », ripeté Gudrún, e avrebbe voluto che gli altri fossero lontani per poter gettare le braccia al collo di Magnús. Magnús, l'uomo migliore di tutta l'Islanda. Grazie a Dio per averlo creato.

«Spero di sbagliarmi.» Gudmundur consegnò a Gudrún due torce e un thermos di caffè. Guardò fuori dalla finestra. «E copritevi bene. La neve ha iniziato a sciogliersi, ma si va ancora sotto zero lassù.»

Gli uomini si alzarono e, pestando nervosamente i piedi a terra, accesero le sigarette. Gudrún, davanti alla porta d'ingresso, li osservava. Si udì un borbottio mentre si scambiavano pareri, mettendo a confronto le notizie sul successo e sul fallimento della fienagione dell'anno in corso. Nessuno si lagnò; il massimo che si concessero fu un leggero rammarico mentre raccontavano di un intero gregge spazzato via dal mare o commentavano il fenomeno delle mucche che non producevano più latte.

Un paio di volte un uomo guardò in direzione di Gudrún e le lanciò un'occhiata di solidarietà. Lei non li biasimava, in realtà. Quella che chiedeva loro era una pazzia. Ma Magnús non si preoccupava di sottrarre tempo al lavoro e alla sua famiglia per aiutarla, e lei si profuse ancora in ringraziamenti.

Non osava pensare a che cosa avrebbe detto se avesse scoperto che Freyja intendeva togliersi la vita, perché purtroppo Gudrún aveva la dolorosa certezza che fosse così e la confortava sapere che Papi, non essendo a casa, non lo avrebbe saputo subito.

Una cameriera bionda e minuta consegnò a lei e Magnús sacchetti di pesce essiccato, pane e formaggio. Gudmundur lasciò la stanza, poi tornò con un paio di pantaloni in mano.

«Tenete questi. Vi terranno più caldo rispetto alla gonna», disse a Gudrún.

Lei li prese. Erano verde scuro, pesanti, e avevano un cattivo odore.

«Appartenevano a uno dei braccianti che è morto l'anno scorso», disse Gudmundur. «Menomale che voi siete alta.»

«Grazie.» Gudrún ricacciò indietro il disgusto al pensiero che quell'uomo potesse essere morto con quei pantaloni indosso e li infilò sotto la gonna. Avevano un cordino che usò come cintura, e così le stavano a pennello. Vi fece scivolare sopra la gonna e tornò a voltarsi verso i presenti.

Magnús la stava osservando; aveva di nuovo tirato fuori l'orologio e se lo rigirava lentamente in mano. Aveva un'espressione divertita sul viso, anche se non stava proprio sorridendo; Gudrún colse il suo sguardo e per un attimo si fissarono mentre lei sentì cedere le ginocchia e il sudore salire dietro la nuca.

« Andiamo », disse lui.

1975

Negli ultimi tempi faceva sogni strani, anche se erano più ricordi che sogni. L'estate in cui aveva sette anni e mezzo: le venne subito in mente. Aveva aiutato sua madre a fare le pulizie e lei le aveva promesso di portarla a scegliere un vestitino nuovo per la festa di compleanno di Karen, ma proprio mentre stavano per uscire Pétur era tornato a casa con un gomito sbucciato, la T-shirt sporca di sangue e una bicicletta sfasciata. La mamma lo aveva attirato a sé in un abbraccio consolatorio e aveva mandato Sigga a prendere l'unguento al camedrio alpino. E poi, quando lei era tornata con il barattolo, aveva trovato la mamma seduta sul divano con la testa di Pétur appoggiata sulla sua spalla.

«Brava», le aveva detto, e aveva iniziato a spalmare la pomata sulla ferita di Pétur. «Sigga, c'è stato un cambio di programma.»

«Cioè?», aveva chiesto Sigga, seduta sul bracciolo della poltrona di Pabbi.

«Al Nýa bío danno un film che Pétur vorrebbe vedere: *Agente 007 – Licenza di uccidere.*»

Sigga si era messa a far dondolare la gamba avanti e indietro urtando il fianco della poltrona. «E il mio vestito?»

«Non hai realmente bisogno di un vestito nuovo. Ne hai almeno cinque o sei da mettere.»

«Sono diventati tutti troppo piccoli. Sono cresciuta di colpo. Ce ne siamo resi conto lo scorso Natale, ricordi?»

«Be', in ogni caso» – la mamma aveva finito di medicare il

braccio di Pétur – « puoi anche fare un sacrificio per tuo fratello, oggi; possiamo andare a comprare il vestito un altro giorno ».

Sigga si era messa a dondolare la gamba più forte contro la poltrona.

« Smettila », l'aveva rimproverata la mamma. « Va' a metterti le scarpe. »

Sigga aveva guardato suo fratello, che le aveva rivolto un sorrisetto compiaciuto, poi si era alzata ed era andata nell'ingresso. Si era seduta sull'ultimo gradino in fondo alla scala e si era pizzicata le guance, il collo, la pelle fra il pollice e l'indice. La mamma sembrava prendersela con lei più spesso negli ultimi tempi, soprattutto dopo l'incidente, e talvolta, quando la sua voce cambiava, Sigga immaginava i propri polmoni che si espandevano riempiendosi di aria stantia, e il sangue che faceva un gran baccano dentro il cranio, proprio come quando era finita in acqua. Ma se si dava dei pizzicotti abbastanza forti, riusciva a dimenticare quella sensazione di bruciore nel petto, e in breve spariva tutto.

Dopo un paio di minuti aveva smesso di tormentarsi e si era infilata le scarpe.

« Vado da Amma », aveva annunciato.

Sua madre l'aveva raggiunta, e guardandola con aria severa, le aveva detto: « Ti stai comportando da egoista, signorina ».

« Non riesco mai a fare quello che voglio », aveva ribattuto Sigga.

La mamma si era fermata a guardarla ancora per qualche istante, poi si era voltata. « Se vuoi pensarla così, fai pure. Va' a trovare Amma. »

Si svegliò scossa dai brividi, si alzò dal letto e si sedette alla scrivania. Sino a qualche mese prima sarebbe stata felice di svegliarsi e trovare Olafur accanto a sé; anzi, si sarebbe accoccolata accanto a lui per trovare conforto. Ora il solo pensiero le provocava un formicolio di insofferenza. Era stato davvero il concorso letterario a cambiare tutto? Naturalmente Olafur l'avrebbe pensata così, e avrebbe concluso che era colpa sua. Ogni cosa era sempre una sua responsabilità. Ma le persone cambiano. Non puoi stare con qualcuno e sperare che non cresca o non desideri cose nuove. In ogni caso doveva parlargli.

Dopo qualche minuto accese la lampada, prese la penna e continuò a buttare giù qualche appunto per la presentazione che aveva iniziato a scrivere prima di andare a letto. Qualsiasi cosa era meglio che tornare a dormire.

Il giorno dopo si sentiva esausta. Per la prima volta saltò la scuola e rimase a letto un paio d'ore in più, poi, verso mezzogiorno, si recò a casa della nonna, dove bussò con insistenza.

« Che c'è? » esclamò Amma spalancando la porta così rapidamente che Sigga quasi cadde nell'ingresso. « Che cosa è successo? »

« Non è successo niente, ma... »

« Sigga. » Amma si posò una mano sul cuore. « Non bussare mai più alla mia porta in questo modo. »

« Scusa. »

Amma la guardò, poi si voltò, come se non potesse farne a meno. Sigga sbirciò dentro e vide che la cucina versava nel solito stato, con un piatto di salsiccia all'aglio e un pezzo di pane mangiucchiato sul tavolo, la radio accesa in sottofondo. Vicino al cibo c'era un plico di fogli. Amma aveva sottolineato un paragrafo sulla pagina in cima alla pila.

Helga vedeva arrivare il cambiamento come una marea e le dispiaceva per suo padre che impiegava tutto il suo tempo e la sua energia per evitarlo, ma era pur sempre suo padre, così tenne a freno la lingua anche quando lui ebbe trovato le navi e raffazzonato un branco di gentaglia mal assortita, per la maggior parte uomini, ma anche alcune donne. Lei stava sulla prua della nave mentre veleggiavano verso la lontana Islanda, lontano dalla Norvegia, la costa vivida e ben delineata sino a ogni spaccatura, ogni nicchia nella roccia, con il cielo della notte che già si andava schiarendo benché il sole si fosse appena tuffato sotto l'orizzonte. Guardò la costa recedere, sentì la corda invisibile che la legava a essa tendersi e poi strapparsi, e soltanto allora scese sottocoperta per cercare di dormire. Se le sue guance erano umide, potevano essere stati gli spruzzi del mare.

«Quello è il mio racconto», disse Sigga. «L'hai già letto?»

«Sì. È meraviglioso.»

«Grazie.» Sigga esitò un istante nel caso in cui Amma volesse aggiungere altro, ma la nonna sembrava già distratta, presa da qualcosa dietro le spalle della nipote. «Che cosa ti...»

«Lasciami prima...», disse Amma. Si avvicinò alla radio e la spense. Allacciò nervosamente le mani, poi le lasciò andare e parve prendere una decisione. «Ti va di andare a fare una passeggiata?»

«Stai pranzando? Posso aspettare.»

Amma alzò le spalle. «E la scuola?»

«Non ho lezioni dopo pranzo.» Un'altra bugia.

Sigga attese che la nonna si mettesse sciarpa e cappotto, dopodiché le due uscirono nel pomeriggio velato. Il sole era coperto da spesse nuvole bianche e il lago ai piedi della collina pareva stranamente cupo. Dopo le ultime settimane di tempo mite, di colpo sembravano manifestarsi le prime avvisaglie dell'inverno e Sigga si avvolse le braccia intorno al corpo come a volerlo tenere lontano. Pensò di confessare tutto ad Amma, di parlarle del suo malessere, del ciclo in ritardo, ma lo sguardo della nonna continuava a sfuggirla e Sigga provò l'improvviso timore di deluderla, di creare una barriera tra loro.

«Allora», disse Amma dopo qualche istante. «Hai intenzione di venire da Ava giovedì per preparare gli striscioni?»

«Non le spiacerà se porto qualcuno con me, vero?»

«Certo che no.» Amma si strinse nel cappotto. «A chi pensavi?»

«Sóley», disse Sigga. «È una nuova amica.»

Amma inarcò un sopracciglio. «Hai litigato con Karen?»

«No, perché?» Sigga si accorse che il suo tono era sulla difensiva. «Posso avere più di un'amica, no?»

«Certo. Solo che non hai mai menzionato nessun'altra. Come tuo padre. Lui aveva Gústaf e Örn e basta. Anche se...»

«Anche se?», la incalzò Sigga.

Amma agitò la mano, come se quel pensiero non avesse importanza. «C'era quella pronipote di Ava. Avevano la stessa età. Ma è stato tanto tempo fa. Non sto dicendo che non puoi farti nuovi amici, naturalmente, ma tu non sei mai stata come i tuoi fratelli. Loro erano sempre circondati da eserciti di amichetti. Soprattutto Pétur. Questo fece sentire tuo padre un po' meglio quando eravate piccoli.»

«Meglio per Pétur?»

«Lui non era legato come lo eravate tu e Gabríel. E Pétur lo preoccupava in generale. Era così suscettibile, si arrabbiava quando non riusciva a stare dietro a Gabríel.» Si fermò un istante per sbirciare nella vetrina della libreria davanti alla quale stavano passando. «È stato difficile per tua madre. Pabbi pensava che Eva sentisse di non poter dedicare molto tempo a te perché Pétur aveva bisogno di lei.»

«E qual è la scusa ora?»

Amma non distolse l'attenzione dalla vetrina. «Hai l'impressione che tua madre non ti dedichi abbastanza tempo?»

Per qualche strano motivo Sigga si sentì pizzicare gli occhi. «Non so.»

«Posso chiederti una cosa?»

«Sì?»

«Nel tuo racconto fai quasi annegare Gestr. Perché?»

«Non so, mi è uscito così.»

«Pensi spesso a quello che ti è accaduto?»

«Non molto. Ci penso di più da quando ho iniziato a scrivere e mi sono messa nei panni di Helga. Non so perché.»

«Interessante. Credi che ci sia qualche affinità tra voi due?»

«Non so.»

«Qualcosa di connesso al rischio di annegamento?»

«In realtà non ho un ricordo chiaro di quello che è successo.» Sigga si agitò. Non stava proprio mentendo, perché poteva imporsi di dimenticare l'episodio. E ci riusciva pure, nella misura in cui non ne parlava. «Amma, voi due eravate poveri? Tu e Pabbi, intendo.»

«Ecco un chiaro tentativo di cambiare discorso», disse la nonna sorridendo. «Non eravamo benestanti, questo è certo.»

Nonna e nipote ripresero la loro passeggiata.

«La soffitta sopra l'appartamento di Ava, dove abitavate», disse Sigga. «Era un buco, vero? Pabbi sostiene di non essersi reso conto che eravate poveri finché non è diventato adulto. Il cibo non gli mancava, immagino, e dice che tenevi bene l'alloggio.»

«Grazie per il complimento.»

«Non ti pesava essere solo voi due?»

Amma si schiarì la voce. «Hai parlato di questo con tuo padre?»

«No, perché?»

«C'è stato un periodo in cui a lui pesava eccome. Mi chiedo solo...»

«Che cosa?»

«Perché questo improvviso interesse?»

«Non so.»

Rimasero in silenzio per un po'. Amma fu la prima a romperlo. «Ho cercato di crescere tuo padre senza fargli pesare il mio passato. Pensavo che se gli avessi dimostrato quanto lo amavo, sarebbe bastato.» Si strinse nelle spalle. «Ma più invecchio, più mi convinco che ciò che accade nella nostra famiglia ci plasma, anche se non siamo ancora nati.»

«Lo spero», disse Sigga con un sorriso. «Altrimenti il mio racconto non ha nessun senso.»

Amma non le restituì il sorriso. «Sai, penso che Helga sia il personaggio più triste di tutti i tempi. E l'hai descritta benissimo nella tua storia. Come hai fatto?»

«Be', non riesce mai a prendere decisioni autonome, è inevitabile che sia triste.» Sigga si strinse nelle spalle. «Del resto, anche Gestr se la passa maluccio. Se non altro, a Helga non succede che suo padre le cavi gli occhi in un sogno.»

«Questo è puro melodramma», disse Amma. «Helga è sola. E quel che è peggio, è che non può stare con l'uomo che ama.»

Chiediglielo, si disse Sigga. *Lei potrebbe dirtelo*. «Che cosa non volevi che Pabbi venisse a sapere del tuo passato?»

«Non è che non volevo che lui lo venisse a sapere. Ero io che non volevo proprio pensarci. Ero venuta qui per cercare un nuovo inizio, per voltare pagina.»

«Un nuovo inizio rispetto a che cosa?»

Amma sbatté le palpebre rapidamente; Sigga attese.

«Sai che mia sorella è morta quando eravamo giovani, no? Aveva più o meno la tua età.»

«Sì.»

«Mio padre poco dopo. E io non volevo vivere in quella casa senza di loro. Dalla nostra finestra si vedeva Snæfellsnes ed era... importante per la nostra famiglia. E poi, quando loro se ne sono andati, mi sono sentita come se non potessi sfuggire alla sua ombra.»

«Quindi ti sei trasferita per allontanarti da quella montagna?»

«Sì e no.»

«Non capisco. Che cosa c'entra questo con il padre di Pabbi?

Amma si bloccò sui suoi passi. «Non stavamo parlando di suo padre.»

«No, ma...» Sigga si morse il labbro. «Una volta Pabbi mi ha detto che non hai mai frequentato nessuno dopo esserti trasferita qui a Reykjavík, così ho pensato che fossi ancora innamorata di suo padre... o forse no, forse eri arrabbiata con lui...»

Amma passò un pollice guantato sulla guancia della nipote e

lo premette delicatamente sul mento. «Se ho detto a tuo padre che il passato non aveva niente a che fare con lui era perché volevo che pensasse di poter essere una persona a sé, che non doveva cercare somiglianze con me o suo padre. Non volevo che si sentisse legato a un forestiero.»

«Quindi suo padre era un forestiero?»

«Non l'ho frequentato a lungo», disse Amma lasciando cadere la mano. «Ma per il tempo che siamo stati insieme, quello che ho vissuto è stato molto intenso.»

«Mi dirai qualcosa in più su di lui?»

Amma riprese a camminare. «Forse», disse alla fine.

«E la tua famiglia?»

«Posso solo dirti che li avresti amati molto. E loro avrebbero amato te. Soprattutto mia sorella.»

Sigga divenne rossa. «Davvero?»

Avevano fatto il giro completo dell'isolato ed erano arrivate al punto in cui la Laugavegur si immetteva nella Bankastræti. Davanti a loro la strada scendeva ripida, e su entrambi i lati gli edifici si diradavano ai margini della città vecchia. Sigga riconobbe i punti di riferimento che le erano familiari: la minuscola cattedrale di Reykjavík, realizzata in legno, e l'Hótel Borg in stile Art Deco, soprannominato "la Grande Vecchia Signora". Sigga aveva sentito parlare dei suoi tempi d'oro. Avevano iniziato a costruirlo negli anni Venti, quando la gente circolava per le strade di Reykjavík ancora sui pony; quando le donne lavavano ancora i panni nelle sorgenti termali intorno alla città; quando il Paese era stato da poco dichiarato indipendente sotto la corona danese. Quando Pabbi era un adolescente che viveva con Amma.

A volte Sigga era gelosa di lui perché aveva avuto Amma tutta per sé per tanti anni. Venticinque, in effetti, prima di andare a vivere da solo. Poi, quattro anni dopo, aveva conosciuto la mamma, all'epoca ventenne. Li aveva fatti incontrare un amico comune, anche se Sigga non riusciva a immaginare perché, visto che mamma e Pabbi erano completamente diversi.

All'angolo tra Bankastræti e Ingólfsstraeti, Sigga guardò automaticamente a sinistra prima di svoltare. Una coppia stava risalendo i gradini di un appartamento nel seminterrato alcune case più in là. Li vide raggiungere il marciapiede, l'uomo sfiorare il gomito della donna e lei annuire guardandosi i piedi. C'era qualcosa di intimo tra loro, anche se non si stavano baciando e nemmeno abbracciando. I suoi genitori erano stati così? L'uomo le ricordava un po' suo padre per la statura, il colore dei capelli, il cappotto...

Si bloccò di colpo, tanto che Amma si voltò a guardarla.

«Ma quello è Pabbi!» esclamò.

La coppia si stava dirigendo verso di loro, e Sigga si rese conto che la donna era la loro vicina di casa, quella di cui però non ricordava il nome. Amma li salutò con un cenno, e il viso della donna divenne bianco come il cielo d'inverno. Poi, accorgendosi di Sigga, sembrò rilassarsi e abbozzò un sorriso.

«Salve», disse quando le raggiunse. «Non vi ho viste subito.»

«Che cosa stai facendo?» chiese Sigga a suo padre.

Notò l'occhiata che si scambiarono Pabbi e la donna e capì che le avrebbero mentito.

«Tuo padre mi sta aiutando a trovare una sistemazione temporanea», spiegò la donna.

«L'appartamento di Ísafold è troppo umido», disse lui. Si ficcò le mani in tasca, si dondolò sui talloni e sorrise al marciapiede.

«Non vive all'ultimo piano?» obiettò Sigga.

«C'è una perdita nel soffitto», disse Pabbi come se fosse perfettamente naturale che Sigga gli facesse il terzo grado. Indicò Amma. «Ti ho già presentato mia madre?»

«No. Piacere di conoscerla», disse Ísafold.

«Piacere mio.» Amma le sorrise.

Parlarono un po' del tempo e della manifestazione in programma di lì a tre giorni. Ísafold sembrava pensierosa e disse che doveva essere un evento importante, e Amma fece commenti incoraggianti e parlò della serata a casa di Ava per preparare gli striscioni. Pabbi assisteva nervoso a quello scambio sotto l'implacabile sguardo indagatore di Sigga. Era troppo assurdo, pensò lei, che suo padre fosse amico di quella donna. O più che amico. Ma allora che cosa stava succedendo? Ísafold aspettava che lui tornasse a casa con l'intenzione di parlargli. Ecco che cosa aveva significato la sua espressione turbata; Sigga ne era certa. Ma che dire di quel momento? Sembrava più terrorizzata che contrariata. Era innamorata di Pabbi? Lui non poteva non saperlo. E allora perché la incoraggiava? Che cosa ci facevano in quel seminterrato?

«Posso contribuire in qualche modo?» chiese Ísafold.

«Ava offre il vino e io preparo la *skúffukaka*», disse Amma.

«La migliore di tutta l'Islanda», commentò Pabbi.

In un impeto di lealtà mista a risentimento, Sigga sbottò: «Quella di mamma è altrettanto buona».

Pabbi diede un colpo di tosse e Amma inarcò un sopracciglio.

«Qualunque cosa prepari tua madre, dalla cucina esce sempre un profumino delizioso», osservò Ísafold.

Pabbi incrociò lo sguardo di Sigga e lo distolse immediatamente.

Il 24 ottobre il sole era già più debole – come se qualcuno avesse accorciato lo stoppino – e più basso nel cielo. Sigga trascorse la mattinata a guardare fuori dalla finestra dell'aula, picchiettando la penna sul quaderno. Fu invitata a leggere alcune pagine tratte da *Gente indipendente*, ma impiegò così tanto tempo per trovare il segno che Mr Finnbogi fece cenno a un altro allievo di sostituirla.

Dopo la lezione trovò Sóley nel bagno delle femmine al pianterreno, intenta a sistemarsi la frangetta con le dita.

«Vuoi venire a pranzo da me?» chiese Sigga.

«Volentieri», disse Sóley, agganciando prontamente il braccio al suo. Aveva un profumo che era un mix di note di muschio e di vaniglia, e Sigga ebbe uno strano flash profetico del fatto che, da quel momento in poi, sarebbe stata in grado di riconoscere quel profumo per il resto della sua vita.

Anche quella volta, quando Sigga e Sóley tornarono da scuola, trovarono Pétur in casa. Stava portando un piatto sporco in cucina.

«Di nuovo tu», disse, e Sóley chinò il capo a mo' di conferma.

«Siamo qui per pranzare», disse Sigga.

«Io mi sono fatto un panino», disse lui. «Volete che ne prepari un paio anche per voi?»

«Di che tipo?» chiese Sóley mentre, nello stesso istante, Sigga esclamava: «L'hai fatto *da solo*?»

«Sì, ma niente di speciale. Solo formaggio grigliato e cetriolini sottaceto.» Sembrava quasi imbarazzato.

«Il mio preferito», disse Sóley sedendosi al tavolo della cucina.

«Vuoi del vino? C'è una bottiglia aperta nel frigo e i nostri genitori non lo finiscono.»

«Abbiamo lezione nel pomeriggio», disse Sigga.

«Sì, certo.»

«Io ne prendo comunque un bicchiere», disse Sóley.

«Okay.» Pétur andò al frigorifero e prese la bottiglia, il formaggio e i sottaceti. «Sigga, sei sicura di non volerne un po'?»

Sóley le rivolse un ampio sorriso, e Sigga provò un moto di irritazione verso quei due, verso l'improvviso spirito cospiratorio che sembrava essersi instaurato fra la sua amica e suo fratello. *Stai diventando paranoica.*

«Mangerò un sandwich», disse sedendosi anche lei al tavolo. «Solo per controllare che non sia avvelenato. Per la mia ospite.»

Pétur alzò gli occhi al cielo e versò due bicchieri di vino. Ne porse uno a Sóley, bevve un sorso dall'altro, poi andò a prendere il pane dal cestino e iniziò a tagliarlo a fette. Sigga tirò fuori l'astuccio e il quaderno di Storia.

«Allora, che cosa sai dell'invasione del 1940?» chiese Sóley.

«State facendo il modulo sulla Seconda guerra mondiale?» chiese Pétur. «Facile. Basta chiedere alla mamma e a Pabbi.»

Tutti loro sapevano com'erano andate le cose. La stessa sera in cui Pabbi aveva invitato sua madre fuori a cena per la prima volta, l'Islanda era stata invasa dalla Gran Bretagna, nella speranza di tenere fuori dai giochi Hitler e la Germania. Intorno alle quattro del mattino del 10 maggio 1940, Gústaf, l'amico di Pabbi, aveva chiamato per dire che qualche ora prima era stato individuato un aereo da ricognizione e delle navi da guerra si stavano avvicinando al porto. Mezza città era uscita di casa per assistere all'attracco del cacciatorpediniere.

Pabbi le aveva raccontato quell'evento memorabile così tante volte che Sigga poteva descriverlo come se fosse stata presente. Doveva far freddo a quell'ora, e l'atmosfera doveva essere immobile e silenziosa, con tutta la popolazione schierata nel porto a guardare i Royal Marines che sbarcavano. Persino i gabbiani volteggiavano sopra le loro teste senza scambiarsi richiami. I militari parvero adeguarsi al clima dominante diceva Pabbi, perché sbarcarono in silenzio senza guardare in faccia nessuno; si limitarono a percorrere la passerella e ad allinearsi in fondo, per poi armeggiare con i fucili con aria tesa. Alcuni di loro avevano davvero una brutta cera.

Il capo della polizia si rivolse alla folla con un sorriso affabile.

«State indietro, fate spazio», disse. «Sono quattrocento e devono poterci stare tutti.»

Poi si udì l'improvviso rombo di un aereo, al che la mamma sussultò e Pabbi la strinse in un abbraccio per proteggerla. La folla si voltò a seguire con lo sguardo l'aereo che sorvolava la città sfiorando i tetti e poi tornava indietro descrivendo un cerchio.

«Era un aereo britannico, e pure i soldati erano venuti dalla Gran Bretagna per stanziarsi sul suolo islandese», spiegava Pabbi. « Avevano chiesto di venire, noi avevamo detto no, e loro erano venuti lo stesso. E dovevamo fingere che la cosa non ci importasse ».

L'aereo si inclinò bruscamente, sempre sotto gli occhi della folla che assisteva alla scena, e Pabbi e i suoi amici, Örn e Gústaf, si scambiarono un'occhiata, poi Örn prese per mano i suoi figli e Gústaf disse: « Immagino che ci siamo dentro anche noi, a questo punto ».

Forse non c'era da stupirsi se i suoi genitori si fossero legati così tanto dopo quell'evento straordinario, pensò Sigga. Ma Gabríel era arrivato quando la guerra era terminata ormai da un pezzo.

« La vera domanda è se sono scesi al molo insieme », disse Pétur. « A quell'ora la cena doveva essere finita già da un pezzo. »

« Tu sei malato », disse Sigga, e gli lanciò una matita. Poi si rivolse a Sóley. « Non ho ancora fatto nulla per la presentazione. Scusami. Mi auguro di avere più tempo dopo il corteo. »

« Non ti preoccupare », disse Sóley. « Posso passarti i miei appunti. »

« Li hai presi? » Sigga percepì il proprio tono sorpreso e trasalì. « Scusa, voglio dire... »

« Di solito, in questi casi, è Sigga quella che si sobbarca tutto il lavoro », intervenne Pétur dando loro le spalle, e Sigga fu di nuovo sorpresa, quasi grata. « È un po' la cocca degli insegnanti, sai? »

« Sì, li ho presi », disse Sóley, e bevve un sorso di vino. « Anch'io ero la cocca dei professori nella mia vecchia scuola. » Sorrise a Sigga, la quale ricambiò il sorriso.

« Ti ha detto del concorso? » chiese Pétur.

« Sì. »

« Probabilmente leggerai la notizia anche sul giornale. I miei genitori sono a tanto così dall'acquistare uno spazio per dare l'annuncio a piena pagina. Ci hanno sempre tenuto a far sapere a tutti che c'è almeno *un* fuoriclasse in famiglia. »

« Molto spiritoso », disse Sigga.

« A proposito del concorso, come sta il tuo fidanzato? » chiese Sóley.

« Olafur? » Sigga si rese conto con un sussulto di non aver pensato a lui negli ultimi giorni. Non lo chiamava da sabato. Forse lui si era stancato. « Non lo vedo da un po'. »

« Non dirmi che c'è maretta tra voi due », disse Pétur. « Come faremo senza le sue brillanti conversazioni durante la cena? »

« Taci, Pétur. »

Ma d'un tratto Sigga non riuscì a ricordare se Olafur l'avesse mai fatta ridere. E se il loro bambino fosse stato noioso? O se avesse pianto tanto quanto aveva fatto lei, stando ai racconti di sua madre?

Scoppiavi a piangere ogni volta che ti mettevo nella carrozzina. E anche quando ti prendevo in braccio. C'erano giorni in cui, siccome pioveva, ce ne stavamo semplicemente in soggiorno e tu piangevi in continuazione. Per ore e ore. E vedevo come mi guardavano gli altri, sai? Quando iniziavano a dare segni di insofferenza sull'autobus, scendevamo alla prima fermata anche se eravamo in mezzo al nulla.

Lei avrebbe potuto sopportarlo?

Eppure Amma le aveva detto che era Pétur quello che faceva i capricci e aveva bisogno delle costanti attenzioni della mamma, e questo alla mamma sembrava non importare.

Si alzò. « Vado un attimo in bagno. »

Vi si trattenne più del necessario, buttandosi dell'acqua sul viso più volte, sperando che i panini fossero pronti per quando sarebbe tornata in cucina. Dopodiché lei e Sóley sarebbero salite in camera sua, lontane da Pétur.

Quando uscì dal bagno, il pianterreno era silenzioso. Percorse piano il corridoio per poi fermarsi sulla soglia della cucina. Pétur e Sóley erano in piedi, vicinissimi l'uno all'altra, intenti a sorseggiare il vino sorridendosi. Sigga dovette riprendere fiato come se qualcuno le avesse dato un pugno nello stomaco, e le sfuggì un piccolo, stupido ansito che li spinse a voltarsi. Sóley aveva un'espressione neutrale, mentre Pétur distolse gli occhi da Sigga con aria colpevole, e lei lo fissò, sapendo che lui avrebbe percepito quello sguardo, desiderosa di metterlo in imbarazzo. *Perché non posso avere qualcosa che sia soltanto mio?*, avrebbe voluto chiedergli, e poi, subito dopo, si domandò che cosa mai avesse voluto dire con quel pensiero.

«Sono pronti?» chiese, e Pétur alzò le spalle.

«Sì.»

«Possiamo mangiarli di sopra, allora», disse a Sóley.

Pétur posò i panini su due piatti e le ragazze ne presero uno ciascuno. Per un istante lui parve combattuto, poi, porgendo il piatto a Sigga, si protese in avanti e disse: «Sai...».

Lei gli voltò le spalle. «Andiamo, Sóley.»

Sóley attese finché non furono di sopra, poi tirò fuori una sigaretta e picchiettò la punta sulla mano.

«Che succede fra te e tuo fratello?» chiese inarcando le sopracciglia. «Sembrava che volessi ucciderlo in cucina poco fa.»

«Fossi in te, starei alla larga da lui», disse Sigga sedendosi sul letto. Suonava rigida alle sue stesse orecchie, e si odiava per questo.

«Perché?»

«Non ha nessun rispetto delle ragazze che frequenta.»

Sóley aprì la finestra. «Oh, non ho certo intenzione di sposarlo», disse a Sigga con un ampio sorriso.

«Dio mio, non farlo.» Sigga addentò il panino. «Ti prenderà per i fondelli e mia madre dirà che è stata tutta colpa tua.»

«Non sembra molto piacevole.»

«È un idiota. Anche se il suo panino è passabile, devo ammetterlo.»

Sóley accese la sigaretta, tirò una lunga boccata, la trattenne e poi espirò. «Mi riferivo a tua madre. Non devi dar retta a tutto quello che dice, comunque.»

«Scusa?» Sigga sentì il battito accelerare per qualche motivo e le dita formicolare per l'improvviso afflusso di sangue.

«Non voglio essere maleducata, ma mi sembra che lei abbia i

suoi problemi e stia usando te come una specie di capro espiatorio.» Sóley appoggiò i gomiti sul davanzale e si tolse un pelucco dalla punta della lingua.

«Non è così semplice.» Sigga guardò oltre Sóley, fuori dalla finestra.

«Si dice sempre così quando è tutto molto semplice.»

«Voglio dire, tu pensi che l'istinto materno venga naturalmente ad alcune donne e non ad altre? O pensi che tutte debbano imparare? O forse dipende dal bambino con cui hai a che fare?»

«Una volta ho chiesto a mia madre se quando sono nata sapeva già che cosa fare», disse Sóley. «Mi ha detto che il suo corpo lo sapeva. Lei, invece, non sapeva un accidente. Ma io ho iniziato a piangere, ed eccolo lì, latte ovunque. Ed è andata avanti così, tanto che le veniva il latte per qualsiasi cosa fosse piccola e indifesa. Un giorno trovò un uccellino caduto dal nido e iniziò a produrre latte. Disse che era una reazione ridicola, totalmente inutile.»

Era difficile immaginare sua madre produrre latte per un uccellino, ma forse era quello il motivo per cui le crisi di pianto di Sigga la infastidivano così tanto. Forse era solo disidratata.

«Sì, okay», disse, e tornò al suo panino con il cuore che ancora le martellava nel petto.

Quando i medici avevano concesso a Sigga di tornare nella casa delle vacanze dopo l'incidente, era stato Pabbi ad arrivare appositamente da Reykjavík a prelevare lei e Gabríel.

«Voleva venire Amma, ma doveva tornare subito in città», spiegò suo padre in macchina. «La sua vicina sta per partorire e lei deve badare ai bambini più grandi.»

«Dov'è la mamma?» chiese Sigga con il pianto in gola.

Gabríel e Pabbi si scambiarono un'occhiata.

«La mamma sta preparando la cena», rispose Pabbi. «Abbiamo pensato di concederci una bella cenetta tutti insieme per festeggiare le tue dimissioni. Scommetto che il cibo dell'ospedale era disgustoso. Ricordo ancora quando mi hanno operato di appendicite; pensavo che sarei morto, ma di fame. » La guardò nello specchietto retrovisore, e Sigga, vedendo la pelle raggrinzita agli angoli degli occhi, capì che stava sorridendo.

« Non era così male » disse lei.

Dopo che Pabbi ebbe percorso il vialetto di casa e spento il motore, Sigga indugiò in macchina per qualche istante, osservando la villetta. Le era sempre piaciuta, con il suo ampio soggiorno con le finestre su tre lati, la cucina in un angolo, il tavolo da pranzo in un altro, la zona relax in un altro ancora. Il soffitto era alto e le pareti di un legno aranciato importato dalla Finlandia, così aveva detto la mamma. In giardino c'era una collinetta da cui rotolarsi giù, un albero su cui arrampicarsi e un orticello. Le aiuole che delimitavano il prato traboccavano di fiori che a Reykjavík non crescevano. Quel luogo le era sempre sembrato magico, ma ora le appariva quasi sinistro.

« Coraggio », disse Pabbi aprendole la portiera. « Andiamo. »

Quando entrarono in casa, la mamma non stava cucinando; stava giocando a memory con Pétur.

« Non adesso », disse quando Sigga cercò di salirle in grembo per un abbraccio. « Sono nel bel mezzo di una partita con tuo fratello. »

Sigga si sentì avvampare. Pétur non alzò neanche lo sguardo; la sua pelle era completamente esangue.

« Andiamo », disse Gabríel prendendola per mano. « Ti aiuto io a sistemare le tue cose. »

Pabbi le rivolse un sorriso stanco mentre Gabríel la accompagnava fuori dalla stanza.

Rimasero nella cameretta di Sigga finché la mamma non li chiamò a tavola. Sigga sentì l'odore di *kjötsúpa* non appena aprirono la porta. Nell'angolo adibito a zona pranzo qualcuno aveva spento la luce centrale e sistemato delle candele sul davanzale della finestra. Fuori, i colori del cielo si andavano stemperando in quelli sempre più tenui della sera.

Si sedettero tutti a tavola.

« Grazie per la cena, mamma », disse Sigga.

« Prego. » Eva scodellò una porzione extra nel piatto di Sigga e servì gli altri.

« Ehi », protestò Pétur. « A me non ne hai dato così tanta. »

« Pétur », disse Pabbi. « Stiamo festeggiando Sigga perché si è ripresa. Siamo stati molto fortunati. »

« Passami il tuo piatto, Pétur », disse la mamma.

« È la serata di Sigga », ribadì Pabbi con fermezza.

« Non capisco perché », ribatté la mamma.

« Mamma, non è giusto », intervenne Gabríel. Aveva quasi tredici anni e negli ultimi tempi era cresciuto a vista d'occhio, e Sigga notò la sorpresa sul viso di sua madre, come se d'un tratto lo vedesse sotto un'altra luce.

« Non capisco perché », ripeté lei più forte. « È stata Sigrídur a farci spaventare a morte. Dovremmo anche ricompensarla per questo? »

Sigga ci rimase di sasso, con la mano che sosteneva il cucchiaio sospesa a mezz'aria. Le ronzavano le orecchie e aveva il cuore in tumulto.

« Non mi pare il momento giusto per parlarne », disse Pabbi.

« Io invece penso che lo sia eccome », ribatté la mamma. « Cerchiamo di mettere in chiaro le cose una volta per tutte. » Si rivolse a Sigga. « Tu hai rischiato di annegare, Sigrídur. » Risistemò le posate davanti a sé. « Grazie a Dio Amma era lì vicino e si è tuffata immediatamente. E grazie a Dio Pétur l'ha chiamata. »

Sigga posò il cucchiaio. Si sentiva le dita intorpidite mentre cercava di distenderle, e guardandole, si accorse che erano sbiancate per averle serrate con tanta forza. « Non è colpa mia », disse infine. « Pétur... »

« Fermati subito qui », le intimò la madre. « Tuo fratello mi ha detto quello che ha fatto. Naturalmente non avrebbe dovuto scherzare in quel modo, ma tu, prima di tutto, non avresti dovuto stare sul bordo. Quante volte ti ho detto di non arrampicarti sul frangiflutti? Vuol dire andarsela a cercare. »

« Eva. » Pabbi cercò di intervenire. « Non credo che sia il caso di addentrarsi in questo argomento. Forse Pétur potrebbe semplicemente chiedere scusa a sua sorella. »

« Ha dieci anni », disse la mamma. « È solo un bambino. Parli come se avesse potuto sapere che cosa sarebbe accaduto. Ad ogni modo... » Bevve un sorso d'acqua. « Vi ho detto come la penso, quindi possiamo anche andare avanti con la cena. Immagino che Sigrídur abbia capito che d'ora in avanti dovrà essere più prudente, vero? »

La guardavano tutti ora, tranne Pétur, che teneva lo sguardo fisso a terra. Sigga provò un irrefrenabile impeto di rabbia che scomparve all'improvviso, lasciandola in preda a uno strano senso di vergogna.

« Non mi sento bene », disse.

« Vai a stenderti un po' », le suggerì Pabbi, e le diede qualche colpetto sulla mano quando lei si alzò da tavola.

Amma e Ava si trovavano all'angolo di Njálsgata quando Sigga tornò a casa da scuola quel pomeriggio.

« Che cosa ci fate voi due qui? » chiese Sigga.

« Ci siamo incontrate per caso », disse Ava.

« Tua madre mi ha chiesto in prestito un barattolo », disse Amma offrendole la guancia, e Sigga vi posò un bacio; la pelle era morbida come carta velina sotto le sue labbra – la pelle di una persona anziana –, e quella sensazione le trasmise una fitta di malinconia in tutto il corpo.

« Resti per cena? »

« Se vengo invitata... »

« Voglio sapere qualcosa in più del tuo racconto », disse Ava. « Sei emozionata per la cerimonia di premiazione? »

Si levò una brezza che sfiorò le gambe nude di Sigga. Alzò lo sguardo al cielo e lo distolse subito sbattendo le palpebre; era grigio, un grigio autunnale limpido, quasi accecante. « Non molto. »

« Oh? »

« Non per portarmi iella da sola, ma può darsi che non ci vada nemmeno. »

« Non ti facevo superstiziosa. » Ava tirò fuori una sigaretta dalla borsa.

Superstiziosa no. Incinta, forse.

« Ricordo ancora quando arrivai a Reykjavík », disse Amma. « Figuriamoci fare una traversata sino a Londra... Entrammo nel nuovo alloggio di sera, io e tuo padre. Ci avevano lasciato pane, latte e qualche fetta di bacon sul tavolo della cucina. E a parte il tavolo, due sedie e una branda in un angolo, non c'era molto altro. » Si strinse nelle spalle. « Ricordo che avevo una lampada che appesi a un chiodo vicino alla porta; la stanza, pertanto, era completamente buia a parte quel piccolo cerchio di luce. E rimasi là per secoli a guardare semplicemente fuori dalla finestra. Non ero preparata all'impatto con i grandi spazi di una città. Nessuno mi conosceva e io non conoscevo nessuno tranne il padrone di casa, che però non sarei stata in grado di riconoscere se lo avessi incontrato per strada. Cercavo di immaginarmi le vite che scorrevano nelle altre case, le famiglie che sedevano intorno a tavola per cena, o le giovani coppie di sposi che si chiamavano da una stanza all'altra. Era elettrizzante. Un po' come se una nuova vita fosse lì davanti a me ad aspettarmi. Come neve intatta prima che il mondo si risvegli. »

« E avevi più o meno la mia stessa età, giusto? », chiese Sigga, avvertendo un tremito nella propria voce.

« Ero molto giovane, sì », disse Amma.

« Una vita fa », osservò Ava sorridendo. Accese una sigaretta e la puntò verso Sigga. « Hai fatto qualcosa di diverso ai capelli? »

« No. »

«Stai benissimo. Sei radiosa.»

«Non dire così», disse Sigga senza pensare, e le due donne la scrutarono con aria interrogativa.

«La gioventù è sprecata in mano ai giovani», disse Amma dopo una breve esitazione.

«Proprio così», concluse Ava.

Non appena Sigga e Amma entrarono in casa, la mamma bloccò Sigga e le passò un grembiule. Aveva comprato spalla di agnello, patate, carote e cipolle, e aveva in programma di preparare l'arrosto con le patate fritte nel burro.

«Sigrídur, dammi una mano in cucina», disse. «Amma, accomodati pure in soggiorno. Thórfinnur sarà a casa tra poco.»

Erano nell'ingresso e si stavano ancora togliendo il cappotto quando Pétur scese lentamente le scale.

«Avete sentito?», disse. «C'è stata una scossa poco fa sull'isola di Heimaey.»

«Un'altra eruzione?», chiese la mamma.

«Non era prevista», disse Amma.

«La prossima volta toccherà al Krafla», buttò lì Sigga.

Era impegnata ad appendere il cappotto, e quando si voltò vide che tutti la stavano guardando.

«Che cosa te lo fa pensare?» chiese Amma.

«Non so», disse lei, le guance in fiamme. «Vado così, a sensazione.»

«È solo una supposizione», disse la mamma.

«L'eruzione dell'Hekla cinque anni fa, quella sì che è stata una vera eruzione», disse Pétur. «Non quella di cui parla sempre Gabríel. Non fa che ripetere: "Ehi, guardatemi, ho sconfitto un vulcano a Heimaey".»

«Non denigrare tuo fratello. È stata un'impresa senza precedenti», disse la mamma. «Tutti i geologi più importanti al mondo erano curiosi di vedere se avrebbe funzionato.»

Pétur alzò le spalle. « Ho visto il filmato. La lava si muoveva appena. »

« Io mi ricordo l'eruzione del Katla », disse Amma. « Tuo padre mi chiese se l'Apocalisse era vicina. » Sorrise. « Naturalmente i Vichinghi avevano già assistito a un evento simile, e fu proprio quello a ispirare il Ragnarök, la fine del mondo descritta nel *Vǫluspá** »

Sigga vide sua madre alzare gli occhi al cielo. Pensava che Amma inculcasse le proprie convinzioni nella mente di tutti, il che non era giusto, dal momento che Amma non era mai nemmeno andata a scuola.

« E tu che cosa gli hai detto? » chiese Sigga, e udì sua madre soffocare a stento un sospiro.

« Gli dissi che la Terra sarebbe esistita ancora per molto tempo dopo di noi. Noi possiamo anche sparire, ma la Terra sopravviverà. »

« Comunque, io ho fame », disse Pétur. « Che cosa c'è da mangiare, mamma? »

Sigga lo guardò penzolare in modo scomposto contro la ringhiera con un sorrisetto indisponente sulle labbra e sentì montare l'irritazione. « Perché non alzi il culo e ti fai un panino? », disse.

« *Sigrídur* », la redarguì sua madre. « Non ti permetto di usare questo linguaggio. »

« Scusa », mormorò Sigga.

« Pétur, Amma, potete aspettare in soggiorno. Sigrídur, tu vieni con me in cucina. Subito. »

« Okay. » Sigga la seguì in cucina, gettò lo zaino in un angolo e decise di bere del latte. Spalancò lo sportello del pensile per trovare un bicchiere e lo sbatté sul bancone. Le dava soddisfazione sbatacchiare le cose, rompere e dare calci, sferrare pugni e

* Il *Vǫluspá*, alla lettera *La profezia della veggente*, si tratta del primo e più famoso poema *dell'Edda poetica*, la celebre raccolta di poemi in norreno. (*N.d.T.*)

strappare. Aveva troppa carne al fuoco in quel momento. L'arrivo di un bambino, forse, la cerimonia di premiazione a Londra, la manifestazione di protesta, la strana distanza con Amma, Sóley. Se solo qualcuno l'avesse presa fra le braccia, l'avesse tenuta stretta e le avesse detto che non doveva risolvere tutto da sola. Se solo avesse avuto qualcuno cui rivolgersi, come la gente di Snæfellsnes faceva con Bárdur. Ma Bárdur non era stato granché come padre per Helga, soltanto di aiuto contro streghe e simili.

Si infilò il grembiule dalla testa e strinse i legacci con un doppio nodo. « Che cosa devo fare? »

« Pela queste », disse sua madre, e le passò un sacco di patate.

Sigga si sedette al tavolo e si mise all'opera, pelando le patate e immergendole in un recipiente di acqua fredda. Continuò imperterrita anche quando il recipiente fu colmo, al che l'acqua straripò e metà delle patate finirono sul tavolo rotolando e lasciando rivoletti d'acqua nella loro scia.

La donna accorse con uno strofinaccio in mano per asciugare il tavolo.

« Mi dispiace », disse Sigga.

« Senti, so che si tratta solo di *cucinare*, di *rigovernare* », disse sua madre. « Ma si dà il caso che alcuni di noi amino mangiare e vivere in una casa pulita e accogliente. »

« E con questo che cosa vuoi dire? A che cosa ti riferisci? » chiese Sigga.

« A quel volantino che mi hai lasciato da leggere. »

« Mamma, io non la penso così. Ecco perché venerdì andrò alla manifestazione. »

Sua madre rispose con un sorrisetto beffardo. « Lo farai per me? »

« Non solo per te. » Sigga raccolse le patate sparse qua e là, riempì un altro recipiente di acqua e ve le cacciò dentro. « Comunque sì, perché tutti riconoscano quanto impegno ci metti qui. »

La mamma lasciò cadere lo strofinaccio nel lavandino e tornò a lavorare l'impasto sulla spianatoia.

« Mamma, noi lavoriamo, alleviamo i figli, paghiamo le tasse. Siamo esseri umani come gli altri, quindi vogliamo rappresentanza e salari equi nel mondo in cui viviamo. Che cosa c'è di sbagliato in questo? »

« Di questi tempi si fa un gran lamentarsi di quanto sia dura la vita. »

« Preferiresti che ignorassimo il problema? »

La mamma si scrollò la farina dalle mani e se le portò sui fianchi. « Quando ero giovane c'era un contadino che viveva vicino a noi. Aveva perso il figlio in guerra e si era rotto la schiena in un incidente. A stento riusciva a camminare. Dovette rinunciare alla fattoria, ma non aveva parenti che potessero aiutarlo. Non poteva nemmeno permettersi un pasto tutti i giorni. E tu vorresti dirmi che una bella donna danarosa se la passa peggio rispetto a quell'uomo? »

« A che cosa servono i soldi se non hai il potere di dire la tua? Se sono gli uomini a scrivere le leggi? »

« Non dire stupidaggini, Sigrídur. »

« Pensa all'aborto. » Sigga aveva il cuore che batteva all'impazzata, come quello di Loki quando vedeva un uccellino che non poteva raggiungere, e vi posò una mano sopra per calmarlo. Ovviamente era una delle opzioni possibili, l'aveva sempre saputo, ma pronunciare quella parola ad alta voce lo rese reale.

« Ora stai esagerando », disse Eva.

« Santo cielo, mamma! Non pensi che là fuori ci siano persone che non sarebbero dovute nascere? E forse donne che non sarebbero dovute diventare madri? »

« Sigrídur, adesso basta. Vai via, se non vuoi stare qui. »

Sigga ebbe un moto di rabbia che si placò subito, lasciandole addosso uno strano disagio. Si slacciò il grembiule e lo appese, poi indugiò sulla soglia della cucina. Sua madre era tornata a impastare e non la guardava. D'un tratto l'immagine di Pabbi e Ísafold che uscivano da quel seminterrato le riapparve davanti agli occhi. Sua madre non si meritava quell'affronto, ammesso che ci fosse qualcosa fra loro; era sempre stata totalmente fedele a Pabbi.

«Sei sicura?»

«Io non ti ho mai capita», disse sua madre senza alzare lo sguardo. «Del resto, nemmeno tu hai mai capito me.»

Sigga si sentì pizzicare gli occhi e se ne andò prima che iniziassero a lacrimare. *Saranno gli ormoni.*

Quando entrò in soggiorno, Amma e Pétur stavano giocando a scacchi. Amma stava vincendo; era in grado di battere tutti eccetto Gabríel. Gabríel aveva un talento naturale per gli scacchi. Nonché per il nuoto, il calcio, la fotografia, la musica. Sigga andava bene a scuola, ma studiava anche parecchio; a lui, invece, riusciva tutto senza sforzo. Lei non riusciva a capire come facesse a sentirsi appagato lavorando sul peschereccio, ma quando aveva sollevato l'argomento, Ragga l'aveva definita una snob, seppure in modo amichevole. «È proprio questo il motivo per cui la mia famiglia pensa che il femminismo sia roba per gente di città», aveva detto. «Si concentra sulla necessità che le donne ricevano un'istruzione adeguata, diventino imprenditrici, avvocati. Ma esistono altri lavori, sai?»

«Quante mosse prima dello scacco matto?» chiese Sigga.

«Quattro», disse Amma.

«Bene. Detesto guardare Pétur giocare. È come guardare un bambino di quattro anni.»

«Sei in quei giorni del mese?» osservò Pétur. «Perché sei una vera stronza.»

Amma espresse il suo disappunto con un borbottio. «E tu che cosa hai fatto a tua sorella?» chiese.

Pétur arrossì. «Io non ho fatto niente.»

«Conosco Sigga. Non si scaglia contro qualcuno senza un motivo valido.»

Sigga alzò le spalle. «Va bene così. Un giorno sarà il corpo di Pétur quello che troveranno in una grotta di ghiaccio. Ci saranno troppi sospettati e dovranno archiviare il caso.»

«Di che cosa stai parlando?» disse Amma alzando gli occhi dalla scacchiera.

«Di Pétur che sta diventando molesto.»

«Mi riferivo al corpo ritrovato.»

«Ah sì, il corpo ritrovato sullo Snæfellsjökull. Ne hanno parlato al telegiornale una settimana fa o giù di lì.»

«Non avevo sentito la parte riguardante la grotta di ghiaccio.»

«Me l'ha detto un mio compagno di classe. Suo zio è capo della polizia del posto.»

«Uomo o donna?»

Sigga si strinse nelle spalle. «Non ricordo. Ma il corpo è in perfetto stato di conservazione. C'era un piede o una gamba fratturati, o qualcosa del genere. Probabilmente questa persona si era rifugiata nella grotta per trovare riparo ed è morta assiderata.»

Amma impallidì visibilmente.

«Stai bene?» chiese Sigga.

«Pensavo solo...» Si portò una mano davanti alla bocca e guardò i suoi nipoti, gli occhi spalancati. «Pensavo...» Si accasciò in avanti.

Sigga e Pétur la sostennero al volo, e ci fu un attimo di confusione in cui la scacchiera si rovesciò e tutti i pezzi si sparpagliarono sul pavimento. *È un infarto. Oddio, è un infarto*, continuava a ripetere una voce nella testa di Sigga, quando all'improvviso Amma si riprese.

«Amma», disse Sigga tirando un profondo sospiro di sollievo.

«Vado a prenderti un bicchiere d'acqua», disse Pétur, e scomparve.

«Accidenti, Amma!» esclamò Sigga. «Ti è già capitato altre volte?»

La nonna si passò il dorso della mano sugli occhi. «Capitato che cosa?»

Il cuore di Sigga stava lentamente riprendendo un ritmo normale. «Sei svenuta, Amma.»

Pétur tornò con il bicchiere d'acqua.

«Dobbiamo andare dal medico», disse Sigga.

«Non essere ridicola. Sono stata parecchio in piedi oggi, devo essermi affaticata. Più la vecchiaia, probabilmente. Sto bene.»

«Dovremmo almeno dirlo a Pabbi.»

Amma agitò una mano. «Non è necessario.»

«Amma.»

«Ho detto che non è necessario. Aiutatemi a raccogliere i pezzi degli scacchi, piuttosto. Credo che dovremo ricominciare la partita daccapo.»

Pétur scambiò un'occhiata con Sigga e scosse la testa, e lei capì che cosa intendeva: Amma era troppo testarda per smuoverla dalla sua decisione in quel momento. Sigga si inginocchiò a terra e iniziò a raccogliere i pezzi.

«Vuoi distenderti un po'? La cena non è ancora pronta.»

«Sto bene», ripeté Amma, e appoggiò la mano sulla sua. La tenne lì per qualche istante, e Sigga si concesse un attimo di sollievo, apprezzandone la solidità, dopodiché Amma le sorrise, ritirò la mano e riprese a raccogliere le pedine.

PARTE SECONDA

La montagna

1911

Fecero una sosta ai piedi della montagna prima di affrontare la scalata. Come previsto da Gudmundur, la neve aveva iniziato a sciogliersi e le falde più basse erano appena striate di bianco, ma alzando la testa Gudrún vide che la vetta era ancora completamente innevata, di un candore così abbagliante contro l'azzurro terso del cielo che le faceva male agli occhi guardarla.

La montagna di Freyja. In un giorno d'estate, quando erano bambine, potevano salire sino al valico vicino alla vetta in circa sei ore, a patto che evitassero i crepacci del ghiacciaio. Ora, in inverno, ci sarebbero volute almeno nove ore per raggiungere quel punto, ma il tramonto sarebbe arrivato prima, quindi avevano davanti soltanto cinque ore e mezzo. A meno che non arrivasse una bufera come avevano previsto gli uomini di Gudmundur, benché sino a quel momento non ci fossero segni di un'imminente calamità, e Gudrún si domandò se Rósa avesse detto qualcosa per scoraggiarli e...

Ma lei aveva Magnús dalla sua parte, e cinque ore e mezzo di tempo.

Poi c'era la vetta, e per raggiungere quella bisognava arrampicarsi sul ghiaccio.

Nemmeno Freyja sarebbe stata in grado di salire sin lassù, si disse Gudrún. *Non perdere la speranza ancor prima di iniziare.*

Da qualche parte alla loro destra ci fu un lieve brontolio che aumentò rapidamente sino a diventare un rombo. Una massa di neve – più o meno grande quanto una casa – stava scivolando lungo il versante della montagna, accompagnata da un rovinio di pietre che rimbalzavano violentemente l'una contro l'altra. Insieme, neve e pietre, arrivarono sino a valle e si allargarono come onde. Seguì un silenzio pieno di echi.

«Ci conviene salire subito», disse Gudrún.

Magnús indicò il pendio con un ampio movimento del braccio. «Prima le signore, prego.»

Gudrún si avviò, smuovendo le pietre che scivolavano giù dietro di lei. Udiva Magnús calpestarle con uno scricchiolio via via che saliva, finché d'un tratto se lo trovò accanto.

«Tu guardi a sinistra e io guardo a destra, va bene?» stabilì lei.

«Va bene. E non preoccuparti per quello che ha detto mio suocero. Non permetterò che tu corra dei rischi; non sono proprio un buono a nulla come mi giudica lui.»

«Non andate d'accordo?»

Lui inclinò leggermente la testa. «Diciamo che vivo in casa sua e non manca mai di ricordarmelo.»

«Non sapevo che fosse così meschino.»

Magnús la guardò con quell'espressione divertita che ormai le era familiare. «Non stai cercando di ingraziarti i miei favori, vero?»

«Può darsi.»

«Non sarò certo io a impedirtelo.»

La salita si era già fatta ripida e il sudore aveva scurito i capelli sulla fronte di Magnús. Gudrún era concentrata a mettere un piede davanti all'altro, divorando, un passo alla volta, la roccia nera che la separava dal valico. Accanto a lei, Magnús seguiva il proprio percorso, scegliendo pietre diverse su cui poggiare i piedi o da scansare. In un certo senso, scalare una montagna era un po' come nuotare, rifletté Gudrún; nessuno scalatore poteva seguire esattamente la stessa traiettoria del proprio compagno.

Freyja aveva sempre optato per la via verticale diretta. Gudrún riusciva a vederla al loro fianco, con le sue gambe lunghe che saltellavano sui massi e superavano agilmente i piccoli crepacci. E Gudrún sempre, sempre dietro di lei, che la guardava con il cuore in gola. Aveva sempre sentito il peso di quella responsabilità?

Rabbrividì. I pantaloni che indossava erano caldi, ma l'aria riusciva comunque a insinuarsi all'interno e il freddo le provocava dolori alle giunture. Davanti a loro un'ombra si muoveva sul terreno, e alzando lo sguardo al cielo, Gudrún vide un'aquila di mare dalla coda bianca volteggiare sopra le loro teste, così vicina che poteva distinguere ogni singola penna e seguire il movimento delle ali quando cambiava direzione.

Dopo un po' Magnús si schiarì la gola. « Come mai è venuta Freyja, e non tu, a lavorare da noi? »

« A casa c'era bisogno di me. »

« Quindi Rósa non c'entra niente? »

« No. » Gudrún si pentì di aver risposto così in fretta. Avrebbe dovuto mostrarsi più sorpresa.

« Poco fa, alla fattoria, mi è sembrato che voi due foste ai ferri corti. »

« Oh, non è nulla. » Il cuore le batteva all'impazzata. « Ero preoccupata per mia sorella e ho perso il controllo, tutto qui. »

« Capisco. »

Con la coda dell'occhio Gudrún vide che Magnús la stava sbirciando per poi tornare a concentrarsi sulla strada.

« Chissà, forse le cose sarebbero andate diversamente se ci fossi stata tu » disse lui, ma a voce così bassa che Gudrún quasi non lo udì.

« Diversamente in che senso? »

« Mmh. » Magnús indicò un masso alla loro destra. « Sapevi che c'è una chiesa sotto quella roccia, per il Popolo nascosto? Una volta un uomo vi entrò per ripararsi da una tempesta, e dopo non fu più lo stesso. Smise di parlare con i suoi familiari e rimase a letto per i dieci anni successivi. »

« Perché aveva portato via qualcosa che non avrebbe dovuto prendere », disse Gudrún. « Era la storia preferita di Freyja quando eravamo piccole. »

« Davvero? »

Gudrún si fermò, svitò il tappo del thermos e bevve un sorso di caffè. «Le raccontavo delle storie per farla addormentare.»

«E la tua preferita, invece, qual era?»

«Non saprei.»

Ripose il thermos nella sacca e riprese a salire. Magnús la seguiva; lei sentiva il suo sguardo sulla schiena e si sforzava di ignorarlo.

Non parlarono per circa un'ora mentre proseguivano il loro cammino. Gudrún teneva gli occhi ben aperti alla ricerca di un qualsiasi segnale della presenza di Freyja alla sua destra. Un paio di volte colse un guizzo, un movimento istantaneo, ma si trattava di una volpe artica con il suo splendido manto tra il giallo e il bianco. Sembrava seguirli come un'ombra e scattare via quando si accorgeva che Gudrún la stava osservando.

«L'hai vista?» chiese a Magnús dopo aver sorpreso l'animale per la quarta volta con la coda dell'occhio.

«Visto che cosa?»

«C'è una volpe che ci sta seguendo.»

«Peccato che non ho il fucile con me.»

«Non ti piacciono le volpi?»

«Sono cattive. E astute, il che le rende ancora più insidiose.»

«A me piacciono, invece. Quando ero più giovane, ce n'era una che viveva in fondo al nostro giardino. Mi ero messa in testa che fosse nostra madre, tornata per vegliare su di noi.»

«Davvero?»

Gudrún lo guardò, aspettandosi di essere derisa, ma lui aveva un'espressione seria, gentile.

«Se lo era, comunque se ne è andato via un'altra volta», disse lei.

«Forse aveva visto che eri in grado di badare a te stessa. E anche a Freyja.»

Gudrún pensò all'ultima immagine di sua sorella, seduta da sola davanti al camino, le mani intrecciate come in preghiera. «Non so che cosa ho fatto per darti questa impressione.»

«Ci sono donne che portano il mondo sulle loro spalle», disse Magnús, «e io ho imparato a riconoscerle, per quanto loro si sforzino di farla sembrare una cosa facile».

«Oh», mormorò lei, e si sentì arrossire da capo a piedi.

La scalata stava diventando sempre più impegnativa, e presto i due furono costretti a piegarsi in avanti per controbilanciare la pendenza, quasi procedendo carponi. Gudrún sentiva le gambe e i polmoni protestare, ma continuò ostinatamente il suo cammino finché Magnús non le diede un colpetto sulla spalla.

«Sarà meglio mangiare un boccone», disse.

Si accovacciarono e scartarono le provviste. Rimasero in silenzio mentre strappavano un pezzo di pane e accompagnavano il pesce essiccato con il caffè. Gudrún si voltò a guardare la strada che avevano già fatto. Più sotto, la fascia pedemontana del vulcano offriva un'immagine spettacolare, azzurra e ammantata di neve in cima, e nera altrove. Non erano ancora saliti abbastanza in alto da poter vedere la valle dell'Eysteinsdalur dall'altra parte della collina, un tratto di terra che durante l'estate era coperto di morbido muschio verde ma che ora sarebbe stato ghiacciato. Le voci degli elfi echeggiavano tra le rocce e nei crateri di tutta la regione, ma Gudrún le aveva udite solo una volta, ed era stato proprio a Eysteinsdalur. Cantavano, e quel suono le era sembrato così dolce, così delicato, che sarebbe potuta essere la brezza che attraversava la valle.

Una trentina di metri sopra di loro la neve era decisamente più abbondante e ricopriva il versante della montagna sino a raggiungere la cima ghiacciata. Gudrún ebbe un attimo di scoramento al pensiero di loro due che cercavano di arrivare sin lassù, ma poi nel suo petto si accese una debole fiammella di speranza. Se Freyja non voleva essere trovata, di sicuro aveva cercato un posto dove nascondersi, invece di farsi sorprendere sulla neve, dove sarebbe stata facilmente individuabile.

«Non può essere salita più di così» rifletté Gudrún a voce alta. «Forse, arrivata sin qui, ha iniziato a cambiare idea.»

«Cambiare idea?»

«Voglio dire, ci ha ripensato. Dovremmo cercare un rifugio, una grotta, a questo livello, invece di continuare a salire.»

Magnús si grattò la nuca. «Non ho visto niente del genere nei dintorni.»

«Nemmeno io.»

«Aveva un posto preferito? Una grotta, come suggerisci tu?»

«Non lo so.»

«Ha mai passato la notte quassù?»

«In estate sì, qualche volta. Ma io non salivo spesso con lei.»

«No?» Magnús lasciò andare un lungo sospiro. Gudrún era sicura che lui la stesse giudicando, ma quando alzò lo sguardo, notò che la sua espressione era neutrale. «Mi guarderò intorno, allora.»

«No.» Lei si rimise in piedi, seppure a fatica. «È meglio non separarsi.»

«Hai l'aria stanca.»

«Sto bene.»

«Di sicuro, fra tutte quelle storie della buonanotte che raccontavi a Freyja, ci sarà stata anche quella di Bjarna-Dísa.»

«Lasciarono indietro la poveretta perché non era vestita in modo appropriato per le condizioni atmosferiche, e lei morì congelata», disse Gudrún. «Mentre io ho un abbigliamento perfettamente adatto. Inoltre, se non mi lascerai morire nella neve, non ti apparirò in sogno come un fantasma, né cercherò di strangolarti nel sonno come nella leggenda».

«Per quanto la cosa mi dia sollievo...»

«Non serve a niente che me ne stia piantata qui mentre tu cerchi mia sorella.»

«Credo che i tuoi genitori abbiano avuto ragione a chiamarti Gudrún», disse lui con tono affabile. «Sai quello che vuoi, sei decisa.» Tirò fuori il suo orologio da taschino e iniziò a strofinarlo sulla manica. «Puoi proseguire con me, se proprio insisti, ma sono le due passate.»

«Non intendo rallentarti. La troveremo prima che faccia buio.»

«Lo spero.»

Rimisero le scorte di cibo nella sacca e Gudrún riprese a camminare. Mentre lei gli passava accanto, Magnús tese la mano e le sfiorò la coscia destra, nella piega fra la natica e la gamba. Gudrún si voltò di scatto e lo fulminò con lo sguardo, ma lui le mostrò un piccolo oggetto nero.

«Pendeva dalla tasca posteriore dei tuoi pantaloni.»

«Che diavolo è?»

Chinandosi per vedere meglio, Gudrún riuscì a distinguere una zampa nera e rugosa con quattro dita, di cui uno rivolto in direzione opposta rispetto alle altre tre. All'estremità c'erano le setose penne nere che avrebbero coperto il corpo dell'uccello se non fossero state tagliate brutalmente.

«È la zampa di un corvo», disse Magnús. «Jon, il bracciante, aveva l'abitudine di catturarli e ucciderli. Non sapevo che ne ricavasse anche dei trofei, però.»

Gudrún provò un forte senso di nausea.

«Era tanto brutto quanto stupido», fu il commento di Magnús.

«Ti prego, falla sparire.»

Lui mise la zampa nella sacca insieme al thermos e alla torcia. Gudrún si voltò e continuò a inerpicarsi, cercando di non far caso al formicolio sulla coscia dove Magnús l'aveva toccata. D'un tratto era dolorosamente consapevole del proprio corpo: il cuore che le martellava nel petto, i polmoni che bruciavano, le ossa pesanti. In quel momento era così concentrata sul proprio fisico da non riuscire più a pensare.

Poco più in alto rispetto a loro, un altro movimento fulmineo. Questa volta era qualcosa di più grande, più scuro. Gudrún non avrebbe potuto giurarlo, ma con la coda dell'occhio le parve di vedere un'ombra delle dimensioni di un uomo, una figura vestita di grigio.

Continuarono a salire. Non c'era un sentiero vero e proprio intorno alla montagna, ma Gudrún si rese conto che stavano ancora salendo, solo che avanzavano in diagonale anziché in verticale. Si ritrovarono in una spaccatura piena di ghiaccio e ci vollero venti minuti per superarla. Lo sforzo richiesto da quel passaggio iniziò a logorarla; sapeva che Magnús era lì con lei, ma non riusciva a percepirne la presenza. Era totalmente concentrata su ciò che stava facendo, finché non iniziò a sentirsi quasi distaccata da tutto, come se fluttuasse sopra di sé, guardandosi arrancare, spostarsi, faticare un passo dopo l'altro.

Dopo un po' si scambiarono di posizione, così Magnús passò davanti; ogni volta che incontravano un ostacolo più grande, lui si fermava a metà strada per aiutare Gudrún a salire, e ogni volta lei mormorava un grazie.

Il limite della neve sembrava sempre più vicino, finché le rocce alla destra di Gudrún si presentarono coperte da uno strato di ghiaccio. Passò un'altra ora. Il vento era cessato e c'era un silenzio totale, rotto soltanto dal suono dei loro respiri e dallo scricchiolio dei loro passi. Gudrún procedeva a testa bassa, stanca come non era mai stata in vita sua. Sentiva – di nuovo senza saper spiegare perché – che Freyja non era più all'aperto, in balia delle intemperie, e che c'erano degli anfratti nella montagna tutt'intorno a loro, piccole crepe e fessure che gli animali usavano per sfuggire ai predatori o per ripararsi. Gudrún e Magnús dovevano soltanto trovarne una abbastanza grande.

Lei alzò di nuovo la testa, e gli occhi si sottrassero al candore abbagliante della neve. Per un attimo intravide di nuovo la sagoma in grigio. Non avrebbe saputo dire se fosse davvero un uomo, il suo viso era troppo indistinto. Stava davanti a loro, pallido e fragile contro quel panorama grandioso, apparentemente incurante delle condizioni atmosferiche, mentre il ghiaccio si accumulava intorno ai suoi piedi e saliva sempre di più lungo le gambe sino a sommergerlo quasi del tutto.

Gudrún sbatté le palpebre e la sagoma sparì.

« Aspetta. » Magnús si fermò così bruscamente che lei andò a sbattere contro la sua schiena.

« Che c'è? »

« Avevano ragione. Sta arrivando la bufera. »

«No.» Gudrún fu presa dal panico; lo sentì ronzare dentro il cranio e diventare sempre più forte, tanto che dovette mettersi le mani sulle orecchie per fermarlo.

Magnús gliele scostò delicatamente. «Mi stai ascoltando? Ho detto che dobbiamo scendere.»

«Non possiamo abbandonare Freyja.»

«Non sappiamo nemmeno se è quassù.»

«Certo che è quassù.»

«È troppo pericoloso, Gudrún.»

«Andrà tutto bene», insistette lei. «Passerà in fretta. Possiamo aspettare che cessi e poi proseguire. Non c'è nulla da temere.»

«Non posso permetterti di correre questo rischio.»

La paura e la frustrazione la resero brusca. «Non puoi essere tu a *permettermi* di fare o non fare qualcosa. Non sono la tua mogliettina.»

Magnús si incupì. «Su questo penso che non ci siano dubbi.»

Le voltò le spalle e lei, impaurita, fece un passo verso di lui.

«Magnús, aspetta...» Mise un piede in fallo, perse l'equilibrio e cadde. Una piccola cascata di pietre le franò davanti, e Gudrún protese le mani per fermare la caduta, ma trovò le braccia di Magnús.

«Ti ho preso.»

La tenne così stretta a sé che lei percepì distintamente l'odore di bruciato del caffè di cicoria e quello dolce del formaggio di capra. E, sotto, un lieve sentore acido, di sudore, che trovò stranamente piacevole. Mentre cercava di raddrizzarsi, una lingua di fuoco le lambì la caviglia e risalì lungo la gamba, costringendola ad aggrapparsi ancora di più a Magnús.

«Ho un problema alla caviglia.»

«Fammi dare un'occhiata.» Lui si chinò e la esaminò. «Non riesco a vederla bene. Devi sederti.»

«Qui?»

«No. Dev'esserci un posto più riparato.»

Gudrún si guardò intorno. Tutto era roccia nera e cristalli

bianchi come schiuma sulla sabbia, e lei provò l'impellente desiderio di essere in riva al mare, lontano da quella maledetta montagna.

Porterò a casa Freyja, si disse, *e poi andrò sul bagnasciuga a contemplare le onde.*

«Un posto più riparato», ripeté Magnús.

C'era un solco, più azzurro che bianco, e Gudrún ne seguì il percorso con lo sguardo. Saliva verso un arco a circa trenta metri sopra di loro, oltre il quale si scorgeva un'oscurità discreta e invitante, contrapposta alla luce accecante della neve. La cavità era grande e frastagliata – abbastanza grande da accogliere cinque persone in piedi – e lei si domandò come avessero fatto a non notarla prima, a meno che non fosse stata nascosta da neve e ghiaccioli su tutti gli altri lati.

«Ecco, mi pare di vedere una grotta.»

«Dove?»

Lei indicò l'ingresso. Magnús aprì la bocca per parlare, poi si fermò; un fiocco di neve si era posato sulla punta del dito teso di Gudrún.

Alzarono lo sguardo e videro che il cielo era cambiato. Se prima era azzurro, ora era di un colore tra il grigio e il giallastro, con una grande muraglia di nuvole scure che rotolavano verso di loro da sud, inghiottendo ogni cosa al loro passaggio. La massa si muoveva rapida e implacabile; le nubi vorticavano e mutavano in continuazione, scoprendo di tanto in tanto una parete di roccia o una cima che sembravano spuntare qua e là in cerca d'aria, per poi chiudersi di nuovo sopra di esse. Gudrún ebbe la terribile sensazione che lei e Magnús fossero spacciati.

«Arriverà tra meno di cinque minuti», disse Magnús con tono concitato. «Reggiti a me.»

Lentamente, dolorosamente, Gudrún si spinse avanti sulla caviglia gonfia e iniziò a muoversi. La neve cadeva sempre più rapida e fitta, producendo un suono lievissimo, simile a un tintinnio, quando si posava sulle rocce davanti a loro.

«Riesci ad andare un po' più veloce?»

Gudrún strinse i denti e accelerò il passo, zoppicando vistosamente. Le raffiche di aria gelida le pungevano le orecchie e mordevano le dita. Le strappavano via la forza e la sensibilità della gamba buona, al punto che non fu più in grado di capire se era intatta o se era diventata una sorta di mostro di Frankenstein, con le varie parti del corpo cucite insieme ma prive di sensibilità.

Sto facendo un incubo a occhi aperti, si disse, e capì che era un brutto segno.

L'aria vorticava di mulinelli di neve che sembravano rimanere sospesi e infittirsi a poco a poco. I fiocchi si posavano su Gudrún e Magnús, ma non c'era tempo di scrollarseli di dosso. Davanti a loro il sentiero era completamente coperto, e soltanto la pendenza sotto i piedi indicava che dovevano riprendere la scalata. Gudrún affondò le dita nel soffice manto bianco, sperando di trovare un appiglio nella roccia sottostante, ma continuava a scivolare, e guardando dietro di sé vide che la neve aveva cancellato tutto e trasformato il versante della montagna in un ripido strapiombo. Fu travolta dal panico, così Magnús la afferrò per i polsi e la issò dietro di sé, facendole strisciare il petto e le ginocchia sul terreno, finché, stremati e ansimanti, si trovarono entrambi su un tratto piano, davanti all'imboccatura della grotta.

« Dobbiamo entrare », disse lui, e la aiutò a rimettersi in piedi.

Si inoltrarono zoppicando per un breve tratto, poi si fermarono. Il punto in cui si trovavano somigliava a un portico roccioso e trascurato, illuminato dal candore della neve accumulata all'esterno, ma pochi passi più avanti la luce calava gradualmente.

Gudrún si voltò e vide che i fiocchi entravano dietro di loro sospinti dal vento.

« Vado un po' più avanti » disse.

Avanzò a saltelli per risparmiare la caviglia dolorante e sentì Magnús muoversi esitante insieme a lei.

La grotta si stringeva in un passaggio angusto. Quando i suoi occhi si furono adattati alla penombra, Gudrún notò che il corridoio finiva contro una parete rocciosa attraversata da una fenditura abbastanza larga da accoglierli entrambi. Si appiattirono per entrare e scoprirono che la grotta si apriva di nuovo, in un grosso antro con il soffitto a cupola. Il pavimento era ancora scuro e roccioso, ma le pareti ricoperte di ghiaccio erano di un azzurro vitreo, solcate da motivi intricati simili a un merletto. Il ghiaccio saliva e si espandeva sino al soffitto, come le costole di uno scheletro, e qua e là pendevano delle stalattiti che brillavano di luce riflessa. Gudrún si voltò e vide il mondo esterno incorniciato dall'arco nella roccia che consentiva l'ingresso; sembrava più lontano di quanto fosse in realtà e, per certi versi, meno affascinante.

Si addentrarono con cautela. L'aria era più calda rispetto a fuori, e la neve sui loro abiti iniziò a sciogliersi.

«Abbiamo avuto un colpo di fortuna», disse Magnús. La sua voce echeggiò debolmente. «Anche se è umido e c'è puzza di marcio, è comunque un rifugio.»

«Ci fermiamo qui?» chiese Gudrún.

«Certo.» Individuata una lastra di roccia, Magnús guidò Gudrún verso di essa per farla sedere, poi si inginocchiò davanti a lei. «Questa andrà bene.»

Le sfilò lo stivale e il calzino, e Gudrún distolse lo sguardo, imbarazzata dal proprio piede gonfio e dalla pelle ruvida sotto le dita. Rósa probabilmente si faceva il pediluvio nel latte per mantenere i piedi morbidi.

«Non mi pare così malridotto.»

Le dita di Magnús erano delicate, sembrava che la sfiorassero appena, eppure Gudrún fu attraversata da un'ondata di dolore bruciante.

«Aspetta qui.»

«Ho altra scelta?»

Lui sorrise. «Credo proprio di no.»

Si rialzò e si diresse verso l'imboccatura della grotta. Gudrún chiuse gli occhi, d'un tratto sopraffatta dal pensiero della sparizione di Freyja, dal loro viaggio per ritrovarla, dal desiderio che Magnús la toccasse di nuovo.

Smettila, si disse. *Hai perso la lucidità. L'hai persa da quando hai incontrato lui. Sei confusa perché a parte Papi, e Skúli (che ora è ingrassato), e quello stalliere che hai baciato una volta quando avevi diciassette anni, Tomas è stato l'unico uomo con cui hai passato del tempo. E mai da sola. Ed era soltanto un ragazzo, in realtà, se paragonato a Magnús.*

Si premette la base dei palmi contro gli occhi cercando di farlo sparire dalla sua mente. Magnús, con la sua forza nascosta, il suo tono un po' irridente, il suo sguardo così diretto, quel sorriso che non era proprio un sorriso. Si domandò che cosa stesse facendo quando Rósa l'aveva incontrato la prima volta, e provò una fitta di gelosia al pensiero che lui l'aveva amata per anni prima di dichiararsi, al pensiero che si erano sposati, a come Rósa potesse avere tutto ciò che desiderava senza bisogno di chiedere.

« Smettila », si ripeté, ma quella volta sottovoce.

Non lo sentì tornare, ma all'improvviso se lo ritrovò inginocchiato davanti, intento a premere una manciata di neve sulla caviglia. Lei sobbalzò ed emise un gridolino.

« So che è fredda, ma aiuta a ridurre il gonfiore più rapidamente », disse.

« Non importa. » Era grata della penombra in cui si trovavano immersi perché nascondeva il suo rossore. « Lo so. »

Magnús si appoggiò sui talloni. « Che cosa? »

« So che bisogna mettere qualcosa di freddo per far calare il gonfiore. »

Ecco di nuovo quella sua tipica espressione divertita; Gudrún avvertì un fremito di irritazione nel vederla.

« Devi sempre sindacare su tutto? » disse lui.

« Non sto sindacando. »

« Sì, invece. » Infilò la mano libera nella tasca dove teneva l'orologio. « Le donne sono proprio come il Popolo nascosto. Alcune più di altre. »

«Che fortuna trovarmi intrappolata qui dentro con l'unico uomo che capisce il mondo femminile.»

Magnús sorrise. I suoi denti sembravano ancora più bianchi nell'oscurità, quasi esageratamente bianchi. Il colore dello skyr, dell'albume, di una conchiglia. «Polemici», disse. «Intuitivi, determinati. Bellissimi. Non ti sembrano aggettivi adatti per descriverli?» Distolse lo sguardo, come se all'improvviso si vergognasse. «Per non parlare di un certo personaggio di *Laxdæla.*»

Gudrún dimenticò quello che stava per dire. Aveva la strana sensazione che lui fosse entrato nella sua mente; non solo che leggesse i suoi pensieri, ma che ci fosse entrato *dentro.*

Scese un lungo silenzio fra loro. Lei tese la mano per prendere la palla di neve, e lui gliela passò, l'aria sorpresa, come se avesse dimenticato di stringerla fra le dita.

«Per quanto tempo dovremo aspettare qui dentro?», chiese lei.

«Per tutta la notte, almeno.»

«Che cosa abbiamo a disposizione?»

«Caffè.»

«Nient'altro?»

«Posso cercare di catturare un coniglio selvatico, se la bufera si placa.»

«D'accordo.» Lei stessa avvertì il tono piatto della propria voce. Doveva averlo notato anche lui, perché si tolse il giaccone, liberò uno spazio sul pavimento e lo distese.

«Faresti meglio a riposare un po'», disse. «Sdraiati su questo.»

«E tu?»

«Non fa così freddo qui dentro.»

Gudrún non aveva la forza di obiettare. Si alzò dalla lastra di pietra su cui era seduta per stendersi sul giaccone. Magnús iniziò a dire qualcosa e lei si sforzò di ascoltare, ma le si chiudevano gli occhi e le pareva che tutto stesse svanendo intorno a lei.

«Non preoccuparti, penserò io a...», udì, dopodiché la voce di Magnús si smorzò.

«Sono ancora qui», disse. Si sforzò di aprire gli occhi e li sbatté, stupefatta. Era estate, dopotutto. Lei, Freyja e Tomas passeggiavano lungo la costa. Il cielo era di uno splendido rosa, lo stesso rosa che assumevano le orecchie di Freyja quando la sua figura si stagliava alla luce delle candele. Avrebbero mangiato i *kleinur* e le loro mani avrebbero odorato di lievito. Avrebbero strisciato carponi nell'erba per trovare le anatre dal piumino che nidificavano sul bordo della scogliera, nel punto in cui scendeva digradando sino alla spiaggia. Magari avrebbero portato a casa un uovo come ricordo. No, non dovevano farlo. Le mamme anatre sarebbero impazzite. Eccole che tornavano tutte, in effetti, un'orda intera, le ali dell'una allacciate a quelle dell'altra in modo da formare un'unica schiera che si allungava sino ad abbracciare tutta la baia. Stavano per alzarsi in volo ora, a pelo d'acqua, e quando le passarono sulla testa, lei sentì le loro zampe palmate afferrarla e sollevarla in aria.

Mi stanno portando a casa, pensò, e sprofondò nel sonno per davvero.

Quando si svegliò, lui non c'era. Guardò verso l'apertura della grotta e vide che il sole era tramontato, lasciando dietro di sé un crepuscolo di velluto. La roccia appariva sfocata, meno dura, e per un attimo Gudrún si domandò come facesse a vedere, salvo poi rendersi conto che la neve si era accumulata intorno all'ingresso e rifletteva la luce della luna. L'odore era cambiato, da quello umido e stantio di prima a una nota più dolce, più frizzante, e anche questo era merito della neve. Sarebbe stato quasi piacevole, pensò, se non avesse fatto così freddo da avere le palpebre pesanti e le dita di mani e piedi intorpidite.

Restò immobile per un attimo, temendo di scoprire che la sua caviglia era ancora dolorante. Le sembrava di essere distaccata dal suo corpo, come se dentro ci fosse qualcun altro. Poi starnutì e sentì il colpo riverberarsi lungo la schiena e la gamba, e il dolore pulsante alla caviglia tornò, come a volersi vendicare.

Lavori troppo di fantasia ultimamente, si disse.

Si tirò su e si sedette di nuovo sulla lastra di roccia. Per qualche motivo, non voleva farsi trovare sdraiata quando Magnús sarebbe tornato.

Attese in silenzio per quelle che le parvero ore. Anche lui non fece rumore quando tornò; lei avvertì il lieve cambiamento di luce all'imboccatura della grotta e, alzando gli occhi, vide i contorni del suo corpo. Lui rimase così per un po', come se aspettasse che gli occhi si abituassero alla semioscurità. In qualche modo le sembrò appropriato; lui le era così estraneo che avrebbe benissimo potuto essere semplicemente una sagoma.

Lasciò che si avvicinasse, poi gli chiese piano: « Dove sei stato? »

Lui si bloccò, si guardò intorno e la trovò seduta sulla roccia. Allungò il braccio, e Gudrún vide il corpo floscio e peloso di un animale pendere dalle dita di Magnús e un orecchio lungo penzolare sul muso.

« Ce ne sono parecchi in giro », disse lui. « Se dovessimo rimanere quassù più di una notte, non moriremo di fame. »

« È possibile che succeda? »

« Come va la caviglia? »

« Fa male. La bufera è passata? »

« Si è calmata dopo un paio d'ore. » Magnús prese la bisaccia e iniziò a svuotarla. « Hai dormito bene. »

« Quello che cos'è? »

« Un innesco per accendere il fuoco. »

« E te lo sei portato sin qui per tutto il tragitto? »

« Te l'ho detto, non sono un buono a nulla come crede mio suocero. »

Gudrún lo osservò mentre ammucchiava i rametti e sfregava due pietre per accendere una scintilla, poi tornò alla sua bisaccia, tirò fuori un coltello e iniziò a scuoiare il coniglio. Le dita si muovevano veloci, abili, e d'un tratto lei si ritrovò a pensare a Tomas.

«Posso farti una domanda?»

«Certo.»

«Tomas ti ha detto perché stava per andarsene?»

Magnús si interruppe e la guardò. «No. Avrebbe dovuto farlo?»

«Credo di no. Solo che è stata una cosa inaspettata. Lui e Freyja andavano molto d'accordo.»

«Allora mi dispiace per Freyja.» Infilzò il coniglio in uno spiedo e lo mise sul fuoco. «Niente di che, temo.»

«Abbiamo mangiato ben di peggio negli anni in cui la fienagione è andata male.»

«Certo. Dimentico che sei figlia di un agricoltore.»

«Eppure sembro una persona reale.»

Magnús si accovacciò davanti al fuoco. «Ora sei tu che ti dimentichi da chi sono stato cresciuto io.»

«Dove sono i tuoi genitori?»

«Mi hanno abbandonato. Mia madre, almeno. Se n'è andata di casa quando avevo un anno. Mio padre è morto prima che nascessi. Ma avevano lavorato per il vecchio Baldur, così lui mi ha preso con sé. Fridrik ha una storia molto simile alla mia, anche se lui ha parecchi anni in più di me. Credo che ne avesse undici o giù di lì quando sono nato io. Baldur mi ha affidato a lui.»

«Mi dispiace.»

«Probabilmente è questo il motivo per cui mio suocero mi guarda con diffidenza.» Prese l'orologio e lo esaminò, rigirandoselo in mano più volte. «Non ho avuto una famiglia vera e propria, non ho un nome.»

«Quantomeno ti ha permesso di sposare sua figlia. La gente di Snæfellsnes non è sempre così ragionevole. Avrebbe potuto farti uccidere, invece.»

Magnús sorrise. «Hai ragione. Dovrei essere grato per le piccole gioie che mi vengono offerte. Anche se preferisco pensare che mia moglie si sarebbe opposta al mio assassinio. Eravamo molto innamorati, una volta.» Continuava a rigirarsi l'orologio in mano, ma ora la guardava negli occhi, facendola sentire stranamente frastornata. «È bello parlare con te, Gudrún Einarsdóttir.»

«Mi fa piacere» disse lei, anche se la sua mente era impegnata a elaborare ciò che lui le aveva appena detto.

Magnús si rimise l'orologio in tasca e girò il coniglio sopra la fiamma. Gudrún sentì l'odore della carne arrostita e le venne l'acquolina in bocca pensando alla sua pelle croccante.

«Perché vi siete liberati di Freyja?» chiese.

Magnús apparve sorpreso. «Liberati di Freyja?»

«Perché l'avete allontanata?»

Lui si strinse nelle spalle. «Mia moglie gestisce la casa, Gudmundur gestisce la fattoria. Io non ho voce in capitolo su nessun fronte.»

«Allora perché Rósa l'ha allontanata?»

«Non ne ho idea.»

«Forse perché Freyja si era innamorata di te?»

Il viso di Magnús, che sino a quel momento era stato teso, si rilassò in un'espressione divertita. «Questa mi giunge nuova.»

«Be', avrai notato come si comportava con te, no?»

«Che cosa ti ha spinto a pensarlo?»

«Non ti guarda negli occhi, non ti parla.»

Lui scoppiò a ridere. Gudrún si rese conto che era la prima volta che sentiva la sua risata. Era irresistibile quasi quanto lui. Una risata piacevole, gioiosa, sincera.

«È così che le donne dimostrano di essere innamorate?»

«Non tutte.»

«Come si comporterebbe Gudrún Einarsdóttir?»

Lei cercò di scrollare le spalle, ma erano rigide perché aveva dormito sulla nuda terra. «Suppongo che lo direbbe al diretto interessato, così potrebbe scoprire se è ricambiata.»

«E non avrebbe timore di non comportarsi da signorina perbene?»

« Non si preoccuperebbe di conformarsi a un ruolo che non ha scelto lei. »

Magnús la guardò dritto negli occhi. « Mi piace che tu sia tosta », disse, e il cuore di Gudrún prese a battere talmente forte che era certa si potesse vedere attraverso gli abiti. « Ammiro molto questa tua qualità. Ma non sei così tosta come pensi, Gudrún Einarsdóttir. »

Forse era vero, pensò lei. Con lui poteva essere una persona diversa. Lassù, in quella grotta, poteva diventare chiunque volesse essere. Poteva essere una donna che gli uomini avrebbero preferito a Freyja.

Provò una fitta di senso di colpa al solo pensiero e batté l'indice sul suo cuore. Freyja era salva, al sicuro, si disse. Se non fosse stato così l'avrebbe saputo.

« Che c'è? » chiese Magnús.

Gudrún fu tentata di togliersi un peso dal cuore e dirgli il vero motivo per cui sua sorella era scomparsa, del ruolo che lei aveva avuto nel provocare quella decisione. Desiderava che lui la rassicurasse, lo desiderava così tanto che, benché si facesse forza per parlare, all'ultimo momento non riuscì a pronunciare quelle parole. Che cosa avrebbe pensato lui di Freyja se avesse saputo che aveva permesso a Tomas di approfittare di lei? Che cosa avrebbe pensato di Gudrún per averla spinta ad andarsene?

« Che c'è? » ripeté Magnús.

« Ho fame. Quando si mangia? »

1975

« Sì? », disse Amma al telefono.

« Amma, sono io. »

« Dimmi. »

« Ti chiamo dall'ingresso. » Sigga era seduta sul gradino più basso della scala con le mani intrecciate intorno alle ginocchia e il ricevitore tra la spalla e l'orecchio. « Non so chi può sentirmi. »

« Perché dovrebbe essere un problema? »

« È che... » Si interruppe e chiuse gli occhi. « Il corpo a Snæfellsnes, quello che hanno trovato nella grotta di ghiaccio... »

« Che cosa stai cercando di dirmi? » chiese Amma. La sua voce suonava più dura del solito.

« Niente. Solo che... L'altro giorno mi sei sembrata un po' sconvolta e... ti sei sentita poco bene proprio dopo che ne avevamo parlato, e poi hai detto che avevi deciso di trasferirti per via di quella montagna. Mi chiedevo se questo avesse qualcosa a che fare con tua sorella. »

Amma fece un respiro, poi rimase in silenzio, e per un attimo Sigga pensò che fosse caduta la linea.

« Comunque, stanno per trasferire il corpo al Landspitali... »

« Grazie per avermi informato. »

« Quindi non è tua sorella? »

« Non *so* di chi si tratta », disse Amma. « So solo... »

Seguì un altro silenzio.

« Mi accompagneresti all'ospedale? » chiese alla fine. « Prima della manifestazione. Diciamo a mezzogiorno. »

«Certo», disse Sigga, e Amma riattaccò.

Sigga posò il ricevitore, andò alla porta di casa, si infilò le scarpe e uscì. Avrebbe passeggiato in città sino a mezzogiorno perché, per qualche motivo, non se la sentiva di tornare per la colazione.

Vide Pabbi in piedi davanti al cancelletto del giardino, con le mani in tasca. Si dondolava sui talloni, come se stesse aspettando qualcosa o qualcuno.

«Pabbi», lo chiamò, e lui si voltò con un sussulto. «Come fai a essere qui? Ero nell'ingresso sino a poco fa e non ti ho visto.»

«Sono passato dal giardino sul retro, ho costeggiato il lato della casa.»

«Non volevi far sapere a nessuno che uscivi?»

«No, non è quello.»

«Stavo per andare a fare una passeggiata. Vuoi venire con me?»

Lui diede un'occhiata all'orologio.

«Una cosa breve» insistette lei.

«D'accordo, giusto due passi. Poi ho delle commissioni da fare.»

Sigga prese il braccio che lui le offrì e i due si avviarono.

«A che punto sei con il discorso?» chiese Pabbi.

Lei si strinse nelle spalle. «Boh, non so. Sai, guardo al mio racconto in modo diverso in questo periodo.»

«Mmh», mormorò lui.

Avevano appena raggiunto l'incrocio con Frakkastígur, e furono investiti dall'odore del porto: un misto di pesce, salsedine, gasolio e alghe. Sigga fece correre lo sguardo sull'acqua grigia dell'Atlantico del Nord e poi su per la collina. Un gruppo di ragazzi con le basette e la giacca di jeans stazionavano a braccia conserte sotto l'insegna scrostata di Fiskbúð, e osservavano lei e suo padre. Uno di loro era appoggiato a un parchimetro, e Sigga lo vide sputare a terra senza staccare gli occhi da loro. D'un tratto fu colta dal timore che, se qualcuno avesse voluto far del male alle donne, la manifestazione in programma avrebbe reso molto più facile l'impresa, visto che ne radunava parecchie in un'area ristretta.

Ti stai di nuovo facendo un sacco di paranoie.

Si aggrappò al braccio di suo padre. « Acceleriamo un po', mi sta venendo freddo. »

Proseguirono la passeggiata finché non arrivarono al porto, dove percorsero il molo in tutta la sua lunghezza. Superarono baracche azzurre e piccoli pescherecci ormeggiati l'uno accanto all'altro. Lungo il lato destro correva un muretto di pietra con delle luci incastonate; oltre il muretto, la nave sovietica di sorveglianza spaziale *Kosmonaut Vladimir Komarov* galleggiava in mezzo alla baia di Kollafjörður, con il suo scafo marrone di ruggine.

Sigga e suo padre si sedettero sul frangiflutti. Lei si strinse il cappotto intorno al corpo e scrutò la nave; il fatto che ci fosse una nave nel porto le sembrava sempre un cattivo presagio. Non sapeva perché. C'era una nave ormeggiata il giorno dell'incidente? Non lo ricordava, ma in compenso ricordava bene la sensazione del muro sotto le cosce, ruvido e freddo sebbene ci battesse il sole. Pétur e il suo amico vi erano distesi a pancia in giù e si divertivano a sputare nell'acqua, facendo a gara per vedere chi arrivava più lontano. Quel giorno, per qualche ragione, quei due le avevano permesso di aggregarsi a loro, e lei si era sentita lusingata perché avevano dieci anni ed erano già grandi rispetto a lei, che non ne aveva ancora compiuti sette. Era stato l'amico di Pétur a suggerirlo, in effetti. L'aveva persino presa per mano mentre si dirigevano verso la spiaggia. Una volta arrivati, però, aveva cambiato atteggiamento. L'aveva definita una mocciosa e le aveva dato un pizzicotto sulla mano. Poi l'aveva derisa per come era vestita – con gli abiti smessi di Pétur –, e quando lui e Pétur avevano acceso la sigaretta che si era portato dietro, le aveva soffiato il fumo in faccia. Sigga era stata sul punto di tornare a casa, ma lui l'aveva sfidata a tuffarsi in acqua. Lei non avrebbe mai neanche pensato di farlo, senonché ci si era messo anche Pétur, che aveva iniziato a prenderla in giro cantilenando "femminuccia, femminuccia" e ripetendo l'epiteto così tante volte che lei non udiva altro nella sua testa.

Eppure, nonostante tutto, non si era ancora buttata, così Pétur le aveva dato una spinta.

E sua madre si era arrabbiata con *lei.* La mattina dopo essere stata dimessa dall'ospedale, Sigga aveva trovato Pétur seduto sul sorbo in giardino. Si era sistemata a cavalcioni sul ramo accanto a lui, e quando si era aggrappata aveva sentito la corteccia graffiarle l'interno delle cosce.

« Che cosa hai raccontato alla mamma? » gli chiese.

Lui parlò tenendo gli occhi fissi sul ramo. « Le ho detto che ti ho spinto, solo un po', ma che tu non te lo aspettavi e hai perso l'equilibrio. »

Gli uccellini si chiamavano da un ramo all'altro. Il sole inondava il giardino di luce. Il profumo dell'erba e dei fiori selvatici giungeva sino a loro come una nuvola di calore, annebbiando la mente di Sigga. Ma c'era qualcosa nel modo in cui la mamma l'aveva guardata quando erano seduti tutti intorno al tavolo la sera prima che contrastava con quel calore, quella nebulosità, e d'un tratto capì di che cosa si trattava: sua madre non era dalla sua parte. Nemmeno quella volta. *Dev'esserci qualcosa di davvero sbagliato in me*, pensò Sigga, *se la mamma è sempre così arrabbiata.*

« Comunque non importa, giusto? » disse Pétur fissando un punto sopra la testa di Sigga. « Ora stai bene, è questo che conta. Così dice Pabbi. »

Sigga non aggiunse altro.

« Okay », concluse Pétur. Le lanciò una rapida occhiata, poi distolse lo sguardo. « Bene. » Saltò giù dall'albero e rientrò in casa.

Il vento proveniente dal mare soffiava verso terra sollevando spruzzi che indussero Pabbi e Sigga ad allontanarsi in fretta dalla riva.

«Riprendiamo la passeggiata?» chiese Pabbi con un tono che rendeva chiaro il suo desiderio di rinunciare a proseguire.

«D'accordo», disse lei per fargli dispetto.

Si voltarono e si diressero verso l'interno. Sigga vedeva l'acqua del lago Tjörnin a poche centinaia di metri, grigia e scintillante alla luce dei lampioni che si stavano già accendendo. Lungo la sponda opposta c'erano le Case Importanti, come le chiamavano in famiglia: in prevalenza ambasciate, ma anche alcune residenze signorili. Se avesse potuto scegliere dove vivere, pensò Sigga, si sarebbe stabilita lì, con una terrazza affacciata sul lago. Avrebbero potuto bere il caffè sul balcone in estate, e il vin brulé in inverno. Ma avrebbero dovuto attendere anni, contando su un unico stipendio, prima di poterselo permettere; un altro motivo, a suo parere, per rimandare il momento di avere un bambino privilegiando invece il lavoro.

Quando Sigga pensava al suo futuro, questo le appariva sempre impreciso. Aveva cercato di immaginarsi ciò che l'avrebbe resa felice, ciò che desiderava, ma erano pochi i momenti che riusciva a immaginare compiutamente: una bella casa, il lago, il caffè in terrazza. Tutto il resto era una massa nebulosa di desiderio, ambizione, aspettativa. E non sapeva come impegnarsi per ottenere qualcosa che non riusciva neanche a immaginare: era quello il problema.

Lei e suo padre stavano costeggiando il lago quando Sigga vide uno stormo di oche selvatiche che sguazzavano vicino alla riva. L'acqua aveva un luccichio scuro e oleoso che nascondeva le loro zampe palmate. Erano solo le undici e mezzo, ma sembrava già più tardi. Si fermarono un attimo, e quando lei appoggiò la testa sulla spalla di Pabbi, le sembrò che tra loro fosse di nuovo tutto bello, normale, che il loro rapporto fosse quello di sempre.

«È da qualche giorno che non vedo Olafur», disse Pabbi dopo un bel po'. «Va tutto bene fra voi due?»

«Tu fai caso a cose del genere?»

Sigga alzò la testa e vide che lui stava sorridendo.

«Certo che ci faccio caso. È compito di un genitore passare il tempo a tenere sotto controllo e a preoccuparsi per i propri figli, non ti pare?»

«Per i tuoi figli maschi ti preoccupi?»

«Non così tanto.»

«Perché sono capaci di badare a se stessi?»

«Perché non mi sono mai trovato seduto al loro capezzale in un ospedale. Sino a quel momento non mi ero reso conto di quanto fossi piccolo, sai? Amare te e i tuoi fratelli mi appagava, mi faceva sentire grande, ma quando ti ho visto in quel letto, con i capelli allargati sul cuscino...» Le posò un braccio intorno alle spalle e la strinse a sé. «Questo è uno degli svantaggi di sapere a che cosa servono i diversi esami cui ti avevano sottoposto. I medici erano preoccupati.»

«Ma io stavo bene.»

Pabbi rimase in silenzio per un po'. «Sai, non mi sono ancora abituato a vederti così grande, a non dovermi piegare per abbracciarti», disse dopo qualche istante.

«Sono sempre stata alta, Pabbi.»

«Quando penso a te... ti vedo con quel vestitino che indossavi sempre. Era rosa, e tua madre te lo metteva quando ti faceva le treccine. E io, tornando a casa dal lavoro, trovavo quella meravigliosa nuvoletta rosa, e tu mi correvi incontro.» Sospirò. «Avrei voluto essere più presente. Solo che... il lavoro era molto impegnativo.»

«Mi ricordo quel vestito», disse Sigga dopo un attimo, perché suo padre sembrava triste. Non era colpa sua, si disse. Era naturale che il lavoro gli sottraesse tempo ed energie.

«E io ti prendevo in braccio e ti facevo volare in aria. Odoravi sempre di latte. Latte e sapone.»

«E tu sempre di quella colonia che ti regalava la mamma.»

«E Gabríel sapeva di aria fresca, e Pétur di liquirizia.»

«Probabilmente perché ne mangiava in continuazione», disse Sigga.

Pabbi inarcò le sopracciglia. «Che c'è? Pétur è irritante ultimamente?»

«Sempre.»

Lui scoppiò a ridere. «Ascolta, so che è insopportabile, ma Gabríel ha detto che è stato veramente bravo a calmarlo dopo che lui e Ragga hanno scoperto che lei era incinta. Forse dovresti dargli una chance.»

«Non è facile, visto che ha cercato di farmi annegare.»

«Lui non ha *cercato* di farti annegare.»

«D'accordo, è stato un incidente. Ma non era nemmeno dispiaciuto.»

Pabbi fece un passo indietro, e tenendola alla distanza di un braccio, disse: «Sigga, ha pianto per tutto il tempo mentre tu eri ricoverata in ospedale».

«Davvero?»

«Certo.»

«Non è quello che ricordo io.»

«Be', avevi sei anni e non eri lì a vedere», disse Pabbi con dolcezza, e lei rise suo malgrado. «Dormiva con noi nel lettone perché si svegliava urlando nel cuore della notte, temendo che tu fossi morta e che fosse tutta colpa sua.»

Sigga aveva lo stomaco sottosopra, come l'ultima volta che aveva vomitato. «Come mai io non sono al corrente di tutto questo?»

«Non lo so. Non sembravi mai disposta a parlarne dopo quella prima sera in cui eri tornata dall'ospedale, perciò...»

Sigga si scostò da lui. Forse era questo il problema: tutti si muovevano in punta di piedi, sfiorandosi l'un l'altro, senza mai fare domande. Ma lei avrebbe potuto chiedergli di Ísafold. «Pabbi...»

«Sì?»

No, non poteva farlo. «Tu che cosa pensi di Olafur?», chiese invece. «Lo detesti tanto quanto lo detesta Amma?»

Pabbi si tolse gli occhiali e li pulì sulla manica. «Dovrei?»

«Certo che no. Non capisco che cos'abbia lei contro di lui.»

«La nonna desidera soltanto che tu sia felice.»

«Perché solo lei sa che cos'è il vero amore, giusto?»

Suo padre le lanciò un'occhiata di traverso. « Ha avuto un bambino in circostanze difficili », disse dopo un istante. « E sa che questo ti lega a qualcuno per tutta la vita. »

« Avere un figlio, intendi? »

« Sai, c'è stata una persona che ho amato prima di incontrare tua madre. Si chiamava Elísabet. Era la pronipote di Ava ed era venuta a stare da lei per un po' quando eravamo entrambi ragazzini. »

« Quella che interpretava il ruolo di Helga quando tu impersonavi Bárdur? »

« Proprio lei. Suo padre era morto e sua madre ebbe un altro bambino, che però era malaticcio, così Elísabet fu allontanata finché madre e figlio non si furono ripresi. Non era stata una grande idea, purtroppo. Ad ogni modo, io la trovavo bellissima, e molto triste e vivace al tempo stesso. E quando siamo diventati grandi, avrei voluto sposarla, ma sua madre non approvava la mia condizione. »

« Quale condizione? »

« Pensava che le persone dovessero conoscere le proprie origini, e io non sapevo nulla di mio padre. »

« Non hai chiesto ad Amma di parlarti di lui? »

« Certo che gliel'ho chiesto, ma non era pronta a farlo in quel momento. »

« E tu non te la sei presa con lei? »

« Sì, eccome. Scrissi al parroco di Snæfellsnes per vedere se il nome di mio padre era stato registrato alla mia nascita. Pensavo che, qualunque motivo avesse mia madre di tenere quell'uomo lontano da me, non avrebbe potuto farlo per sempre, non se mi avesse visto felice e pronto a sposare la ragazza che amavo. »

Il vento si alzò disegnando vortici sulla superficie del lago, e Sigga incrociò le braccia intorno al busto per cercare di scaldarsi. « E poi com'è andata? »

« Il suo nome non era registrato. Ed Elísabet non mi avrebbe sposato comunque. Era troppo pragmatica. Sua madre le trovò un uomo più maturo che aveva fatto fortuna in Canada e lei lo sposò, dopodiché si trasferì in Danimarca ed ebbe due figli. » Le rivolse un piccolo sorriso stanco. « Da quanto ho saputo, suo marito aveva un gran brutto carattere, ma lei ha resistito per via dei figli. »

« Oh. » Sigga sapeva che non era quello il fulcro della storia che gli aveva raccontato suo padre, ma ancora una volta la sostanza era che il passato di Amma continuava a rimanere avvolto dal mistero. Eppure Amma aveva chiesto a *lei* di andare a vedere il corpo.

Sigga guardò l'ora.

« Devo andare », disse.

Raggiunse il parcheggio del Landspitali cinque minuti prima di mezzogiorno. Amma era già arrivata e pestava i piedi sul selciato per combattere il freddo.

« Non ne hai fatto parola con nessuno, vero? » chiese a Sigga.

« Non so nemmeno perché siamo qui. È per il corpo ritrovato? »

Amma le rivolse un'occhiata difficile da decifrare. Un po' di sfida, un po' spaventata, forse, poi annuì.

« Andiamo, allora », disse Sigga, anche se si sentiva di nuovo la bocca secca.

Oltrepassata la porta principale, si fermarono nell'area accettazione deserta. Sigga non dovette guardarsi intorno per vedere il linoleum rigato, lo zoccolo di legno di pino, le piante di yucca in vaso, le luci al neon; ci era stata spesso con Pabbi, e comunque probabilmente gli ospedali erano uguali un po' in tutto il mondo. L'unico altro ospedale che aveva visto era quello di Akureyri, ma non ricordava molto.

Amma andò a parlare con l'addetto alla reception. Sigga la vide indicare la direzione dell'obitorio, e l'uomo corrugare la fronte, sollevare il ricevitore e premere diversi tasti. Amma si tolse sciarpa e guanti e li appallottolò in mano. Sigga sfregò la scarpa sul pavimento e sorrise a un portantino di passaggio.

Circa cinque minuti dopo si presentò un uomo alto e magro con un camice bianco che salutò Amma con una stretta di mano. Aveva la barba rossiccia e un'attaccatura dei capelli a V molto pronunciata. Sigga li raggiunse giusto in tempo per cogliere queste parole: «... molto irrituale. Di solito dovrebbe essere la polizia a concordare una visita».

«Perché dovrei andare alla polizia?» chiese Amma. «Il corpo è qui.»

«Come fa a saperlo?»

«Sono stata io», si intromise Sigga, e l'uomo le diede una rapida occhiata, accigliandosi. «Conosco una persona che conosce il capo della polizia di Snæfellsnes.»

«E *lui* sa che siete qui?»

«No.»

L'uomo si fece ancora più serio. L'addetto alla reception si soffiò il naso rumorosamente in un fazzoletto che poi gettò in un cestino accanto alla sua sedia. Un medico fu chiamato attraverso l'altoparlante. Sigga guardò Amma, che aveva assunto l'espressione di paziente attesa che adottava con la mamma quando si dimostrava irragionevole.

«Pensavo che vi avrebbe fatto comodo che qualcuno identificasse il... deceduto», disse Amma.

«Sì, ma...»

«Mia nonna è originaria della zona in cui è stato ritrovato il corpo», spiegò Sigga. «Si è trasferita qui dopo una tragedia familiare circa sessant'anni fa.» Cercò di infondere concretezza alle sue parole, pur rimanendo sul vago. Non guardò sua nonna, ma la sentì irrigidirsi, e l'espressione dubbiosa del medico si stemperò.

«Capisco.» Posò una mano sulla spalla di Amma. «Suppongo di poter informare la polizia in un secondo momento.»

«Gliene saremmo grate», disse Sigga. Osò guardare Amma, e vide che la pelle intorno al naso e alla bocca era tesa ed esangue. «Sei sempre decisa a farlo?» chiese cercando di prenderle la mano.

La nonna la ritrasse. «Vediamo di chiudere questa faccenda al più presto, piuttosto», disse.

Seguirono il medico sino all'ascensore, scesero nel seminterrato e percorsero un corridoio silenzioso e ben illuminato. Mentre faceva strada, l'uomo fornì loro un breve excursus sulla storia dell'ospedale, ma Sigga era concentrata su sua nonna, che aveva iniziato a rallentare il passo.

«Sono contento che siate qui, in realtà», disse l'uomo mentre si avvicinavano a una porta a due battenti. «Abbiamo anche alcuni effetti personali da mostrarvi. Abiti, per lo più, e una specie di collana rinvenuta accanto al corpo. Forse potreste dare un'occhiata a quelli prima di...»

«Amma?» disse Sigga proprio mentre la nonna, barcollando, allungava una mano verso il muro per sostenersi.

Afferrandola al volo, Sigga notò che Amma aveva lo sguardo assente ed era ancora più pallida di prima.

«Mi serve aiuto», disse, e il dottore si voltò di scatto ed emise un suono a metà fra il preoccupato e l'irritato. Si affrettò a soccorrerla prendendole il braccio.

«Le pulsazioni vanno bene», disse mentre Amma cominciava a sbattere le palpebre. Sigga e il medico la fecero sedere a terra, poi lui si allontanò mormorando qualcosa.

«Sei svenuta di nuovo», disse Sigga cercando di incrociare il suo sguardo. «Amma, devi dirmi che cosa sta succedendo.»

«È l'odore che c'è qui sotto.»

«Non è l'odore.»

Il medico tornò con un bicchiere d'acqua e rimase a osservare Amma mentre beveva.

«Non credo che sia una buona idea procedere con l'identificazione», disse.

Amma scosse la testa. «Sto bene, ma voglio entrare da sola.»

«Perché?» chiese Sigga.

«Sigga, per favore. Niente domande in questo momento.»

«Lei può aspettare di sopra alla reception», disse il dottore. Guardò l'orologio. «Vogliamo...?»

Amma annuì, e lui e Sigga la aiutarono a rialzarsi. Sostenendola per il braccio, il medico la guidò lungo il corridoio mentre Sigga si limitava a seguirli con lo sguardo; poi, quando ebbero oltrepassato la porta sulla destra, lei si voltò e si apprestò a tornare al piano di sopra.

Si sedette su una delle sedie arancioni imbottite dell'ingresso evitando lo sguardo del tizio all'accettazione e si sforzò di ricordare che cosa aveva detto il dottore poco prima che Amma perdesse i sensi. Aveva parlato di un gioiello. Una collana, forse. Questo significava che era il corpo di una donna. La sorella di Amma, quella che amava la *kjötsúpa* e avrebbe dato la propria vita per il loro gatto?

Fissò le pareti e lesse i titoli sui poster sbiaditi dal sole: "Non inquinare l'aria che respiriamo", "Il sangue è vita: dona oggi", "Tutela la tua salute, lavati spesso le mani". Altre direttive su che cosa avrebbe dovuto fare, persino sui manifesti.

Amma e il medico apparvero qualche minuto dopo. Amma era ancora grigia in volto, ma camminava da sola.

«Andiamo?» disse avvicinandosi a Sigga mentre il dottore si fermava per dire qualcosa a un'infermiera di passaggio. «Mi dispiace di averla fatta attendere.»

«Hai capito chi era?»

«No.»

Erano quasi arrivate alla porta quando il dottore alzò gli occhi e disse: «Informerò la polizia», ma Amma proseguì.

«Perché deve informare la polizia?» chiese Sigga.

«Devono sapere chi non è, suppongo», disse Amma, e Sigga ebbe la certezza che stava mentendo. La nonna la prese sottobraccio. «Andiamocene di qui.»

1911

Il coniglio era tenero e delizioso; una carne delicata che ne esaltava il sapore rendendolo più gustoso rispetto alla pernice bianca e al montone o a qualsiasi altro tipo di carne che Gudrún avesse mai mangiato in vita sua.

Lo gustarono in silenzio. Quando ebbero finito, Magnús rientrò con qualche manciata di neve. «Se hai sete...»

Gudrún ne prese un po', se la portò alla bocca e la fece sciogliere completamente prima di deglutirla. Magnús si sedette sul masso di fronte a lei frantumando pezzi di ghiaccio e pulendo il suo orologio da taschino.

«Perché lo fai?» gli chiese lei.

«Faccio che cosa?»

Gudrún guardò l'orologio. Lui chiuse il coperchietto con uno scatto e si rimise l'orologio in tasca. «Che cosa c'è che non va?» chiese.

«Ti stavo solo chiedendo perché continui a giocherellare con...»

«Tu non stai davvero pensando all'orologio, vero?»

«Che cosa intendi dire?»

Magnús appoggiò la schiena contro una grossa pietra e alzò il mento, guardando Gudrún dall'alto del suo naso. Le balenò in mente che quello era esattamente il modo in cui Jules Verne adocchiava un topo, come se non sapesse decidere se mangiarlo o no, e fu attraversata da un brivido di aspettativa, non del tutto spiacevole.

«Le donne non rivelano mai che cosa stanno realmente pensando» disse lui.

«No?»

«Siete bugiarde per natura. Così come gli uomini sono forti per natura.»

«Devi avere una scarsa opinione della tua specie, se pensi che quelle siano qualità che ci definiscono.»

«Prendi il regno animale. I maschi cacciano e le femmine li seducono per accoppiarsi. È così che va il mondo.»

L'aria nella grotta stava diventando fredda e Gudrún infilò le mani fra le gambe per scaldarsi. «Ma noi non siamo animali», obiettò.

«Sì che lo siamo.»

«Siamo umani, siamo persone. E le donne sono esseri umani esattamente come gli uomini. Ci comportiamo in un determinato modo per esperienza, in base a dove nasciamo e a chi ci cresce, e secondo gli insegnamenti che abbbiamo ricevuto.» Era un fiume in piena e si fermò per prendere fiato.

Lui tirò fuori la mano di tasca e se la fece passare tra i capelli. «Sarò terribilmente ottuso, ma temo di non seguirti.»

«Sto cercando di spiegarti...» Gudrún si interruppe. Come poteva esprimere qualcosa che sentiva così nel profondo da non essersi mai data la pena di tradurlo in parole? «È questione di probabilità. Si sa che non tutti gli uomini sono uguali, così come non lo sono tutte le donne. Non siamo soltanto biologia.»

«Naturalmente ci sono differenze di posizione sociale.» Magnús incrociò il suo sguardo. «E la donna si comporta in modo diverso in società a seconda del suo aspetto, ma, tolti tutti gli orpelli, alla fine i desideri sono gli stessi.»

«E quali sarebbero?»

«Avere dei figli, avere un uomo che le ami e cedere comunque il potere al sesso maschile.»

«Per favore...»

«Conosci il Nuovo Testamento, vero?»

«Che cosa c'entra?»

«Le donne hanno la capacità di ammorbidire la durezza degli uomini, e se voi foste capaci di attenervi a questo, la società ne avvertirebbe gli effetti sotto diversi aspetti.»

«E come facciamo a rendere più teneri voi uomini duri, allora?»

Lui sorrise. «Affidandovi a noi.»

Gudrún si voltò dall'altra parte. «Se non la smetti di parlare così, mi sento male.»

«Non pensi che potresti affidarti un po' di più a me in questa circostanza?» chiese Magnús con tono conciliante.

«Questo è diverso.» Gudrún aprì le braccia indicando ciò che li circondava. «E quando non siamo infortunate su una montagna, continuiamo a non essere in grado di costruire palazzi, scrivere leggi e curare malattie, ma possiamo sorridere in modo melenso e chiedere il vostro aiuto? È questa la nostra grande magia?»

Un attimo di silenzio, poi lui riprese a parlare.

«I tuoi occhi cambiano colore quando sei arrabbiata, lo sapevi?»

«Non potendo vedere i miei occhi, non posso dire di averlo notato.»

Magnús scoppiò a ridere. «La nostra eroina di *Laxdæla* di certo non fa prigionieri.»

Gudrún si sentì gelare e subito dopo avvampare. Le orecchie iniziarono a fischiare per poi diventare completamente sorde, come se fossero state imbottite di ovatta.

«Non prendermi in giro.»

Magnús si fece serio. «Non lo farei mai, ho troppa stima di te.» Si mordicchiò l'unghia del pollice sinistro. «Mi spiace se hai pensato che fosse quella la mia intenzione.»

«No...» Lei si fermò, confusa. «È stato un malinteso.» Come aveva fatto sua sorella a sopportare di condividere la casa con lui? Provare una forte attrazione nei suoi confronti, averlo vicino e non poter allungare il braccio e prendergli la mano? Era una tortura. Gudrún poteva quasi credere di provare le stesse sensazioni, solo che nel suo caso era la stanchezza a provocare quella reazione, il fatto che era preoccupata per Freyja, l'assurdità della situazione in cui si trovava.

Avrebbe dovuto occuparsi di più di sua sorella, prestare più attenzione ai suoi stati d'animo quando era tornata a casa dopo aver prestato servizio alla Big Farm. Magari nulla di tutto ciò sarebbe accaduto se...

Magnús si alzò. «Se vuoi scusarmi...»

«Dove vai?»

«Ho bevuto quasi tutto il thermos di caffè.» Si tirò giù le maniche della maglia sino ai polsi.

«Oh.» D'un tratto anche lei si rese conto di aver bisogno di fare pipì.

«Con un po' di fortuna, non verrò preso di mira da un'aquila. Poi potremo continuare questo dibattito.» La sua voce era allegra e vivace, la voce di qualcuno che si è pentito di aver detto qualcosa.

«Puoi...»

«Sì?»

«Anch'io ho bevuto.»

«Oh. Certo. Che cosa devo fare?»

«Portami fuori con te.»

«Naturalmente.»

Tese le mani verso di lei. Gudrún gli offrì le sue e lui la aiutò a rimettersi in piedi piano piano.

«Pronta?»

Lei annuì.

«Avevo dimenticato che eri così bisognosa di aiuto», disse lui, e sorrise. «Dev'essere il modo in cui polemizzi.»

Si avviarono barcollando verso l'imboccatura della grotta e oltrepassarono l'arco sino al lastrone esterno. Fu un'operazione più lunga e più difficile di quanto ricordasse, ma Magnús era paziente.

Rimase voltato di spalle mentre lei scioglieva la cinta di spago e si abbassava i pantaloni, poi si voltò per aiutarla ad abbassarsi, tenendo di proposito gli occhi sopra la testa di lei.

«Io mi metto dall'altra parte», disse. «Chiamami quando hai di nuovo bisogno di me.»

Gudrún attese finché non riuscì più a vederlo con la coda dell'occhio, poi rilasciò i muscoli e si liberò. Il rivoletto di urina sfrigolò entrando in contatto con la neve, e lei si sentì attraversare da un'ondata di sollievo. Infine lasciò passare qualche istante perché l'aria la asciugasse e rimase a guardare il mondo dal punto in cui si trovava accovacciata. La neve si era assestata e ogni cosa sotto di lei era di un gelido bianco accecante. Sopra, il cielo era scuro e profondo come l'oceano, rischiarato soltanto da una spruzzata di stelle, come la luce verde e blu che talvolta vedeva nell'acqua di notte. *Bioluminescenza marina*, così Papi e tutti i pescatori chiamavano quel fenomeno.

«Sono pronta» annunciò lei piano, e percepì la vita nascosta intorno a lei risvegliarsi nell'udire la sua voce.

Magnús apparve come dal nulla, calpestando la neve con passi lievi com'era stato il suo richiamo. Le avvolse le braccia intorno al corpo e la sollevò, poi la sostenne mentre lei trafficava con i pantaloni e la cintura di corda.

«Fatto», disse Gudrún affondando il viso nella spalla di Magnús. Lui abbassò lo sguardo e si scambiarono un sorriso. Udirono come un rombo provenire dall'alto, e poi una specie di ruggito.

«È il ghiacciaio», disse Magnús.

«Lo so.»

«Ovvio», ribatté lui, ma il suo tono non era ostile.

Indugiarono per qualche istante davanti all'ingresso della grotta, guardando il cielo. Una debole luce sbocciò sopra di loro, una pallida curva simile a un arco di nuvole. Dapprima Gudrún vide le stelle palpitare intorno e dietro la nuvolaglia, ma poi, continuando a guardare, vide il cielo farsi più luminoso e più fermo sino a diventare di un intenso verde smeraldo e bloccare ogni altra luce intorno. L'arco luminoso cominciò a gonfiarsi, inghiottendo il buio sino a raggiungere quattro volte le dimensioni di poco prima; poi, tutt'a un tratto, sopra e sotto di esso esplosero raggi colorati, rosa, azzurri e gialli, ma più deboli rispetto all'immensa massa verde nel centro, tremula nella brezza. L'effetto d'insieme, pertanto, era un movimento continuo e lucente. L'arco si estendeva a entrambe le estremità dell'orizzonte, accendendo l'immensità, e Gudrún lo immaginò mentre danzava sopra Papi e Freyja, ovunque essi fossero, e un nodo le chiuse la gola. Senza pensare, si appoggiò alla spalla di Magnús e sentì il suo braccio tendersi per sostenerla; lo lasciò lì, intorno alla vita di Gudrún, le dita che le sfioravano i fianchi, e l'eccitazione che lei aveva provato al suo primo tocco tornò a travolgerla.

«Bellissimo, vero?»

«Sì.»

«È strano come si possa smettere di notare questa meraviglia quando si è giù.» Fece un respiro come a voler trattenere quello spettacolo dentro di sé. «C'è qualcosa quassù che ti fa sentire più vicino a Dio. Non solo fisicamente.»

Anche Gudrún respirò a pieni polmoni. L'aria aveva un sapore dolce nella sua gola, le dava nutrimento. «Non mi sorprende che Bárdur abbia scelto di ritirarsi qui.»

«Pensi che abbia fatto questo?»

«Naturalmente. Non poteva vivere tra gli altri dopo ciò di cui si era macchiato.»

«Magari sarebbe finito quassù comunque, anche senza diventare un assassino. Era diverso, in fondo. Un essere primordiale, oltre che umano.»

Gudrún si strinse nelle spalle. «Come possiamo saperlo? Uccise e si isolò.»

«Ma riparò il male che aveva fatto, espiò le sue colpe», disse Magnús. «Aiutò il prossimo. Sarebbe potuto tornare.»

«Non so. Può una persona fare ammenda per ciò che ha compiuto?»

Fra i due calò un altro silenzio, poi Magnús si mosse, stringendosi di più a lei.

«Come ti fa sentire? Essere quassù, intendo.»

«Più piccola. Ma più...» Gudrún cercò la parola giusta. «... connessa con gli altri. È bello essere consapevoli che esiste qualcosa di più permanente di noi.»

Magnús ruotò su se stesso e alzò lo sguardo verso la cima. «Chissà come vedono tutto questo gli uccelli dall'alto.»

«Sono sicura che appare meritevole di essere notato quando lo sorvoli» disse Gudrún. Non appena ebbe pronunciato quelle parole, provò la strana sensazione che fossero cadute nel vuoto, che Magnús non stesse più ascoltando. Gli lanciò un'occhiata, poi distolse lo sguardo. Lui stava guardando nella direzione della Big Farm; osservò le luci in lontananza, segno che le persone si sedevano a tavola per cena, si riscaldavano davanti al fuoco, si raccontavano com'era andata la giornata. Gudrún si chiese se stesse pensando a Rósa, desiderando di essere a letto con lei. E, nello stesso tempo, ricordò che Magnús aveva detto che erano stati molto innamorati, un tempo. *Quindi ora non più*, le bisbigliò una vocina interna.

«C'è una cosa che devo dirti», iniziò lui.

Ma che cosa ti viene in mente? Sei qui per trovare Freyja, e lui è sposato.

«Che cosa?» chiese lei. Le era parso di sentire un tremito nella propria voce e si augurò che Magnús non l'avesse colto.

«Quel pomeriggio, dopo che ti ho incontrato in chiesa...»

«Sì?»

«Ho parlato con Tomas.»

La fissò per un attimo. «Gli ho detto che lo avrei tenuto d'occhio, per assicurarmi che non approfittasse della vostra ospitalità e generosità.»

Gudrún avvertì un ronzio nelle orecchie. «Ma ti avevo assicurato che non era un peso per noi.»

«Lo so, e mi dispiace. Pensavo di proteggervi, ma adesso... mi chiedo se sia stato questo il motivo per cui se n'è andato.»

«Penso che non sia più un mistero.»

«Mi dispiace tanto.»

Gudrún scosse il capo. « Non importa, ormai. »

« Credo sia meglio rientrare », disse lui.

« Sì. »

Si voltarono e si apprestarono a tornare al riparo.

Dopo qualche passo Magnús si fermò e si accovacciò per prendere qualcosa che aveva notato a terra.

« Guarda », disse.

Teneva in mano una pietra, grande abbastanza da riempire il palmo. Era ruvida, grigio-bluastra e punteggiata di bianco. A prima vista Gudrún pensò che non fosse niente di speciale, ma quando lui la voltò e la espose alla luce della luna, per un attimo le macchioline bianche diventarono verdi e poi di nuovo bianche.

« Riflette il cielo », osservò lei piano.

« Sì. »

Questo momento è importante, in qualche modo, si disse Gudrún.

« Che cos'è? Non l'ho mai vista prima.

« Nemmeno io. »

Magnús se la rigirò tra le mani. « È pesante. »

Lei la prese e la soppesò a sua volta, notandone la ruvidezza. Era inaspettatamente calda al contatto con la sua pelle. Cercò di restituirla a Magnús, ma lui la rifiutò con un cenno del capo.

« È tua », disse. « Un regalo. »

« Grazie. »

« Mi ricorda te. »

« Una pietra? »

« Sì, una pietra. » Le rivolse uno dei suoi sorrisi. « È ruvida, non troppo lucida. Rara. »

Quando Gudrún e Freyja erano bambine, avevano nuotato nude nella cascata di Kirkjufell, scivolando nelle sue verdi profondità finché i loro arti lunghi e bianchi non venivano sommersi e brillavano tra gli spruzzi.

Non sapeva da dove fosse spuntato quel ricordo, e pensarci la metteva a disagio.

Il sorriso di Magnús si fece più aperto.

Ti prego, Dio, pensò lei, *fa' che non possa leggermi nel pensiero.*

«Grazie», ripeté.

«È un piacere, milady.»

Gudrún fece scivolare la pietra nella tasca dei pantaloni e si agganciò al braccio che lui le stava offrendo. La caviglia aveva ripreso a pulsare quando raggiunsero il fuoco che languiva.

Magnús la aiutò a sistemarsi davanti alle braci. «Brava, ce l'hai fatta.»

Lei lo osservò mentre preparava un altro fuoco, con il corpo e la mente appesantiti dal sonno, dal freddo e da qualcos'altro.

Infine Magnús andò a sedersi accanto a lei. «È rimasto un po' di caffè.»

«Tu non ne vuoi?»

«Voglio che lo beva tu.»

«Dovremmo risparmiarlo per domattina.»

Rimasero in silenzio per un istante. Gudrún chiuse gli occhi, ascoltando il crepitio degli sterpi che bruciavano, inalando l'odore di fumo e di caffè. Il profumo persistente di carne arrostita. Avvertiva tutto questo, ma la sua mente era lontana, sul mare con Papi, in un crepaccio con Freyja, e persino nel loro giardino a guardare la mamma che stendeva il bucato. Non riusciva a scacciare la sensazione che stesse per accadere qualcosa di importante, qualcosa di grosso.

Fu Magnús a rompere il silenzio.

«Pensi che Rósa si dia delle arie?»

«No.» Gudrún riaprì gli occhi di colpo. «Dicevo così per dire.»

«Ma voi due siete amiche?»

«Non la conosco abbastanza.»

Lui la osservò; i suoi occhi sembravano più scuri alla luce del fuoco, profondi come laghi. «Non devi nascondermelo.»

«Perché no?», chiese Gudrún, anche se sapeva già che cosa avrebbe detto lui.

«Neppure io e Rósa andiamo d'accordo.»

«Davvero?»

«Si fa influenzare troppo da suo padre.»

«In che modo la influenza?»

«Non sembra avere molta fiducia nel mio intelletto, diciamo così.» Fece una pausa. «Entrambi mi vedono come un elemento decorativo, niente di più.»

«Capisco.»

«Davvero?» Aveva un tono amaro. «Un uomo deve sentirsi utile, altrimenti a che cosa serve la sua esistenza?»

«L'esistenza deve avere per forza uno scopo?»

«Secondo te dovremmo vivere soltanto per cercare il piacere?»

Gudrún pensò agli anni in cui avevano condiviso un piatto in tre, alle notti passate rannicchiata sotto strati di vestiti perché c'era un buco nel tetto e non avevano né tempo né soldi per ripararlo. «Certe esistenze non hanno spazio per avere uno scopo.»

Lui le prese la mano. «Mi dispiace, dimenticavo. Ho avuto vita facile per troppo tempo.»

Gudrún avvertì uno strano formicolio nel punto in cui le dita di Magnús erano a contatto con la sua pelle, e si augurò di non avere le mani sudaticce.

«Non è sempre stato facile per me», disse Magnús. Sorrise, ma era un sorriso spento.

«Hai detto che sei cresciuto in una stanza molto più piccola della nostra *badstofa*.»

«Il soffitto era talmente basso che a dodici anni dovevo quasi piegarmi in due. E anche dopo essermene andato, ho continuato a tirare avanti al limite della sopravvivenza. Baldur non aveva nulla in più da offrirmi.»

Gudrún aveva la bocca secca. «E poi hai conosciuto Rósa.»

«Già.» Magnús fece scorrere le dita sul braccio di lei, su, sino al gomito, e le accarezzò la pelle dell'incavo. «Forse è per questo che rimango con lei. Probabilmente mi disprezzi per questo.»

«No. Certo che no.»

Gudrún si domandò se Freyja lo avesse notato, se fosse stato quello il motivo per cui aveva difeso Rósa, perché provava pietà per il suo matrimonio senza amore. Se fosse stato quello il motivo per cui si era innamorata di Magnús. Gudrún lo osservò: aveva il viso contratto, la fronte corrugata e le labbra serrate, ma questo gli dava comunque un'aria da bambino imbronciato, quasi smarrita, e lei provò persino un moto di solidarietà nei suoi confronti.

« Mi dispiace... » Aveva la lingua appiccicata al palato e deglutì più volte per portare la salivazione alla normalità e non tenere i denti così serrati.

« Hai freddo », disse lui.

« Un po'. »

« Prendi di nuovo il mio giaccone. »

« Serve anche a te. »

« Allora dividiamocelo. »

Magnús lo tenne aperto e lei si rannicchiò in modo che lui potesse avvolgerglielo intorno. Erano vicinissimi ora, schiacciati l'uno contro l'altra; i loro corpi tesi avevano un che di animalesco. Gudrún si sentiva stordita.

« Sai, Rósa non è sempre stata così scostante », disse Magnús.

« No? »

« Anzi, era divertente quando l'ho conosciuta. » Strinse il giaccone intorno a loro. « Eravamo più giovani, naturalmente. Avevamo più o meno la tua età. »

« Con tutto il rispetto, non voglio parlare di tua moglie. »

Magnús fece una breve risata. Sembrava nervoso. Si guardarono. Erano così vicini che i loro nasi si sfioravano e Gudrún sentiva il respiro di lui sulla guancia. Lui sbatté le palpebre, e il solleticare delle ciglia contro la pelle provocò in lei migliaia di piccoli brividi in tutto il corpo.

« Non conosco nessuno come te, Gudrún Einarsdóttir », disse Magnús. « Sei esasperante, lo sai? »

Lei aveva il cuore in tumulto. « Tu sei anche peggio. »

Sorrise, ma lui era serio. Poi si accostò di un paio di centimetri e le loro labbra si avvicinarono. Si sfiorarono appena, e Gudrún fu sorpresa di quanto fossero morbide quelle di Magnús e di quanto lei desiderasse che lui le premesse contro le sue. Le braccia di Gudrún si alzarono da sole e si avvolsero intorno al collo di Magnús attirandolo in un bacio appassionato finché entrambi non si staccarono per respirare.

Lui la fissò.

« Volevo farlo da quando ci siamo visti la prima volta », disse.

Gudrún sentì qualcosa gonfiarsi dentro, come se una parte di lei che era sempre esistita in teoria fosse finalmente diventata reale.

« Oh. »

« Sì. Non mi dire che ti mancano le parole. »

« ... No... »

Lui fece un ampio sorriso mostrando tutti i denti. « Avrei dovuto farlo ore fa, quindi. »

Gudrún sorrise debolmente. *Ti prego, non divorarmi*, lo implorò in silenzio, anche se in realtà l'idea non la spaventava.

Magnús le prese il viso tra le mani e la baciò di nuovo. Lei, impaziente, gli morse il labbro e lui gemette e affondò le mani nei suoi capelli. Poi si tirò indietro, prese il giaccone e lo allargò sul terreno roccioso. La guidò dolcemente su di esso e si distese su di lei senza staccare gli occhi dai suoi, finché Gudrún non fu costretta a distogliere lo sguardo da lui o a urlare. Lei girò il capo da una parte e vide le ossa bianche del coniglio ripulite e gettate a terra accanto a lei.

1975

Trovarono un posto sul prato davanti agli uffici del Primo ministro, dove avevano appuntamento con Ava, e rimasero unite, vicine l'una all'altra. Il cielo era grigio e l'aria sembrava fiacca, finché il sole non spuntò da dietro una nuvola e la città che si allargava ai piedi della collina d'un tratto si ritrovò immersa in una pozza di luce.

«Uno spettacolo non da poco, vero?» commentò Amma.

«Ah», disse Sigga.

In un primo momento si sentì intrappolata e in preda al panico, ma poco dopo il cuore rallentò e fu pronta a guardarsi intorno.

L'unico spazio libero era davanti a un palco coperto che era stato allestito sul lato opposto della piazza. Un coro di sole donne si era raccolto intorno a un microfono e Sigga le sentiva cantare. Per il resto, Lækjartorg era stipata di corpi, con il campanile che svettava in mezzo alla folla come l'ultimo punto asciutto in un'area alluvionata. *Ci saranno già migliaia di persone*, pensò. Tuttavia la gente continuava a riversarsi in piazza.

Amma sembrava più calma e Sigga si sforzò di concentrarsi sul palco, cercando di dimenticarsi del bambino, del corpo ritrovato nei ghiacci, dello svenimento di sua nonna. *Pensa solo a divertirti*, disse a se stessa. Tutto il resto poteva aspettare. Ma dentro il suo cervello c'era qualcosa che non riusciva a raggiungere, come quando si tenta di afferrare un oggetto che scivola sul vetro; non sapeva se fosse un ricordo, un pensiero o una sensazione, ma sapeva che, qualora lo avesse afferrato, non si sarebbe rivelato niente di buono. *E Amma ti ha mentito. Perché l'ha fatto?*

Mentre Sigga stava a guardare, una donna bassa e grassottella con un cappotto leopardato e dei grossi occhiali spuntò dalle quinte del palcoscenico, si diresse decisa verso il microfono e prese a parlare.

« E ora, proseguiamo con la musica. » Si voltò e fece cenno ad alcune donne in attesa dietro di lei. « Coraggio, fatevi vedere. Non ho intenzione di starmene piantata qui come un albero di Natale. »

Scoppiarono delle risate tra la folla. Le donne si fecero avanti. Si era alzata una lieve brezza, e Sigga vide vibrare gli spartiti nelle loro mani. Iniziarono a cantare.

« Ma quella non è la tua vicina di casa, quella che abbiamo incontrato l'altro giorno? » disse Amma dando di gomito a Sigga.

Sigga guardò meglio e vide una donna ai margini della folla, qualche fila indietro rispetto a loro. Portava degli enormi occhiali da sole e un foulard di seta colorato in testa. Teneva in mano un piccolo cartello e spostava il peso da una gamba all'altra più o meno ogni dieci secondi, come se stesse cullando un bambino. Intorno a lei alcune donne si unirono al coro, mentre lei preferì restare in silenzio.

« Oh sì. » Sigga aveva la bocca asciutta, come se avesse inghiottito della sabbia. « Ísafold. »

Amma urlò il suo nome, e la donna girò la testa da una parte all'altra nel tentativo di capire da dove provenisse la voce. Teneva il cartello premuto contro il petto ora. Alla fine le individuò e prese a farsi strada nella loro direzione.

« Salve, ci si rivede », disse Amma quando lei le raggiunse.

« Salve », disse Ísafold, leggermente sfiatata. « Stavo cercando tuo padre, prima, Sigga. Sai dove andava oggi? »

Era quello l'impegno di cui aveva parlato Pabbi? Sigga alzò le spalle. « Non lo vedo da un po'. »

« Non immaginavo che ci sarebbe stata tutta questa gente. »

«Credo che non se lo immaginasse nessuno», disse Amma. «Questo significa che la manifestazione è molto sentita.»

Ísafold guardava a terra, giocherellando con gli occhiali da sole. Poi sollevò la testa e sobbalzò quando si accorse che le due donne la stavano osservando. «Scusate. Sono un po' tesa oggi. Non sono abituata a stare in mezzo alla folla.»

«Qui siamo fra amiche», disse Amma dolcemente.

Ísafold arrossì.

Le componenti del coro avevano terminato l'esibizione e stavano lasciando il palcoscenico in fila indiana. Una donna con un dolcevita nero e un cappotto grigio doppiopetto si fece avanti e iniziò ad arringare la folla con una voce nasale, definendo le presenti "sorelle di lotta".

«Chi è quella?» chiese Sigga.

«Una rappresentante sindacale», rispose Amma.

«Lo scorso giugno è accaduto qualcosa di straordinario alla conferenza di Loftleidir», proseguì la sindacalista. «Donne di tutte le classi sociali e di tutti i partiti politici si sono unite e hanno proposto che tutte le donne islandesi si concedessero un giorno libero proprio oggi.» Fece una pausa a effetto. «E il risultato è questa enorme folla che vediamo qui ora.»

Dal pubblico si levarono applausi entusiastici.

La donna alzò la voce. «Dopo oggi non si torna più indietro.»

«Non si torna più indietro!» ripeté qualcuno urlando in mezzo alla folla.

«Tutte noi, per una vita intera, a prescindere dalla classe sociale, dallo stato civile, dall'orientamento sessuale, abbiamo sempre vissuto sotto il potere dei nostri padri. Ci vengono concessi soltanto il potere o la libertà che ritengono opportuno concederci, e solo nella misura in cui piace a loro.»

Il discorso fu accolto da grida di approvazione. Alcune donne espressero il loro apprezzamento pestando i piedi e alzando in aria decine di manifesti. Sigga si spostò. Le brontolava lo stomaco e si rese conto di avere una fame da lupi. Prese in considerazione l'idea di sgusciare via e raggiungere il chiosco degli hot dog senza farsi notare. Poi, un attimo dopo, quell'attacco famelico passò, anzi, lasciò il posto a un lieve senso di nausea al solo pensiero di mangiare.

Si guardò intorno e vide Amma e Ísafold parlottare con le teste accostate. Amma aveva un'aria leggermente preoccupata. Sigga esitò, non volendo intromettersi, poi sentì un colpetto sulla spalla.

« Scusa. » Era Ava. « Voi due siete qui da tanto? » Sbirciò oltre la spalla di Sigga. « Voi tre. »

« Lei non è con noi », precisò Sigga. « È solo la mia vicina di casa. »

« Oh? » La bocca di Ava si increspò in un piccolo sorriso. « E io sono una ex vicina di casa. Se non altro so qual è il mio posto, suppongo. »

« Ma lei no. » Sigga si premette le mani sul ventre, poi, rendendosi conto di quello che stava facendo, le lasciò ricadere lungo i fianchi. Si avvicinò ad Ava e abbassò la voce in modo che Amma non potesse sentire. « Ho l'impressione che voglia trascorrere un po' troppo tempo con Pabbi. »

« Oh, be'. » La bocca di Ava si piegò di nuovo in un sorriso appena accennato. « Chi non vorrebbe farlo? Da dove pensi di aver ereditato i tuoi bei lineamenti? Anche se è Pétur quello che gli somiglia *davvero*. » Fece un passo indietro e scrutò Sigga. « Tu somigli anche a tua madre. Devono essere gli occhi. Forse il taglio. »

« Io credo di non somigliarle per nulla. » Sigga avvertì una stretta al petto al solo pensiero. Se fosse stato vero, l'avrebbe sentita vicina, e fra loro ci sarebbe stata una bella intesa come fra lei e Pétur. Sua madre avrebbe cercato di capirla, anziché trattarla come una bambina scambiata alla nascita e, per giunta, con la testa fra le nuvole.

Ma sua madre aveva le sue idee riguardo l'essere donna. Era quello il problema. Secondo lei le donne erano fatte per sfornare e crescere bambini, anche quando ciò non sembrava renderle felici. Anche quando uno di quei bambini era quasi annegato e lei non aveva saputo fare altro che rimproverarla. E Sóley aveva ragione: Sigga credeva sempre a sua madre quando questa sosteneva che il problema era lei.

Piantala, si disse. *Perché non puoi semplicemente smettere di pensarci? E comunque, ad Amma fa sempre piacere trascorrere del tempo in tua compagnia, quindi non c'è nulla che non vada in te.*

Alla sua sinistra, Ísafold rise per qualcosa che aveva appena detto Amma e Sigga si sentì rizzare i capelli sulla nuca. Aveva di nuovo l'impressione di essere intrappolata, così si spostò, andando a sbattere contro la donna davanti a lei, che si voltò a guardarla incuriosita.

«Mi scusi», mormorò Sigga, e la donna si voltò di nuovo.

«Tutto bene?» chiese Ava.

«Che cosa sta succedendo ad Amma?»

«Perché? Sta succedendo qualcosa?» Il tono di Ava era cauto, o forse era lei a essere paranoica.

«Chi lo sa», disse Sigga. «Non dice mai nulla a nessuno.»

«Con me è sempre stata abbastanza aperta e diretta», disse Ava.

«Tu sai che cosa è successo a sua sorella?»

«È morta tanto tempo fa.»

«Sì, ma *come*? Non è strano che io non sappia niente? Non so nemmeno come si chiamava mio nonno. È morto anche lui?» Guardò Ava. «E se non lo è, perché non stanno insieme? Era sposato?»

Ava inarcò le sopracciglia. «È questo che hai sentito dire?»

Sigga trasalì. Non ci aveva mai riflettuto seriamente. Che cosa avrebbe detto di Amma il fatto che si fosse messa tra moglie e marito? Che cosa avrebbe detto di suo nonno, di Pabbi e, per estensione, di lei? Si sentì male al pensiero che due persone senza le quali non sarebbe nemmeno esistita potessero essere così estranee per lei.

Sul palco, intanto, la rappresentante sindacale stava apparentemente arrivando al momento clou della sua arringa. I cartelloni venivano agitati con enfasi nelle prime file.

Sigga si voltò e incrociò lo sguardo di Ísafold. «Perché cercava Pabbi?», chiese ad alta voce, e vide la sorpresa sul viso di Amma.

«Oh, avevamo un appuntamento», disse Ísafold. «Mi è stato di grande aiuto.» La sua espressione era quasi triste. «Dev'essere stato meraviglioso crescere con un padre bravo come lui.»

«Lo è stato, in effetti», disse Sigga, irritata, anche se non sapeva esattamente perché né che cosa le dava fastidio nel comportamento di Ísafold. Voleva una confessione da parte sua? «Ho avuto un'infanzia davvero felice.»

«È un bel po' che non vedo il tuo fidanzato», continuò Ísafold, e Sigga ci mise un istante più del dovuto per rendersi conto che si riferiva a Olafur. «Sai, vi ho visti insieme in biblioteca un paio di volte quando lavoravo lì. Studiavate fianco a fianco e lui ti portava i panini. Ho sempre pensato che fosse molto premuroso con te.»

«Lei dev'essere il tipo di persona che vede la parte migliore degli altri», commentò Amma.

«Sì, be'», intervenne Sigga. «Nemmeno io ho più sentito lei e suo marito di recente. Di solito siete molto... espansivi, diciamo.»

Ísafold si morse il labbro così forte che sbiancò. Amma lanciò a Sigga un'occhiata inceneritrice.

«Come ha conosciuto suo marito?» chiese Ava come se Sigga non avesse detto nulla di inopportuno.

«È arrivato dopo il fidanzatino del liceo», disse Ísafold. Si sistemò di nuovo gli occhiali da sole e parve calmarsi. «Frequentavamo lo stesso locale in pausa pranzo e l'avevo sempre trovato molto attraente. E poi, un giorno, si sedette al mio tavolo e mi disse che mi avrebbe portato fuori a cena.» Rise. «Questo è Stefán, uno che va dritto al punto.»

«Molto romantico», osservò Ava.

« Oh, sì. » Ísafold stringeva e allentava la presa intorno al bastone di sostegno del cartellone.

« E non avete figli? »

« No, non ne abbiamo. » Fece un passo indietro. « Scusatemi, vado a cercare un bagno. »

Sigga la guardò farsi strada nella folla. Ondeggiava leggermente, come se fosse ubriaca.

Amma si piazzò davanti alla nipote, le mani sui fianchi. « Che cosa ti è venuto in mente, signorina? »

« La gente continua a darle il beneficio del dubbio, ma io credo che non sia sprovveduta come finge di essere », disse Sigga.

La sindacalista terminò il suo discorso tra le ovazioni, accompagnate da un frenetico battere di piedi a terra. L'umore era alto; intorno a lei le manifestanti erano piene di luce e di aria, come se fossero sul punto di fluttuare da un momento all'altro. Sigga, invece, era troppo pesante. Le facevano male le gambe, e sotto la pianta dei piedi avvertiva ogni asperità, ogni piccolo rilievo del terreno. Il sudore le colava sulle tempie sino agli angoli degli occhi, pungente.

« Voglio andare a casa », disse.

Amma le rivolse uno sguardo vuoto.

« Vorrà dire che andremo a casa, allora. Ava, passo da te stasera. »

« Voi due potete rimanere... » iniziò Sigga.

Amma le prese il braccio. « Assolutamente no. »

Dovettero districarsi tra la folla per uscire, e intorno all'incrocio con Bankastræti, Sigga vide Sóley con un gruppo di donne più mature, una delle quali sembrava identica a lei. Erano affiancate, con le braccia dell'una sulle spalle dell'altra, gridando slogan e agitando manifesti, e Sigga avvertì un'altra fitta.

« Sóley! » chiamò, e la ragazza si voltò e le sorrise.

« Sigga! » esclamò a sua volta. « Lei è mia madre. Mamma, lei è Sigga. »

« È un piacere conoscerti », disse la donna con aria amichevole. « Ho sentito molto parlare di te. »

«Questa è mia nonna», aggiunse Sigga. «Amma, ti presento...»

La folla iniziò ad applaudire il nuovo oratore appena salito sul palco, e ci fu un generale movimento in avanti; Sigga e Amma furono sospinte contro Sóley e sua madre, che cercò di far loro spazio.

«Stavate andando via?» chiese Sóley.

«Sì.»

«Alcune di noi faranno un salto al Prikid dopo, se vi va.»

Sigga guardò Amma, che scosse la testa.

«Tu dovresti andare, però, per stare con le tue coetanee.»

«Magari ci vediamo là», disse Sigga. Sóley le diede una stretta sulla spalla, e nonna e nipote proseguirono aprendosi un varco in mezzo alla calca.

La mamma, Pabbi e Pétur erano a casa quando arrivarono Amma e Sigga, e le luci erano accese, visto che era già tardo pomeriggio. La mamma era in cucina e la casa era pervasa dell'odore di cipolle fritte e salsiccia. Pabbi e Pétur uscirono dal soggiorno, papà con gli occhiali da vista in mano, e le guardarono, desiderosi di sentire i loro commenti sulla manifestazione.

«È già finita?» chiese Pabbi.

«No.» Sigga appese il cappotto. «Non mi sentivo bene.»

«Fammi sentire se hai la febbre», disse Pabbi, e si avvicinò con il dorso della mano, già pronto per tastarle la fronte.

Sigga si sottrasse. «Lascia stare.»

«Siamo venute a piedi da Hlemmur», disse Amma. «Abbiamo sentito gran parte degli interventi, non ci siamo perse molto.»

«È rimasto del vino?» Sigga chiese a Pétur.

«Credo di sì.»

«Bene.» Andò in cucina e trovò sua madre davanti ai fornelli, intenta a soffriggere le salsicce spingendole qua e là in una padella con una spatola.

«Ho preso le ultime», disse. «Le hanno finite dappertutto, a quanto pare, anche da Crayons.» Si accigliò quando vide Sigga tirare fuori la bottiglia di vino dal frigorifero.

Sigga la ignorò, se ne versò un bicchiere abbondante e ne bevve una sorsata. Quando anche gli altri entrarono in cucina, li accolse accennando un brindisi con la bottiglia.

«Sono reperibile stasera», disse Pabbi.

Amma scosse la testa e Pétur si sedette a tavola con aria vagamente divertita.

«Posso farvi un caffè?» propose la mamma.

«Se lo fai per te...» disse Amma.

«No, ma non è un problema.» La donna riempì il bollitore e lo accese con ostentazione. Il lieve suono dell'acqua che iniziava a scaldarsi si unì allo sfrigolio che proveniva dalla padella; per il resto la stanza era silenziosa.

«Che cosa avete tutti quanti?» chiese Sigga, e bevve un altro sorso di vino.

«Spiegati meglio», disse Amma.

«Ha chiamato Gabríel» disse la mamma come se Sigga non avesse parlato. «E ha chiesto di te, Sigrídur. Che cosa state tramando voi due?»

«Niente», disse Sigga.

«Mah. Ad ogni modo, non ci sono state altre scosse dopo ieri.» Tornò a occuparsi della padella. «Gli ho chiesto quando arriverà il mio prossimo nipotino. Tutti stiamo invecchiando...»

Pétur alzò gli occhi al cielo. «Ha solo venticinque anni, mamma.»

«Ho sempre pensato che trent'anni fosse l'età migliore per gli uomini», disse Amma iniziando a srotolarsi la sciarpa dal collo.

«E l'età migliore per le donne qual è?» chiese Sigga.

«Quanti anni ha Giulietta?»

«Ti riferisci alla Giulietta di Shakespeare?»

«Sì.»

«Dodici», disse Sigga.

«E quanti anni ha Elena di Troia?»

«Dieci», rispose Pabbi. «Alcuni dicono sette, ma Diodoro la descrive di dieci anni. Quando viene rapita da Teseo, almeno.»

«Bene, giudicate da soli», concluse Amma.

«È disgustoso», fu il commento di Eva.

«Ad ogni modo», continuò Pétur, «non so se Gabríel e Ragga vogliano altri bambini. Lui dice che ha ancora gli incubi se ci pensa. Proprio non capisco perché ha deciso di assistere al parto».

«Oh, voi due siete ancora così *piccolini*», commentò Amma, ma con il sorriso sulle labbra.

«Com'è?» chiese Sigga.

«Sono sicura che ne hai già sentito parlare.»

«Dimmi qualcos'altro, qualcosa di cui nessuno parla.»

«Non posso», disse Amma. Vide l'espressione di Sigga. «Davvero. Ci sono limiti alla nostra immaginazione. Non si può immaginare Dio, e non si può immaginare il parto.»

Sigga lasciò che la sua mano sfiorasse la cintura, immaginando di aver avvertito un movimento sotto di essa, un minuscolo piedino che scalciava. Provò di nuovo un senso di nausea e scolò il bicchiere di vino.

«La parte più difficile viene dopo», disse Amma. «Dopo la nascita di Thórfinnur ho pianto per settimane. Piangevo per qualsiasi cosa, in realtà.»

Pabbi si pulì gli occhiali sulla camicia e se li rimise sul naso. «È perfettamente naturale, eh. Non dice niente di me come bambino, ci tengo a precisarlo.»

La mamma infilzò energicamente le salsicce. «Perché è naturale che le neomamme siano tristi?»

«È difficile quando la cosa che desideriamo si realizza», disse Amma. «Ci perdiamo tutto il resto.»

Guardò Sigga, che d'un tratto si sentì frastornata. Amma aveva ragione; non aveva mai visto la questione in quei termini, ma era vero. In un certo senso era così che si sentiva nei confronti del suo racconto. Qualcosa che era stato nella sua testa, qualcosa di possibile, di immaginato, era sceso nel regno della realtà. E aveva un finale; non poteva essere cambiato ora.

«Io proprio non capisco perché va così di moda sminuire il valore della maternità», le disse sua madre. Si stava innervosendo, Sigga se n'era accorta. «Abbiamo l'utero, no? A che altro dovrebbe servire? È *questo* l'elemento naturale.»

Sigga si versò quello che restava nella bottiglia e bevve tutto in un unico sorso, ma le andò di traverso. Iniziò a sputacchiare e tossire, e per un attimo non riuscì a respirare, proprio come *nell'incidente*, quando era caduta in acqua. Si era aspettata l'impatto con il freddo, ma erano stati il freddo e la botta insieme che l'avevano colta di sorpresa, e si era messa a urlare. E poi aveva capito di essere nei guai perché si era ritrovata l'acqua in bocca, nel naso e negli occhi. La sentiva in fondo alla gola, come l'impellente bisogno di starnutire o tossire, e si era sforzata di tenerla lì, di non aprire di nuovo la bocca, e intanto il cuore cercava di uscirle dai timpani, di tornare al mondo reale, di salvarsi, perché laggiù stava per morire lei, il resto di lei, anche se scalciava e si contorceva con tutte le sue forze...

«Sigga, tutto bene?» chiese Pabbi.

Lei lanciò un'occhiata a suo padre, poi distolse subito lo sguardo. Il ricordo si stava dilatando ora, facendola rabbrividire come se fosse effettivamente sott'acqua.

E la mamma. Lei aveva sempre detto a se stessa che sua madre si era arrabbiata perché amava Sigga e nello stesso tempo voleva proteggere Pétur. E Sigga non si era mai difesa, non aveva mai detto a sua madre quanto la facesse soffrire essere biasimata.

I maschi sono fatti così, Sigga. Ma era sempre *lei* a subire le conseguenze, e questo non le sembrava giusto. Chi la proteggeva?

Alzò il mento. «Penso di essere incinta» buttò lì di punto in bianco.

Il silenzio in cui cadde quella dichiarazione era così profondo che si sarebbe potuto sentir scoppiare una bolla di sapone. Sigga li osservò tutti, a uno a uno, a turno. Amma aveva le pupille così dilatate che all'improvviso Sigga ebbe l'impressione di poter vedere dentro di lei e il suo cervello, vedere ciò che stava pensando anche se restava in silenzio.

«Mi avete sentito?» chiese alla stanza.

«Cazzo», commentò Pétur.

«Com'è successo?» chiese Pabbi con tono pacato.

«Be', sapete, quando un uomo infila il suo...» Avvertì un irrefrenabile bisogno di ridere e si coprì la bocca.

La mamma buttò la spatola nella padella. «Sei impazzita?»

«È un po' brutale.»

«Stai bevendo.»

«E allora?»

La mamma fece un respiro profondo, come se Sigga fosse particolarmente irritante. «Hai appena detto che sei incinta.»

«È il mio corpo e ci faccio quel cazzo che mi pare.»

«Non è più solo tuo, quel corpo», ribatté Eva.

«E se non lo volessi?»

«Lo dici soltanto per ferirmi.»

«No, mamma. E se non volessi avere figli?»

Eva indietreggiò. «È così?»

«Non lo so.»

«Potremmo prendere in considerazione...», disse Pabbi, e si tolse di nuovo gli occhiali, come se non volesse vedere bene.

Sigga sentì qualcosa di salato in bocca. Si accorse che stava piangendo e si odiò per questo. «Non so nemmeno perché ve l'ho detto. Come se di me vi importasse qualcosa.»

«Certo che ci importa», esclamò Amma. «Sigga, non devi...»

«Allora perché fai la misteriosa con me? Mi tieni i segreti. E anche tu, Pabbi...» Amma tese la mano a Sigga, ma lei la ignorò. «Troppe cose per la testa, ve ne andate in giro come se io non esistessi, e tu, mamma...»

«Certo, ovviamente è colpa nostra», ribatté lei.

«Dalle tregua, mamma», sbottò Pétur con tono duro, e lei lo guardò esterrefatta.

«Sarebbe bello se non fosse colpa *mia*, per una volta», disse Sigga. La voce le si spezzò in gola e uscì stridula. «Non ho chiesto io di essere diversa da te e non ho chiesto io di nascere. So quanto ti ho fatto soffrire e mi dispiace, okay? Mi dispiace da morire.»

«Oh, Sigga», gemette Amma.

«Lascia perdere», disse lei passando davanti a Pabbi, fermo sulla soglia della cucina. Prese il cappotto e uscì di casa, sbattendo la porta dietro di sé.

1911

Gudrún non aveva mai pensato di poter provare un senso così forte di pienezza. Era sorprendente con quanto slancio desiderasse vivere quella sensazione, anche mentre stava succedendo. E allo stesso tempo c'era il dolore. Dapprima un dolore acuto, e poi un senso di pesantezza che gravava su di lei come se non potesse nemmeno tirare il fiato. Ogni volta che Magnús si muoveva, le veniva in mente la caviglia e si irrigidiva, sapendo quale dolore lancinante avrebbe infiammato tutto il suo corpo se lui l'avesse urtata in quel punto.

« Rilassati », disse Magnús. « Ci penso io. »

Lei cercò di rilassarsi. Era terrorizzata, ma anche pazza di desiderio e stupita di se stessa. Affondò le dita nella schiena di Magnús mentre inarcava la propria, emettendo un singhiozzo e...

E poi era finito, e lui la stringeva, e lei si rese conto di essere bagnata.

Sollevò una mano per accarezzargli la guancia. « Quindi è per questo che si fanno così tanti bambini. »

Magnús sorrise, poi rotolò sul fianco lasciandola scoperta e lei sentì un refolo di aria fredda mescolarsi con il fluido caldo là in basso.

« Tu sei molto speciale, Gudrún. » Si appoggiò su un gomito e fece scivolare la mano sotto il maglione di lei, prendendole il seno.

« Davvero? »

Si chinò a baciarla, e Gudrún sentì i capezzoli indurirsi sotto le dita di lui.

Magnús si ritrasse e la guardò. «Che cosa vuoi?»

«Che cosa voglio?»

«Dartelo sarà la mia missione. Qualsiasi cosa tu desideri dalla vita.»

Lei sorrise.

«Cosa c'è di divertente in questo?»

«Sarebbe divertente se non fosse così ovvio che sei completamente impazzito.»

«In che senso sono impazzito?»

«Non so bene perché, forse per il freddo, forse perché siamo in cima alla montagna. Forse quando sarai sceso starai meglio.»

«Intendevo dire: che cosa c'è di folle nel volerti rendere felice?»

«È folle pensare di farne la missione della tua vita, tanto per cominciare. E poi come la metti con Rósa? Una volta mi hai detto che si insospettisce quando ci metti troppo a sbrigare le tue faccende. Che cosa le dirai quando non le sbrigherai affatto? Non ridere.»

Magnús le prese la mano e se la portò alla bocca per posarvi un bacio. «È più forte di me. Non ho mai incontrato una Marta come te.»

«Marta?»

«La sorella di Maria. Non conosci le Scritture?»

Gudrún avvertì un dolore lancinante al petto. Sorella.

«Oh, quella.» Il fuoco sibilava lì accanto, e Gudrún, voltandosi, si accorse che si era consumato sino a ridursi in deboli braci. Sarebbe stata una bella lezione se si fosse congelata durante la notte. Freyja era là fuori al freddo e lei l'aveva dimenticata per un attimo mentre... «Sì, le conosco.»

«Quindi non sei una selvaggia. Padre Fridrik sarà sollevato.»

Lei lo guardò di nuovo negli occhi. «Ti prego, non menzionarmi Padre Fridrik.»

«Ti dimentichi che è stato un buon alleato per me.»

«Oh sì, certo. Padre Fridrik il santo.»

Se esiste la nostra grotta, ne esisterà un'altra simile, si disse. *Freyja è lì dentro in questo momento, al caldo e all'asciutto. Domani la troveremo. Non c'è nulla che io possa fare stanotte al buio, e con questa caviglia, per giunta. Smettila di pensarci. Smettila di pensare a come l'hai indotta a finire quassù, soprattutto, o impazzirai e a quel punto non sarai di aiuto per nessuno.*

Lasciò andare un gemito di frustrazione che rimbalzò contro i muri di roccia e si spense di colpo.

«Stai bene?» chiese Magnús.

La stava osservando.

«Sì.»

«Non parlerò più di lui, se ti dà fastidio.»

«Torni mai indietro?»

«Indietro dove?»

«Alla fattoria, dove siete cresciuti entrambi.»

«No, l'ho lasciata quando avevo ventun anni e non sono mai più tornato.»

«Perché no?»

Magnús sciolse le dita dalle sue e poi le allacciò di nuovo. «Non c'era più niente per me laggiù.»

«Dove sei andato dopo?»

«Reykjavík. Ho vissuto lì cinque anni e poi sono venuto qui. Insieme a Rósa. Ma stiamo perdendo di vista la mia domanda originale. Che cosa vuoi?»

«Voglio trovare Freyja», rispose Gudrún di slancio.

«Ce la faremo», disse lui con convinzione, e lei gli credette. «Ma non stanotte.»

«Lo so.»

«Freyja è una ragazza in gamba. Avrà trovato un posto in cui rifugiarsi, proprio come noi.»

«Lo so, lo so.»

Gudrún guardò le loro dita intrecciate. Oltre a tutto il resto, si era trasformata in un'ipocrita. Aveva messo in guardia Freyja, le aveva raccomandato di non darsi via, di non mettersi in una posizione debole, e lei aveva fatto esattamente la stessa cosa con Magnús.

« Allora non voglio nulla se non tutto il tuo cuore e la tua anima », disse lei con il tono più leggero che riuscì ad adottare, desiderando che lui capisse che stava scherzando e al tempo stesso desiderando che lui non scherzasse affatto. « Voglio essere l'unica donna che tu abbia mai amato e sapere che se io morissi tu ti struggeresti di dolore. A parte questo, nient'altro. »

« Come puoi dubitarne anche solo per un attimo? »

Gudrún sorrise, nonostante tutto.

Lui le sollevò la maglia e si chinò su di lei. « Non avrei mai immaginato che fossi così bella », disse contemplando i suoi seni. Ne succhiò dolcemente uno, poi le baciò lo sterno. Poi l'ombelico. Poi l'incavo tra i suoi fianchi. Poi più giù, sempre più giù.

Gudrún chiuse gli occhi. La lingua di Magnús la stava esplorando ovunque. Sentì che il proprio grembo iniziava a reagire contraendosi, stringendola dall'interno. Si chiese se fosse giusto così, se era questo che doveva accadere. Urlò di ansia, di piacere, e poi, finalmente, le barriere cedettero. Stava annegando, morendo, e dietro le sue palpebre balenò un'immagine – la nave, senza alcuna ragione apparente, quella su cui era arrivato Tomas, che ora giaceva sul fondo dell'oceano.

Aprì gli occhi e fece un profondo respiro tremante. Ogni parte di lei era scossa dai brividi. Magnús si raddrizzò, le posò una mano sul ventre e, a poco a poco, Gudrún si sentì rientrare nel proprio corpo.

Allungò una mano e si tirò su i pantaloni.

« Non coprirti per me. »

« Ho freddo. »

Magnús si guardò intorno. « Il fuoco si è quasi spento. » Si rivestì rapidamente e iniziò a darsi da fare, raccogliendo e ammucchiando altri ramoscelli. « Non ne sono rimasti molti. »

« Oh. » Gudrún si tirò su e tornò alla sua pietra, quella dove si era seduta non appena erano entrati nella grotta. Erano cambiate così tante cose da quel momento.

« A che cosa stai pensando? »

Lei si umettò le labbra con la lingua. « Non so. »

Magnús si interruppe e la guardò. « Non voglio che tu pensi che abbiamo tradito Rósa. »

« Perché, non l'abbiamo fatto? »

« Io e lei non condividiamo più lo stesso letto. » Si avvicinò e prese la mano di Gudrún, inginocchiandosi davanti a lei. « È così da molto tempo. »

Gudrún avvertì una fitta al petto. « Hai avuto delle amanti prima, quindi? »

« Non ho mai incontrato nessuno con cui abbia desiderato stare », disse lui abbassando la voce.

Lei si voltò poiché non voleva che Magnús vedesse i suoi occhi riempirsi di lacrime. D'un tratto le sembrava che non ci fosse via d'uscita: Rósa non le avrebbe mai permesso di avere Magnús, anche se lei era la prima a non volerlo. Anche se da quella notte fosse nato qualcosa di più – e qualcosa poteva nascere eccome. Scosse la testa. Che assurda coincidenza se anche lei fosse diventata madre.

« Ti ho intristito », disse Magnús.

« Credo di averci messo del mio. »

« Non vorrei mai renderti infelice, per nessuna ragione al mondo. » Si portò di nuovo la mano di Gudrún alle labbra e la baciò dolcemente. « Voglio proteggerti, Gudrún. Tu mi fai sentire vivo, come un vero uomo. »

« Non... » Il cuore di Gudrún batteva all'impazzata, come se avesse fatto una corsa. « Tu *sei* un uomo, che sia tu a gestire la fattoria oppure Rósa. Non voglio essere un modo per dimostrare ciò che sappiamo entrambi. »

« Naturalmente tu sei più di questo. »

« Ma non abbastanza. »

Lui la guardò. « Che cosa vuoi dire? »

« Voglio dire che tu non lascerai mai Rósa, né le dirai di noi. »

Magnús sorrise, ma quella volta il suo sorriso non arrivò agli occhi. « Pensavo che Gudrún Einarsdóttir non fosse interessata a prendere marito. »

« Ma non voglio nemmeno essere un segreto. Voglio che l'uomo che mi ama possa parlare di me, baciarmi in pubblico. »

Magnús le lasciò andare la mano. « Tu non sai che cosa significa essere veramente poveri, Gudrún. »

« Pensi davvero che io non lo sappia? »

« Tu hai una famiglia, non sei stata proprietà di qualcuno sin dall'infanzia. Non mi chiederesti di mettere a repentaglio la mia posizione se sapessi quello che ho passato. »

« Non darmi lezioni sulla proprietà », disse Gudrún. « Le donne sposate non hanno diritto a possedere qualcosa perché passa automaticamente al marito. Non possono votare se non nelle elezioni locali, non possono... »

« Ti piace vestire i panni di quella che fa la crociata per difendere i diritti delle donne », la interruppe, e c'era una nota ammonitrice nella sua voce, « ed è apprezzabile, ma questo non è un gioco, Gudrún Einarsdóttir. Questa è vita vera, ed è più dura di quanto tu possa immaginare. Non fare nulla di avventato. »

Lei rimase in silenzio per un attimo, cercando di mettere ordine tra i suoi pensieri. « D'accordo, forse sono stata fortunata in questo senso, ho avuto una famiglia. Ma tu *sei* un uomo, e anche se Rósa ha più potere di te in ambito domestico... » Esitò. D'un tratto era importante per lei che Magnús capisse ciò che voleva dire. « Hai degli amici disposti a garantire per te, e delle opportunità grazie al fatto che sei un uomo. Dici che vuoi lavorare: be', qualcuno ti offrirà un impiego. Ti troveresti bene. I nostri usi e costumi, la nostra lingua, la nostra legislazione, tutto determina quale ruolo abbiamo nella società, e il tuo ruolo sarà sempre e comunque superiore al nostro. » Lo vide scuotere la testa e insistette imperterrita nella sua argomentazione. « Se vuoi una prova, pensa alla maternità. Le donne sono coinvolte nella maternità molto più degli uomini. Non mi sorprende che Freyja fosse spaventata... »

Magnús alzò gli occhi di colpo. « Freyja? »

Gudrún si morse il labbro.

« Per quale motivo Freyja dovrebbe essere spaventata? »

« Non posso dirlo. »

« Per quale motivo Freyja dovrebbe essere spaventata? » ripeté con tono brusco.

« È incinta. »

Magnús inarcò un sopracciglio.

« Lei... » Gudrún gesticolò a vuoto. « È scappata perché non sapeva come affrontare la situazione. E io non le sono stata di aiuto. Lei era terrorizzata e io ho pensato semplicemente a me stessa. »

Magnús si alzò e prese a camminare nervosamente avanti e indietro. Qualsiasi intimità avessero costruito, all'improvviso era svanita. Il suo viso era impassibile, ora. « Un bambino? » mormorò.

Gudrún avvertì una fitta di paura. Si maledisse per essersi lasciata sfuggire la vera motivazione della fuga di Freyja, ma soprattutto per averlo ingannato. « Mi dispiace. So di averti convinto a salire sin qui adducendo motivazioni false. Volevo solo essere sicura che lei non facesse nulla di... »

Magnús si voltò a guardarla. « Credi che sia venuta quassù per togliersi la vita? »

« Temo di sì. »

Magnús emise un respiro più simile a un fischio. « *Freyja?* »

« Sì. »

Sorrise. « È impossibile, ti stai sbagliando. »

« Ha lasciato un biglietto, e la sera prima avevamo litigato. »

« Un bambino », ripeté lui, quasi tra sé. « Di quanto è? »

« Non lo so con precisione. »

Lui era in piedi vicino al fuoco, perso nei suoi pensieri. Tirò fuori l'orologio e passò il pollice sul vetro, la mano tremante.

Gudrún avvertiva una timidezza strisciante che quasi le impedì di chiedere: « A che cosa stai pensando? »

« Dobbiamo trovarla al più presto », disse Magnús.

«Hai intenzione di uscire adesso?»

Lui la osservò attentamente. «È troppo pericoloso camminare qui intorno al buio.»

«Sì, lo so.»

«Meglio domattina.»

«Certo.»

«Ci conviene riposare, allora.»

«Dove...?» chiese Gudrún con tono incerto.

«Va bene qui, un posto vale l'altro», disse lui, e indicò il suo giaccone, ancora disteso sul pavimento. Gudrún si voltò dall'altra parte, incapace di guardare il luogo in cui avevano condiviso un momento così intimo solo poco prima. Era difficile da credere ora, davanti all'inaspettata freddezza di Magnús.

Si distesero insieme sul giaccone. Magnús accolse la testa di Gudrún nell'incavo del braccio, ma senza guardarla, limitandosi a fissare il soffitto senza battere ciglio. Lei rimase immobile. Sentiva le pietre conficcate nella schiena; non correva il rischio di addormentarsi. Del resto, non sarebbe riuscita a farlo vicino a lui. Lui avrebbe potuto alzarsi e lasciarla lì. Ora che lei aveva ceduto, Magnús stava perdendo interesse per lei, lo sentiva, e la rivelazione su Freyja aveva in qualche modo accelerato l'allontanamento.

All'improvviso l'aria che respirava le sembrava insufficiente a riempire i polmoni, come se si trovasse a un'altitudine ben maggiore. Serrò i pugni, le braccia tese lungo i fianchi.

«Ti sento rigida», osservò Magnús.

«Non è molto confortevole dormire in una grotta.»

«Ho dormito in posti peggiori.»

«Quando eravamo ragazzine, io e Freyja dormivamo sulla spiaggia in estate. Ogni tanto, almeno.» Gudrún si sforzò di rilassarsi, di aprire i pugni. «Una volta ci svegliammo più tardi del solito ed era già salita la marea. L'unico pensiero che riuscii a formulare fu quanto sarebbe stato stupido se fossimo morte in quel modo. Così vicine a casa, e per qualcosa di così ordinario. Addormentarsi e non svegliarsi più.»

Magnús chiuse gli occhi. «E ora? Come vorresti morire ora?»
«Ora penso che tutti dovremo morire in qualche modo. È davvero importante come?»
Lui rimase in silenzio per un istante, e lei pensò che si fosse addormentato, finché disse: «Se entro domani la tua caviglia non è migliorata, forse conviene che vada a cercare Freyja da solo».
«Dici?»
«Adesso so che è ancora più importante. Non possiamo perdere tempo se lei... è in questo stato.»
«Sì, hai ragione», disse Gudrún, anche se in cuor suo stava urlando *Non lasciarmi qui.*
Si spostò leggermente.
«Perché cerchi di allontanarti?» chiese Magnús. «Resta vicino a me. Ti proteggo io.»
Teneva ancora gli occhi chiusi e la sua voce era cambiata. Non aveva più nulla del calore di prima.
«Mi dispiace, Magnús», disse Gudrún.
Lui rimase in silenzio.
«Mi sarei dovuta fidare di te.»
«Non parliamone ora.»
Non mi farò prendere in giro, disse a se stessa. *Non ti permetterò di prenderti gioco di me.*
Dopo un po' udì il respiro di Magnús cambiare e sentì il suo braccio allentarsi intorno a lei; ciononostante, ripeté il suo mantra per tutta la notte.

1975

Il Prikid si trovava all'angolo tra Bankastræti e Ingolfsstræti e aveva i muri rossi e un arco rosso e verde che incorniciava la porta. Attraverso la vetrina Sigga vide un nutrito gruppo di donne che bloccavano l'accesso alle scale in fondo al locale. Barcollavano un pochino e ridevano; alcune sembravano cantare. Un barman puliva il bancone curvo davanti a sé con languide passate usando un canovaccio sporco. Dietro di lui c'era una torre di bicchieri scintillanti.

Sigga spinse la porta ed entrò nel locale. Le luci sopra il bancone creavano un accogliente bagliore aranciato e c'era odore di sigarette, di sudore e di profumi; dalla radio in sottofondo si diffondeva la voce di Edith Piaf.

Sigga non ci andava da un po', benché fosse solita frequentarlo spesso con Gabríel. Se il Mokka era il suo bar preferito, quello di suo fratello era il Prikid, e d'un tratto provò l'irrefrenabile desiderio che lui fosse ancora a Reykjavík.

Sóley era appollaiata su uno degli sgabelli di plastica del bar, intenta a fumare e a chiacchierare battendo le dita contro il petto di un'altra ragazza. Indossava la stessa salopette con cui Sigga l'aveva vista la prima volta e, sotto, un pullover di lana rosso oversize. Sembrava più un maglione da uomo, e per un attimo Sigga si domandò se appartenesse a un suo ex fidanzato. Esitò prima di avvicinarsi. C'erano un sacco di cose che non sapeva di Sóley, un pezzo di vita che aveva vissuto prima di conoscerla, e all'improvviso le parve impossibile poterlo scoprire nella sua interezza. Poi Sóley lanciò un'occhiata nella sua direzione, la vide e le sorrise, e Sigga attraversò il locale per raggiungere lei e la sua amica.

«Come stavo dicendo», disse l'amica, «il linguaggio è tutto». Spinse su gli occhiali che le erano scivolati sul naso. «Se diventi padre, in fondo non fai altro che fornire dello sperma. Diventare madre, invece, comporta nutrire il tuo bambino, averne cura, magari per sempre.»

«Già. Ma il linguaggio non si è formato da solo, sai?» disse Sóley guardando la sua sigaretta. La teneva tra due dita, l'avambraccio piegato verso l'esterno, lontano dal busto, il gomito conficcato nel fianco. Era una posizione scomoda, quasi innaturale, e per qualche strana ragione fece venir voglia a Sigga di provare a fumare per la prima volta.

«No, certo che no. È nato dalla società, e sono sempre stati gli uomini a controllare la società, di conseguenza hanno controllato anche lo sviluppo del linguaggio.»

«Ovvio.»

«Non ci avevo mai pensato», disse Sigga. Si stupì di tutte le cose cui non aveva mai pensato.

«Oh, sì.» L'altra ragazza fece un cenno al barista, che si avvicinò con tutta calma. «Tre *brennivín*», disse, e lui si allontanò di nuovo. «In un certo senso gli uomini mi fanno pure pena.»

Sóley emise un grido. «Sapevo che avevi qualche rotella fuori posto.»

«No, dico sul serio. Dev'essere difficile essere così attaccati al proprio potere.» La ragazza si tirò di nuovo su gli occhiali con un dito. «Sono riusciti ad arrivare in cima all'albero e ora cercano disperatamente di restare su. Tutto ciò che fanno è per controllarci, per tenerci giù. Il linguaggio, il sesso...»

«Non credi che a loro il sesso potrebbe piacere?» chiese Sóley.

«È fonte di ansia. Gli uomini devono ignorarci come esseri viventi. Siamo un territorio da conquistare.»

«È orribile, cazzo», disse Sigga.

« Se ci pensano troppo, è inevitabile che pensino alla morte. »

« Non ti seguo », disse Sóley.

« Perché tutti veniamo da una donna. E se segui quella linea di ragionamento, ricordi che una volta non eri nulla e un giorno tornerai a essere nulla. »

« Quindi non fanno sesso », disse Sigga.

Sóley scosse la testa. « A che cosa serve la vita senza sesso? »

Sigga la rivide mentre sorrideva a Pétur in cucina. « Avevo dimenticato che tu sei fissata su questa cosa. »

Sóley le soffiò il fumo in faccia e sorrise di nuovo.

Il barista tornò con i tre *brennivín* e le ragazze brindarono facendo tintinnare i bicchieri. Sigga chiuse gli occhi mentre il liquido scendeva bruciandole la gola. Udì vagamente l'altra ragazza dire qualcosa a Sóley, e quando riaprì gli occhi erano rimaste soltanto loro due; l'altra si era allontanata per raggiungere il gruppo alle loro spalle.

« Come va fra voi due, a proposito? » chiese Sóley spegnendo il mozzicone. « Fra te e il tuo ragazzo, con cui è chiaro che non ti piace fare sesso. »

« Non lo so. È tutto un gran casino. » Sigga si sedette sullo sgabello rimasto vuoto e fece un mezzo sorriso a Sóley. « Ho appena detto alla mia famiglia che penso di essere incinta. »

« Oh, *cazzo.* »

« Già. »

« Che cosa hai intenzione di fare? »

« So bene che cosa pensi che dovrei fare. »

« Stammi a sentire », iniziò Sóley. « Un bambino è un miracolo, non fraintendermi. Ma credo che... È la tua vita quella che verrà sconvolta, perciò devi poter scegliere liberamente. Non è che solo perché abbiamo una vagina, quello deve essere il nostro destino. »

« Lo so. » Sigga si morse il labbro. « Solo che... non avrei mai voluto essere io a dover prendere una decisione del genere. »

« Sigga », disse Sóley afferrandole la mano. « Tu puoi volere o non volere questo bambino. Puoi volere *e* non volere questo bambino. Chiunque dica che esiste solo un modo per affrontare questa cosa, può anche andare a farsi fottere.»

Abbracciò Sigga, la quale si abbandonò per un istante, concentrandosi soltanto sul fastidio che le provocava una delle fibbie della salopette di Sóley che premeva contro il mento. *È così che avrebbero dovuto reagire*, si disse, e si morse di nuovo il labbro per evitare di scoppiare a piangere.

«Andrà tutto bene», disse Sóley. «Andrà bene, capito?»

«Capito.»

Attraverso la finestra alle spalle di Sóley, Sigga notò un fiume di persone che sfilavano. *Mi sono persa qualcosa*, pensò, e si arrabbiò con se stessa. Si premette le dita sugli occhi finché non apparvero dei puntini rossi dietro le palpebre. Poi abbassò le mani ma continuò a tenere gli occhi chiusi, ascoltando le esternazioni euforiche intorno a lei, la tosse secca del barman e, come sottofondo a tutto questo, la radio, con la voce del presentatore ridotta a un borbottio indistinto. Poi, d'un tratto, udì un colpetto sul vetro e, aprendo gli occhi, vide Pétur in attesa fuori.

Si staccò da Sóley e istintivamente alzò la mano per salutare suo fratello.

Pétur indicò la porta e inarcò le sopracciglia, come se le facesse una domanda, e lei alzò le spalle.

«C'è mio fratello fuori», disse.

«Okay.» Sóley mantenne un'espressione neutrale.

Pétur entrò e si diresse verso di loro.

«Ehi.»

«Ehi.»

«Amma mi ha detto che ti avrei trovato qui.»

«Ti ha mandato lei?» chiese Sigga.

«No.»

«Bene.» Sigga sentì calare la tensione e al tempo stesso continuava a essere arrabbiata con se stessa. Certo che Amma non pensava a lei; era troppo occupata a frequentare obitori e a mentire riguardo le persone che non c'erano più.

«Senti, mi dispiace per come ci siamo comportati prima a

proposito del.... » Pétur guardò Sóley, poi di nuovo sua sorella. « Be', è stata una scena disgustosa. »

« Sóley sa tutto », disse Sigga.

Pétur si schiarì la voce. « Ah. Comunque sono venuto a vedere se stavi bene. »

« Vado in bagno », disse Sóley. « Se viene il barista, faccio il bis. »

Scese dallo sgabello e passò accanto a Pétur. Sigga vide le loro mani sfiorarsi, e le parve un contatto quasi inconsapevole. Distolse lo sguardo.

« Non so », disse dopo una breve esitazione. « Se sto bene, intendo. »

« Di quanto sei? »

« Probabilmente non tanto avanti. Sei settimane, credo. »

« Olafur come l'ha presa? »

Lei lo guardò un po' riluttante. « Non gliel'ho detto. »

« Okay. » Pétur si avvicinò per far spazio a un gruppetto di donne che si stavano spostando dal fondo del locale ai tavoli davanti. « Hai intenzione di dirglielo? »

« Non voglio pensarci in questo momento. »

« Okay. Certo. »

Sigga finì il suo *brennivín*, trasalendo per il bruciore alla gola provocato dall'alcol. « A proposito, grazie. »

« Per che cosa? »

« Per essere venuto a vedere come sto. E per aver preso le mie parti, prima. »

« Figurati. » Le guance di Pétur si coprirono di rossore. « Io non ti odio, Sigga. Non so perché hai sempre pensato che fosse così. Eravate voi due a tagliarmi fuori. »

« Di che cosa stai parlando? »

« Di te e Gabríel. Hai sempre preferito lui. »

Sigga sentì montare un'irritazione familiare e si trattenne.

Il barman tornò con la bottiglia di *brennivín* e indicò i bicchieri vuoti sul bancone, e lei annuì.

« È vero che piangevi quando ero in ospedale? » chiese Sigga bevendo un sorso non appena il barman ebbe finito di rabboccare i bicchieri. « Me l'ha detto Pabbi. »

« Vuoi dire dopo che hai rischiato di annegare? »

« Sì. »

« Pensavi che non l'avessi fatto? »

« Sì. »

Pétur lasciò andare un lungo sospiro. « Mi dispiace, allora. Comunque sì, ho pianto un sacco. »

« Dispiace anche a me. » Sigga bevve un altro sorso. « Forse è stato più facile pensare che fossi tu a odiarmi, anziché la mamma. »

Pétur le prese il bicchiere di mano e bevve un sorso anche lui. « La mamma non ti odia. »

« No? » Lei si appoggiò al bancone. « Da come si comporta, direi proprio di sì, invece. Ma forse tu non lo capisci perché sei il suo preferito. »

« Be', forse sono il suo preferito solo perché ogni volta che eri in crisi tu correvi sempre da Pabbi e Gabríel era già maturo a quattro anni. Io ero l'unico che sembrava aver bisogno di lei. » Le restituì il bicchiere. « Mi rendo conto che a volte è intrattabile. Ma non è sempre stata così. Gabríel dice che una volta rideva molto di più, e anche a me sembra di ricordare che era così. »

« E ha smesso di essere allegra quando sono arrivata io, giusto? »

« No, tu non c'entri. È semplicemente diventata triste, e questa specie di depressione non se n'è più andata. »

« È stato a causa di Pabbi? »

Pétur le lanciò un'occhiata in tralice. « Che cosa intendi dire? »

Forse il vero problema era la sua immaginazione, pensò Sigga, visto che immaginava sempre che la gente facesse le cose peggiori. Ad ogni modo, era evidente che a Pabbi non aveva fatto piacere vedere lei e Amma quel giorno in cui lo avevano sorpreso con Ísafold mentre uscivano dal seminterrato.

«È stato così?»

Pétur si strinse nelle spalle. «Non lo so. Non credo che ci sia stata un'unica causa.»

«Ah», disse lei, e bevve un altro sorso di *brennivín*.

«Alza il volume!» gridò qualcuno, e la ragazza più vicina alla radio si protese e girò la manopola sino a quando la voce di Minnie Riperton sovrastò tutte le altre nella sala.

C'erano dei pallini blu, rossi e violetti che danzavano all'angolo del suo campo visivo, e quando le donne intorno a lei presero a scuotere la testa a ritmo di musica, i loro capelli si agitarono come alghe marine, e Sigga si sentì frastornata. Si erano riunite a cerchio, le braccia dell'una sulle spalle dell'altra, la testa gettata indietro, e cantavano a squarciagola.

Perché sua madre aveva smesso di ridere? Sigga non voleva pensare che avesse qualcosa a che fare con Pabbi, ma era stato lui stesso a dire che avrebbe dovuto essere più presente. E non voleva nemmeno pensare che fosse a causa sua, ma i neonati erano faticosi da gestire, e quelli che piangevano in continuazione, come lei, lo erano ancora di più. E poi, sua madre avrebbe potuto diventare una ballerina professionista in Norvegia. La sua vita avrebbe potuto essere come l'ultima estate di Sigga, solo che avrebbe mangiato pesce, formaggio marrone e mirtilli rossi, e sarebbe uscita con le altre ballerine sull'onda del momento per andare a nuotare nei laghi, o in campeggio nei boschi, o a cercare i troll.

Le balenò in mente la possibilità che sua madre fosse pentita di aver avuto dei figli. E aveva ragione, in un certo modo. Che senso aveva investire nell'istruzione, imparare un mestiere, lavorare sodo, quando non appena una donna scopriva di essere incinta il mondo si chiudeva davanti a lei? Come poteva esserci parità di diritti quando la genitorialità, in sostanza, equivaleva unicamente a maternità?

Bevve un altro sorso di *brennivín* e scese dallo sgabello.

«Dove vai?» chiese Pétur.

«Devo fare una cosa. Tu resta qui. Flirta pure con Sóley. Pare che tu non le sia indifferente. Ci vediamo a casa.»

Ísafold parve sorpresa quando aprì la porta. «Sigga», disse. «Ho perso qualcosa alla manifestazione?»

«Non proprio», disse Sigga, e avanzò decisa, tanto che Ísafold dovette indietreggiare rimanendo a metà della soglia. «Volevo parlarle di una cosa.»

«Non è il momento giusto, per la verità», disse Ísafold guardando oltre le spalle di Sigga.

«Be', io voglio parlarne ora e fuori fa freddo.»

Per qualche istante Ísafold sembrò combattuta sul da farsi, poi indietreggiò di nuovo e Sigga entrò in casa. La donna si affrettò a chiudere la porta alle sue spalle.

«Posso farti un caffè?» chiese.

Sigga si guardò intorno. Sentiva gli effetti del vino e del *brennivín*, e aveva la vista un po' annebbiata, ma era in grado di stabilire che la casa non era accogliente come la sua. In quel momento si trovava in un piccolo vestibolo – circa due metri per due – che si apriva nella cucina e, da lì, su un altro ingresso dove immaginava si trovassero le scale, e poi un'altra stanza. Non c'erano quadri alle pareti né soprammobili sul tavolino dell'ingresso, e nessuna pila di scarpe sotto l'attaccapanni. La moquette era rosso scuro e le pareti marroncine. C'era odore di pulito – disinfettante e abiti appena stirati – e il suono di un televisore a tutto volume proveniente da qualche stanza più in là.

«Sì, d'accordo», disse lei. «Prendo un caffè.»

Uscirono dal vestibolo. In cucina le luci erano molto più forti e Sigga sbatté le palpebre un paio di volte, non solo per l'illuminazione eccessiva, ma perché la stanza aveva le pareti di un giallo vivace e piani di lavoro e pensili in laminato arancione. In mezzo alla stanza c'era un piccolo tavolo rotondo e un'isola con un lavandino e, dietro, un armadietto. Un telefono, anch'esso giallo, era appeso al muro, privo di filo.

«Non funziona da un po'», disse Ísafold seguendo lo sguardo di Sigga. «Ad ogni modo, faccio il caffè.» Andò all'armadietto, tirò fuori una caffettiera e iniziò a riempirla. «Di che cosa volevi parlarmi?»

«Mio padre è stato qui?» chiese Sigga.

«Può darsi», disse Ísafold. «Non ricordo.»

«È sicura?»

La donna si voltò e le lanciò un'occhiata strana.

«Voglio dire», proseguì Sigga «il tempo che trascorrete insieme è davvero notevole, no?»

«Spero che tu sappia che sono molto grata a tuo padre per tutto l'aiuto che mi dà.»

«Certo che lo è.»

«Sigga...» Ísafold era arrossita. «Penso di sapere dove vuoi andare a parare, ma hai frainteso. Tra me e tuo padre non sta succedendo nulla.»

«Strano. Perché non sento puzza di umido qui dentro.»

«Be', in effetti non era proprio così...»

Udirono il rumore di una chiave che veniva infilata nella serratura, e la porta di casa si aprì. Ísafold sobbalzò facendo cadere il barattolo del caffè sul pavimento e rovesciandone il contenuto ai suoi piedi.

«Cazzo», disse piano mentre le si inumidivano gli occhi.

«È solo caffè», disse Sigga.

«Fa un freddo cane qui dentro», disse una voce maschile proveniente dal vestibolo. «Ti avevo detto di accendere il riscaldamento mezz'ora prima del mio ritorno a casa.»

Ísafold si chinò e iniziò a raccogliere il caffè con le mani. Parlava tra sé, a voce troppo bassa e concitata perché Sigga potesse capire che cosa diceva.

«Rispondimi, perché?» incalzò la voce maschile, e poi una figura apparve sulla soglia. Sigga riconobbe vagamente il marito di Ísafold.

La donna si rialzò. «Stefán», disse con un tono strano. «Lei è Sigga, la nostra vicina di casa.»

«Ciao, Sigga.» Stefán entrò in cucina portando con sé una scia di profumo muschiato. «Che cos'è questa, una visita di cortesia?»

«Sì», disse Sigga dopo un attimo di esitazione. «Diciamo di sì.»

«Dovremmo offrirti qualcosa da bere, allora.»

«Stavo giusto preparando il caffè», disse Ísafold.

«Intendevo qualcosa di più forte.»

C'era una cappa calda e umida nell'aria, un senso di elettricità. Sigga spostò il peso da una gamba all'altra e si mise i capelli dietro le orecchie. L'uomo le rivolse un sorriso sghembo. Aveva un che di Clint Eastwood, ora che ci pensava. Alto, mascella volitiva. Mani forti.

«Sicuro che non vuoi un caffè?» gli chiese Ísafold.

Sembrava accartocciarsi su se stessa, rattrappirsi, senza muoversi in realtà. Guardandola, Sigga ebbe la sensazione di guardare dalla parte sbagliata attraverso un telescopio; ogni cosa era molto chiara, molto remota.

«Non ti ho appena detto che voglio qualcosa di più forte?» disse Stefán, con un tono imperioso. Scuotendo la testa si diresse verso un mobiletto nell'angolo più lontano della cucina e tirò fuori una bottiglia.

Senza dire niente, Ísafold andò a prendergli un bicchiere e lui si versò una dose abbondante di rum senza staccare gli occhi dal seno di Sigga. «Allora? Perché stasera?» disse,

«Non posso semplicemente essere cordiale?» chiese Sigga a braccia conserte.

Sul viso dell'uomo ci fu una piccola contrazione, un fremito, come se si fosse mosso un piccolo muscolo nella sua mascella. «Non stai cercando di mettere gli artigli su mia moglie, vero?» disse lui sorridendo.

«Che cosa?»

«Quella ridicola pagliacciata di oggi, la manifestazione. Scommetto che ci sei stata anche tu. Sai che cosa fa il femminismo?»

«Che cosa fa?»

«Spinge le donne a lasciare il proprio marito, a uccidere il bambino che portano in grembo, a diventare streghe e fottute lesbiche.» Bevve un sorso di rum. «Perciò, se pensi che io ti permetta di mettere strane idee nella mente di mia moglie, puoi pure scordartelo.»

Ísafold rimase in silenzio, ma Sigga percepì che ce la stava mettendo tutta, come se tutta la sua energia fosse convogliata nello sforzo di tenere la bocca chiusa, la schiena dritta e non perdere la calma. Stefán sorrise di nuovo.

«Forse è meglio che io vada», disse Sigga.

L'uomo bevve una sorsata di rum. «Brava.»

«Bene.» Sigga si sentì formicolare le dita di mani e piedi per un improvviso afflusso di sangue. *Hai intenzione di lasciarla qui?* «Sta...?» Cercò di incrociare lo sguardo di Ísafold.

«Sta bene», tagliò corto Stefán. «È dove è giusto che sia.» Allungò una mano e la posò sulla nuca di Ísafold, come una gatta che trasporta il suo piccolo. «Le do tutto ciò di cui ha bisogno, non è così, Ísa?»

Lei sorrise debolmente a Sigga. «È stato un piacere vederti», disse.

Sigga tornò nell'atrio cercando di non passare davanti a lui. Le tremavano le mani mentre tentava di aprire la porta di casa, e per un attimo non riuscì a ruotare il nottolino della serratura, poi, quando ci riuscì, la porta raschiò sul pavimento opponendo un po' di resistenza. La tirò con forza, sempre più ansiosa mentre udiva avvicinarsi dei passi dalla cucina.

«Devi stare più attenta», disse Stefán dietro di lei, e le passò un braccio sopra la testa. Il cuore di Sigga batteva così forte che lo sentiva pulsare in gola. «Visto?» L'uomo tirò la maniglia, la porta si aprì con facilità e lei sgusciò via.

1911

Il cielo all'ingresso della grotta passò lentamente dal viola intenso al grigio chiaro. Anche la grotta cambiò, evidenziando contorni, sporgenze e stalattiti appuntite.

Gudrún sentì che Magnús stava per risvegliarsi. Si sforzò di avvicinarsi a lui e di distendere la sua espressione in un sorriso. Forse era stato lo shock della notizia a farlo apparire freddo ai suoi occhi la sera prima, pensò. Forse al risveglio sarebbe tornato di nuovo se stesso.

Le palpebre di Magnús si muovevano.

« Buongiorno », disse Gudrún.

« Che ore sono? » chiese subito lui, ma come se non si aspettasse una risposta. Tirò fuori l'orologio e diede una rapida occhiata. « Le otto. Partiremo non appena spunterà il sole. »

« Come ritieni più opportuno », disse Gudrún.

Lui aggrottò leggermente la fronte e lei si morse la lingua. Era troppo, si stava comportando in modo troppo diverso.

Si puntellò sul gomito per tirarsi su, e quando fece per alzarsi, trasalì nel momento in cui dalla caviglia partì una fitta che risalì lungo la gamba.

« Povera Gudrún », commentò Magnús. Descriveva lenti cerchi con il pollice sul quadrante dell'orologio. « Se non altro, questo ci toglie ogni incertezza. Andrò a cercare Freyja da solo. »

« No, no. Se non la carico troppo, ce la faccio. »

« Pensavo che ci fossimo accordati su questo punto ieri sera, o no? »

«Io... non voglio restare qui da sola.»

«Be'...»

Gudrún sentiva che stava vacillando e abbassò lo sguardo. «Ti prego.»

Magnús le si avvicinò e le posò una mano sulla nuca, accarezzandola. «Non ti credevo capace di aver paura.»

«Tutti hanno paura di qualcosa», disse Gudrún.

«Non tutti hanno il buon senso di ammetterlo.»

La abbracciò, e lei lo lasciò fare, abbandonandosi fra le sue braccia. Erano forti intorno a lei, solide, e lui aveva ancora addosso quell'accattivante profumo muschiato. Gudrún avvertì una calda contrazione in fondo al ventre e si odiò per questo.

Abbandonarono il rifugio mentre il sole faceva capolino oltre la linea di un mare che si andava colorando di rosa, come se arrossisse. Il cielo aveva il colore del rame puro, il colore dei capelli di Skúli a dieci anni, e l'aria era tersa ovunque, e fresca. Gudrún si fermò per un istante per riempirsi i polmoni, quasi fosse rimasta nella grotta per mesi anziché per una sola notte. Quell'aria era parte della montagna, lo sapeva, come se la montagna andasse oltre la terra e la roccia. Continuava più in alto, nell'atmosfera, orgogliosa e vitale; Gudrún percepiva una rinnovata consapevolezza nella gola, un senso di sicurezza, e d'un tratto capì che poteva farcela, che poteva salvare Freyja. E magari anche conquistare Magnús.

«Per fortuna la neve non è troppo alta», disse lui.

«Già.»

«Tieni la mia mano mentre procediamo lentamente.»

«Grazie.»

Il passo lento e cadenzato dava a Gudrún la possibilità di assaporare la bellezza del paesaggio. Un paio di volte colse il balenio della pelliccia fulva della volpe e sorrise tra sé, come se avesse riconosciuto un'amica. Non c'era nessun altro in vista su quel versante. La squadra di ricerca sarebbe partita da casa di Rósa di lì a poco, se già non l'aveva fatto, ma questa volta per trovare tre dispersi, non una.

Magnús camminava davanti a lei, liberando il sentiero dagli sterpi e tastando la tenuta di ogni pietra prima di avventurarsi oltre. Si dirigevano verso ovest, ma senza salire o scendere troppo rispetto a dove erano partiti. Dopo un po' Gudrún ebbe l'impressione che lui sapesse dove stavano andando, che la loro ricerca fosse più mirata rispetto al giorno prima. Ma quel pensiero era solo frutto della sua immaginazione, si disse. O forse l'aria frizzante del mattino aveva avuto lo stesso effetto rinvigorente anche su di lui.

Camminavano da quasi un'ora quando Magnús si fermò e si voltò verso di lei. Guardando oltre le sue spalle, Gudrún vide l'ingresso di una grotta. Proprio come la loro, quella che si apriva lì davanti era piccola e nascosta ma, a differenza dell'altra, era coperta da una sottile coltre di neve. Diede una stretta alla mano di Magnús e la indicò.

«Guarda.»

Lui annuì.

«Entriamo a dare un'occhiata.»

Magnús tirò fuori l'orologio e lo rimise in tasca senza guardarlo. «Se Dio vuole, Freyja è là dentro, sana e salva.»

«Forse è meglio se entro io per prima, non credi?», disse Gudrún. «Tu rimani fuori finché non ti chiamo.»

Magnús si passò la mano libera sul viso; sembrava incerto, quasi triste. «E se fosse stato troppo freddo per lei là dentro?»

«Speriamo di no.»

Gudrún gli lasciò la mano e, zoppicando, si avviò verso la grotta. All'ingresso si prese qualche istante per vedere se c'erano ossa in giro, per annusare l'aria e captare l'eventuale odore di animali selvatici. Nulla.

«Che cosa aspetti?» gridò Magnús.

Gudrún si accorse che aveva fatto un passo verso di lei.

«Sono appena dietro di te», disse lui.

Gudrún lo sentiva muoversi nervosamente alle sue spalle, e avvertendo i suoi occhi addosso fu colta da uno strano timore.
« Va bene », disse. « Sto entrando. »
« Vai avanti, allora. »
Lei si inoltrò, decisa ad allontanarsi da lui.
« Freyja? » chiamò, poi di nuovo, più forte. E se sua sorella non fosse stata lì? Eppure doveva esserci. Avanzò di un altro passo e si fermò, lasciando che gli occhi si abituassero alla penombra. Se non l'avesse trovata, Gudrún avrebbe dovuto ammettere di aver sbagliato e riconoscere che Rósa aveva ragione. Forse non conosceva sua sorella così bene come aveva pensato, dopotutto. O, ancora peggio, se Freyja fosse stata da qualche parte su quella montagna ma Gudrún avesse perso la capacità di trovare le cose? Se Freyja fosse stata l'unica cosa che non riusciva a trovare?
« Ti prego, Freyja », disse, la voce incrinata.
Avvertì un movimento dentro la grotta. Gudrún raccolse le forze preparandosi a ciò che la aspettava.
« Freyja, sono io. »
« Gudrún? »
Le ci volle qualche istante per individuarla. Era seduta a terra con le ginocchia piegate contro il petto, gli occhi sbarrati, i capelli in disordine e la pelle pallidissima, livida in alcuni punti. Aveva un'aria così fragile, come una bambola o una bambina, che Gudrún dovette trattenersi per non scoppiare a piangere.
« Pensavo che fosse qui, Gunna. »
« Chi? »
« Tomas. »
« Ma perché? »
« *Lui* lo sapeva. Sapeva che questa montagna era speciale per me. Pensavo che avrebbe lasciato qui Tomas, come avvertimento. Perché io sono destinata a essere *sua*, me l'ha detto lui. »
Il timore di essere arrivata troppo tardi balenò nella mente di Gudrún.

«Oh, Dio.» Si avvicinò e gettò le braccia al collo di sua sorella. «Oh, Dio. Oh, Dio, Oh, Dio.»

Freyja le sussurrò qualcosa nei capelli e Gudrún si ritrasse.

«Che cosa hai detto?»

«Non volevo lasciarlo qui», spiegò Freyja.

Gudrún fece un respiro profondo, poi un altro. «Magnús», mormorò con un rantolo, e Freyja spalancò gli occhi. «Magnús» urlò Gudrún. «*Magnús.*»

«Tutto bene lì dentro?»

«È successa una cosa.»

Freyja scuoteva la testa, balbettando tra sé. Gudrún la strinse più forte finché non furono una cosa sola. «Va tutto bene. Sstt, tranquilla. Va tutto bene.»

«Gunna», disse Freyja, e Gudrún la sentì irrigidirsi di colpo.

Allungando il collo vide Magnús all'ingresso della grotta, che guardava Freyja, seminascosta tra le braccia di Gudrún.

«Magnús», disse Gudrún. «Freyja è qui. Credo che sia sotto shock, sta farneticando.»

Lui lasciò andare un lento respiro.

«Pensava che Tomas fosse quassù.»

Freyja si staccò da lei. Gudrún, guardandola, vide che stava fissando Magnús, le braccia strette in vita come per proteggersi, come per sottrarsi alla vista di lui.

«Mi hai sentito?» chiese Gudrún cercando di spezzare quel momento di tensione fra i due.

Lui fece un passo avanti. Qualcosa gli attraversò il viso, qualcosa che Gudrún non capì subito. Sembrava pietà, ma non proprio.

«Pensi ancora che lui sia qui?» chiese Magnús.

«No», disse Freyja.

«Ti ho detto che l'ho visto comprare un biglietto per il traghetto. Perché mai dovrebbe nascondersi quassù?»

«Non avevi detto che l'avevi visto salire a bordo?», puntualizzò Gudrún.

«Ho detto questo?»

«Sì. Ne sono certa...» Le pulsava la testa e aveva le orecchie ovattate. *Qualcosa non va, qualcosa non va.*

Magnús posò lo sguardo su di lei per un attimo, poi di nuovo su Freyja. «Allora è ancora meno probabile trovarlo qui.»

«Posso chiedere al capitano», disse Freyja. «La prossima volta che attracca in porto.»

Lui si passò la lingua sul labbro inferiore.

«Non l'hai visto salire a bordo, quindi?» lo incalzò Gudrún. Forse, se avesse insistito, si sarebbe chiarito tutto.

«Può darsi che lo abbia scambiato con qualcuno che gli somigliava.» Magnús si mise la mano in tasca. «L'ho visto comprare il biglietto e poi ho *creduto* di averlo visto imbarcarsi, ma potrei essermi sbagliato.»

«Ma...» Gudrún lo guardò, e d'un tratto fu come se si trovassero sott'acqua; lo vide scintillare e cambiare forma davanti ai suoi occhi e sentì il gelo insinuarsi piano dentro di lei. Aveva capito tutto. Le salì in gola un fiotto di bile e deglutì. Come faceva a saperlo? O l'aveva sempre saputo?

Era stato lui il primo per Freyja. Magnús.

C'era lui dietro i silenzi di sua sorella, le notti insonni e le preghiere di non costringerla a tornare alla fattoria. E il rossore, il ritrarsi spaventata... non era perché Freyja era innamorata di lui, ma perché aveva paura di lui. Le aveva confidato di provare vergogna. Che cosa era successo fra loro? Che cosa le aveva fatto? E non solo a Freyja. Quella mano alla festa di Rósa. Quella mano che era sembrata così sicura nello scostare la gonna e toccarla dove nessuno l'aveva mai toccata prima. Senza permesso e con il favore del buio. Gudrún aveva dato per scontato che fosse Tomas perché poco prima aveva udito la sua voce vicino a sé, ma doveva essere stato Magnús. Era abbastanza vicino per farlo.

Si voltò giusto in tempo prima di vomitare.

Magnús accorse al suo fianco, mostrandosi premuroso. Le accarezzò la schiena e le mormorò all'orecchio: «Povera Gudrún. È stato difficile, con la caviglia in quello stato, e ora trovi Freyja... così».

Non toccarmi, avrebbe voluto gridare lei, ma rimase in silenzio. Non poteva lasciar trapelare nulla di ciò che pensava.

Freyja fu scossa da un singhiozzo. «Dov'è, allora?»

«Non lo so», disse Magnús.

Gudrún incrociò il suo sguardo; di nuovo quel verde irresistibile. Ora però sapeva che era il verde della pelle di un serpente, il verde della lattuga di mare che cresceva lungo la costa soffocando le altre piante e avvelenando i pesci. Affondò le unghie nel palmo della mano.

«Tu che cosa ne pensi, Gudrún?», chiese lui.

La stava osservando. Lei cercò di tenere gli occhi ben aperti, senza tradire alcun sospetto. Magnús stava facendo la stessa cosa: lei poteva quasi vedere i suoi pensieri agitarsi dietro quella facciata innocente, e si sentì salire in gola un'irrefrenabile voglia di ridere.

No, si disse. *Non farlo. Non scoppiare in una risata isterica proprio adesso. C'è ancora troppa strada da affrontare, prima.* E, insieme a questi pensieri, si domandò: *Come ho fatto a essere così cieca?*

Le giunse un'altra voce. *Si nascondono nelle profondità.*

«Papi», lo chiamò con un fil di voce, e i suoi occhi si riempirono di lacrime. Papi, che in quel momento era in mare aperto, solo, intento a sistemare, trasportare, pulire, conservare, con le braccia doloranti per lo sforzo e la pelle che pizzicava per il freddo. Tutto per le sue figlie, per garantire loro cibo e sicurezza. Come avrebbe reagito se, tornando a casa, avesse scoperto che entrambe erano state travolte da una tormenta di neve in montagna? Sarebbe morto di dolore.

Sopravvivi, allora, si disse Gudrún. *Pensa soltanto a come sopravvivere, tu e Freyja. È l'unica cosa che conta in questo momento. Se lui non sa che tu sai, forse vi lascerà stare.*

«Tomas potrebbe aver cambiato idea», disse. «Magari ha avuto un incidente mentre tornava da Arnarstapi. O potrebbe anche non essere stato un incidente. Forse era ancora sotto shock per il naufragio.»

«E voleva farsi male?»

Sentì Freyja agitarsi al suo fianco. *Non farglielo capire, non dire nulla.*

«Lui *non* era sotto shock», disse Freyja.

«Lo era, tesoro. Se ne andava in giro con quell'aria da cane bastonato. Oh, Dio», esclamò Gudrún, e si gettò fra le braccia di Magnús. «Non posso sopportarlo.»

Sentì la sua mano batterle la schiena. «È sconvolgente, lo so.»

«Sono così felice che tu sia qui», disse Gudrún, anche se ogni centimetro del suo corpo rifuggiva da lui. Il suo io, la parte più recondita di sé, la sua essenza. Aveva lasciato che entrasse dentro di lei. Lo aveva accolto, persino.

«Certo che sono qui», disse Magnús, e lei colse la nota trionfante nella sua voce.

Gudrún si raddrizzò e si rivolse a Freyja.

«Magnús mi ha aiutato quando tutti gli altri si sono rifiutati di farlo», disse. Cercò di incrociare lo sguardo di sua sorella, ma lei guardava a terra. «Siamo partiti ieri e ci ha sorpresi la bufera.» Gli lanciò un'occhiata. «Freyja ha freddo ed è stanca.»

«Devo portarla giù al più presto», disse Magnús.

«Lo so.»

Freyja si coprì il volto con le mani.

Dov'era accaduto? Nel fienile? D'un tratto Gudrún vide la scena; vide Freyja al lavoro, intenta a ramazzare, a raccogliere le uova, e poi le braccia di Magnús che la avvolgevano. Si era ribellata? Lui era abbastanza forte da rendere inutile qualsiasi tentativo di divincolarsi. Poi l'aveva voltata e schiacciata contro il muro, un rapido frugare sotto la gonna.

O forse non era andata affatto così. Forse lui l'aveva lusingata, forse avevano flirtato prima. Eppure si tornava sempre al fienile. A un uomo che, sentendosi umiliato da sua moglie, era convinto che il mondo gli dovesse un risarcimento e si era ritenuto in diritto di prenderlo da un'altra donna. Ora che aveva scoperto in lui quella propensione alla violenza, Gudrún non poteva non vederla. Le immagini si rincorrevano nella sua mente: dita che si protendono, afferrano, tappano la bocca per impedire qualsiasi richiesta di aiuto. Un ginocchio che preme in mezzo alla schiena, immobilizzando il corpo...

Una rabbia indomabile infuriava dentro di lei. Gudrún decise di accoglierla, di fomentarla. Se non fosse stato per la rabbia, sarebbe crollata dentro, disintegrandosi in un miscuglio di vergogna e disgusto. Avrebbe odiato se stessa, e non lui, per ciò che avevano fatto. Per la propria vulnerabilità.

«Gudrún?» la richiamò Magnús, e lei si rese conto che le stava parlando da un po'.

«Scusa...»

«Tu mi aspetti qui? Manderò gli altri a prenderti non appena sarò giù... non appena saremo giù.»

«Certo.» *Non fargli capire che sai, non dire nulla.*

Gudrún afferrò i polsi di Freyja e le staccò dolcemente le dita premute sul volto. «Freyja, Magnús ti riporterà a casa. Io sono infortunata, perciò devo rimanere qui, altrimenti finirei soltanto per rallentarvi.»

«*No.*»

Magnús si avvicinò di un altro passo, apparentemente in modo involontario, perché parve controllarsi e assumere un'espressione compassionevole.

«Dobbiamo fare così», disse Gudrún.

«Tu non puoi rimanere qui», disse Freyja a bassa voce.

«Me la caverò. È più importante mettere te in salvo.» Gudrún le accarezzò la guancia. *Non badare a quello che ti sto dicendo*, pensò, *fidati di me e basta.* Lo pensò e lo ripensò, il più intensamente possibile, e la terza volta finalmente Freyja incrociò il suo sguardo. Aveva l'aria esausta. *Annuisci, tesoro*, le disse Gudrún in silenzio, ma sua sorella si limitò a sbattere le palpebre.

«Andiamo, Freyja», la esortò Magnús con tono rassicurante. «Puoi appoggiarti a me.»

Gudrún la vide ritrarsi istintivamente e le diede una stretta sulla spalla per infonderle forza e sostegno. «Vai. Ti raggiungerò presto, te lo prometto.»

Freyja era esitante.

«Te lo prometto» ripeté Gudrún.

Freyja prese la mano di Magnús e si alzò lentamente. Lui le rivolse un sorriso incoraggiante, poi fece scivolare un braccio intorno alla sua vita. «Siamo circa a metà strada. Ci vorrà solo qualche ora per scendere.»

«D'accordo», disse Freyja debolmente.

«Tu rimani attaccata a me, però. Ci sono dei tratti molto scoscesi.»

Guardandolo toccare Freyja, Gudrún si sentì confusa, stordita, come se il suo corpo si stesse dissolvendo a poco a poco e lei stesse per fluttuare nell'aria come un grappolo di bolle di rabbia.

Non fargli capire che sai, non dire nulla.

«Buona fortuna», disse, facendo uno sforzo per mantenere un tono di voce normale.

Magnús le porse la mano e lei la prese, stupita di se stessa. Le diede una stretta, rivolgendole quel sorriso che ormai le era familiare, poi si voltò e condusse Freyja fuori dalla grotta.

Gudrún attese finché non riuscì più a udire Magnús che parlava dolcemente a Freyja, né a vedere le loro ombre sulla neve intorno alla grotta, e poi un'altra manciata di minuti per scaramanzia, dopodiché anche lei lasciò il rifugio.

Ed eccoli là, a una trentina di metri alla sua sinistra, che si facevano strada verso valle. Magnús stava dietro Freyja, tenendole una mano sulla spalla. Lei camminava a testa bassa. Gudrún avrebbe atteso un altro minuto, poi avrebbe iniziato a seguirli per tenerli d'occhio. La caviglia l'avrebbe rallentata, ma non troppo; era migliorata rispetto al giorno prima, comunque.

Per un attimo si domandò che cosa avesse in mente Magnús, se stava studiando il modo per impedire a Freyja di rivelare quello che le aveva fatto, come aveva ucciso Tomas. Perché doveva averlo ucciso di certo, Freyja aveva ragione, altrimenti perché quel raggiro?

Illuditi pure di scansare le conseguenze delle tue azioni, pensò, *tanto è inutile. Ora so tutto. Anche se la minacci o la intimidisci, io la proteggerò, la terrò al sicuro.*

Non le attraversò la mente l'idea che Magnús avrebbe potuto fare seriamente del male a Freyja. Lui amava Freyja, nell'unico modo in cui sapeva amare qualcuno: in modo contorto, possessivo. Aveva detto che lei era sua. La desiderava troppo per farle qualcosa di male. No, tutto – il sole del mattino, l'aria di montagna, la volpe che li aveva seguiti come un'ombra – era dalla sua parte, dalla parte di Gudrún; tutto l'avrebbe aiutata perché lei era dalla parte dei giusti ed erano nel territorio di Bárdur ora. Si sentiva potente, quasi euforica. Avrebbe potuto compatirlo per quanto doveva essere fredda e infelice la sua anima, ma poi pensò alla piccola Freyja che le tendeva le braccia per essere stretta al petto e no, non poteva provare pena per lui.

Si alzò un vento che le scompigliò i capelli e glieli sbatté in faccia. Gudrún si strinse nel cappotto e si mise le mani in tasca stringendole a pugno per scaldarle. Dapprima non se ne rese conto, poi, d'un tratto, si accorse che la pietra era sparita.

Provò di nuovo la sensazione di essere sott'acqua, ma quella volta perché tutto l'ossigeno era stato risucchiato via dall'aria. La pietra ce l'aveva lui – ecco perché le aveva sfiorato la gamba. E lei aveva atteso troppo a lungo, li aveva lasciati andare troppo avanti.

Si mise a correre, ignorando il dolore bruciante che si scatenava nella caviglia a ogni passo. Cercò di raggiungerli il più silenziosamente possibile, scivolando lungo il pendio e scorticandosi. Una volta cadde in avanti e atterrò a faccia in giù su un cumulo di neve fresca, ma non ci badò. Era insensibile al freddo e al vento che le soffiava alle spalle. Guardò giù e fu sorpresa nel vedere che la propria ombra era sparita o, almeno, non era più visibile. Non produceva alcun suono; era parte della montagna, era la volpe, stava guadagnando terreno rispetto a loro. E ora era abbastanza vicina da cogliere frammenti di ciò che diceva Magnús, da vedere che aveva bloccato Freyja e le aveva afferrato il braccio con la mano sinistra. Il braccio destro di lui penzolava lungo il fianco. Erano nei pressi di una cengia, non abbastanza vicini al limite da scivolare giù, ma abbastanza perché lo stomaco di Gudrún si contraesse di paura. Era ancora a circa cinque metri da loro.

«... mi dispiace», stava dicendo Magnús. Dava le spalle a Gudrún, ma il vento sembrava portare le sue parole direttamente a lei. «Sai che cosa provo per te.»

Gudrún si fermò, si accovacciò e iniziò a strisciare.

«Ma devi capire che... Non posso permetterti di farmi questo.»

Poi la voce di Freyja, più esile. «Che cosa hai fatto a Tomas?»

«Oh, quello.» Gudrún riuscì quasi ad avvertire l'alzata di spalle noncurante nella sua voce. «Gli ho tagliato la gola.»

«È quello che hai intenzione di fare anche a me?»

«No, questo deve sembrare un incidente. C'è una squadra che ti sta cercando.»

«Lui dov'è?»

«Da qualche parte nella distesa di roccia lavica. Pensavi davvero che avrei trascinato il suo corpo su una montagna?»

«Pensavo...» iniziò Freyja. «Ero stata io a mostrarti quella grotta. Pensavo che fosse un messaggio per me.»

«Be', è stato sin troppo facile», disse Magnús, come se non l'avesse sentita. «Era ansioso di parlare quando gli ho anticipato che avevo qualcosa da dirgli su di te, che avrei potuto aiutarvi entrambi. Mi ha seguito come un cagnolino.»

Freyja scoppiò a piangere a singhiozzi.

«Non è possibile che tu tenga così tanto a lui.»

Seguì una breve pausa, e Gudrún smise di strisciare, poi Freyja riprese a parlare.

«Quindi che cosa intendi fare a me?»

Magnús alzò il braccio libero e mostrò qualcosa a Freyja. Gudrún, pur senza vederla, capì che si trattava della pietra. Continuò ad avanzare, un ginocchio davanti all'altro.

« Che cosa dirai a tutti? » chiese Freyja. La sua voce tremava, ma era più alta, e il petto di Gudrún si gonfiò di orgoglio.

« Dirò che sei caduta mentre scendevamo. O magari che ti sei buttata. Le donne tendono a perdere la testa quando sono state scoperte. »

« Scoperte? »

Gudrún era sempre più vicina ora, a solo un metro e mezzo. *Muoviti lentamente, più lentamente di così, alzati, non far scricchiolare la neve.*

Fermati, si sta muovendo anche lui.

Magnús aveva lasciato cadere la mano sinistra.

« Vorrei non doverlo fare », disse. Fece scivolare la mano sinistra nella tasca in cui custodiva l'orologio e nello stesso momento alzò quella destra, che stringeva la pietra.

Gudrún scattò come una molla. Lui doveva aver percepito la sua presenza con la coda dell'occhio, perché si voltò mentre lanciava la pietra in aria. Gudrún sentì la propria spalla entrare in contatto con una parte di lui – il suo stomaco? – e, con le orecchie che ronzavano, udì un debole scricchiolio.

Magnús era a terra. Lei crollò sulle ginocchia. Sulla coltre di neve apparvero delle macchioline rosse.

« Oddio », esclamò. Si guardò intorno, ma senza riuscire a mettere a fuoco: una forma scura giaceva accanto a lei, ma sembrava muoversi, ondulare. Una decina di Magnús che cercavano di tirarsi su.

« Gunna! » urlò Freyja da una distanza incolmabile. « Gunna, alzati. »

Gudrún scosse il capo. Vedeva dei puntini scuri davanti agli occhi e le ci volle qualche istante per collegare quel fenomeno con la pietra che stava di fianco a lei. Alzò una mano, se la portò alla tempia sinistra e sentì qualcosa di caldo e bagnato sotto i polpastrelli. Magnús l'aveva colpita con la pietra e ora lei stava sanguinando. O forse le aveva spaccato la testa in due. Qualunque cosa fosse accaduta, quello era il dolore peggiore che Gudrún avesse mai provato.

«Allontanati da lui, Freyja», disse. La sua voce era rauca e fiacca.

Freyja era accanto a lei ora e le tirava il braccio.

Magnús si alzò a sedere, comprimendosi lo stomaco; sembrava che faticasse a respirare.

«Stai lontano da lei», urlò Gudrún, e avvertì una fitta lancinante nel cranio.

Lui fece un lungo respiro. «Ti credevo diversa, Gudrún Einarsdóttir.»

Gudrún guardò sua sorella. I suoi occhi erano liquidi, inorriditi. Si portò una mano alla bocca. «Freyja...»

Ora Magnús era carponi. «Ma siete tutte uguali.» Fece un altro respiro profondo e riuscì a rimettersi in piedi, ma vacillò all'indietro.

«Stai lontano da lei» ripeté Gudrún.

Freyja le tirò il braccio ancora più forte, cercando di aiutarla a rialzarsi.

Magnús fece un passo avanti. «Pensavo che ti importasse di me.»

«Smettila», disse Gudrún, ma non avrebbe saputo dire se aveva parlato a voce alta o no. Le scoppiava la testa; si sentiva morire.

Un altro passo. Magnús era a una trentina di centimetri da lei, e lei cercò di spingere via Freyja per proteggerla con il proprio corpo.

«*Smettila*», disse Gudrún, questa volta per davvero.

«Sarà colpa tua», disse lui, e le si scagliò contro.

L'aveva agguantata. Le bloccò le braccia lungo i fianchi e la trascinò verso il bordo della cornice rocciosa alle sue spalle. Lei lottava scalciando, puntando i talloni. Freyja era a terra e stava cercando di rialzarsi.

Gudrún si abbassò e, contorcendosi per divincolarsi, sbatté contro di lui, attraversata da un'energia frenetica. Non poteva morire. Se fosse morta...

« Smettila di opporre resistenza », disse Magnús spingendo il viso, rosso di rabbia, contro quello di lei.

« Freyja » urlò Gudrún. « Aiutami... »

« *Chiudi la bocca.* »

Gli morse il petto sentendo i propri denti superiori sbattere contro quelli inferiori attraverso la pelle. Lui urlò e lei, divincolandosi, liberò le braccia.

« Freyja... »

Era allo stremo delle forze, aveva male alla caviglia ed era consapevole che, se lui l'avesse afferrata un'altra volta, non sarebbe più stata in grado di respingerlo.

Poi, all'improvviso, vide Freyja correre verso di loro. Con la coda dell'occhio Gudrún notò che Magnús era distratto e continuava a stringersi spasmodicamente il petto. Animata da una rinnovata determinazione che pervadeva ogni fibra del suo corpo, si voltò proprio mentre Freyja lo raggiungeva. Un attimo dopo le mani di entrambe erano sul corpo di lui. Magnús alzò la testa di scatto e i suoi occhi incrociarono quelli di Gudrún prima che lei si abbattesse su di lui come una furia mentre Freyja faceva altrettanto. Era come se tutta la montagna fosse con lei, con loro. Vide il panico negli occhi di Magnús, sentì la mano afferrarle la gola e tirare la catenina che portava al collo sempre più forte finché si spezzò. Magnús volò oltre la cengia, e per un attimo ci fu silenzio, poi un urlo e un tonfo.

Gudrún si lasciò cadere lentamente sulle ginocchia. Le pulsava la testa e sentiva il bisogno di abbandonarsi sulla neve. La gelida neve accecante. Abbassò le mani e lasciò ciondolare la testa.

« Aiutatemi! » La voce di Magnús, da qualche parte.

« È ancora vivo », disse Freyja. Era in piedi vicino all'orlo dello strapiombo.

« Che vada al diavolo », disse Gudrún. Sentì una bolla gonfiarsi e scoppiare nella sua voce e sputò una boccata di sangue sul manto immacolato intorno a sé.

Avanzò strisciando sino al bordo. Magnús giaceva su un'altra sporgenza a circa cinque metri sotto di loro, la gamba piegata in modo innaturale. Guardò le due donne, il viso stravolto dalla furia.

« La gamba è rotta », disse. « Dovete aiutarmi e tirarmi su. »

Gudrún si pulì il sangue dal mento. « Freyja, dobbiamo scendere. Devo riportarti a casa. »

Freyja stava guardando giù.

« *Freyja.* »

« Sì? »

Gudrún le tese le braccia. « Se mi aiuti a rialzarmi, scendiamo. »

« *Puttane* », urlò Magnús.

Freyja fece scivolare il braccio intorno alla vita di Gudrún e la aiutò a rialzarsi. Si misero in moto. Magnús stava ancora urlando, ma Gudrún rimase sorda a quel richiamo. Stava ancora sanguinando, così Freyja prese la sua sciarpa grigia e gliela avvolse intorno alla testa.

« L'hai portata con te? » chiese Gudrún.

« Sì. »

« Non hai mai pensato di toglierti la vita, vero? »

« Non so. »

Gudrún la guardò.

« Ho pensato di farlo dopo che lui è sparito. Pensavo che fosse colpa mia se era morto... »

« No. »

« Ma sapevo che era stato Magnús. *Sapevo* che stava mentendo. E poi, quando ha parlato con me in giardino, l'ha quasi ammesso. Ho capito che voleva farsene un vanto. »

« Certo. Voleva spaventarti e spingerti a fare tutto ciò che voleva. »

« Non avrebbe fatto del male a Tomas se non fosse stato per me. »

« Tu non sei responsabile delle azioni di un folle, Freyja. »

«E sapevo che Tomas non mi avrebbe mai abbandonato.» Freyja si stropicciò gli occhi con la base del palmo. «Ma poi quando mi sono svegliata stamattina ero contenta.»

«Sono contenta anch'io.»

Le due sorelle si strinsero forte le mani. Gudrún fece un respiro profondo. «Avrei dovuto darti retta. Tomas non ti avrebbe mai lasciata così.»

«No», disse Freyja con tono pacato.

«Mi dispiace. Ho sbagliato su di lui e ho sbagliato a dire quelle cose su di te. Non avrei mai dovuto giudicarti.»

«Non parliamone ora.»

«Povero Tomas.» Le tremava la voce. «Mi dispiace. Non so perché...»

Freyja posò la testa sulla spalla di Gudrún. «Nemmeno tu sei riuscita a salutarlo.»

«No. Ma io non... Tu eri... Come fai a non crollare, Freyja?»

Freyja la guardò. «Ho un bambino cui pensare.»

Gudrún si fermò e si posò una mano sul petto. «Hai ragione, un bellissimo bambino.» Sospirò. «Possiamo sederci solo un attimo? La caviglia mi fa di nuovo male.»

«Certo.»

Si sedettero su un masso, contemplando il mondo. Il sole era uno splendente disco dorato che pulsava in un cielo terso. Gli uccelli volteggiavano leggeri nell'aria, planando, piombando in picchiata sulla scogliera e schizzando di nuovo in alto come geyser. I loro movimenti erano così liberi, così gioiosi, che a Gudrún venne voglia di ridere e si sentì allargare il petto dal sollievo.

In lontananza riusciva a scorgere una colonna di giubbotti gialli, la squadra di ricerca venuta in loro soccorso, e in cuor suo benedisse tutti coloro che la componevano, a uno a uno.

Freyja e Gudrún si apprestarono a riprendere la discesa. Solo una volta Gudrún si fermò e si voltò a guardare dove erano stati. Magnús probabilmente stava ancora inveendo dietro di loro, ma se era così, il vento si impossessava delle sue parole e se le portava via.

La squadra di soccorso trovò le due sorelle alcune ore dopo, quando ormai erano quasi a valle. Skúli, che aveva portato con sé un bastone da usare sui tratti ghiacciati, lo consegnò a Gudrún perché si aiutasse con la caviglia infortunata.

« Grazie, Skúli », disse Gudrún con tono solenne, e lui annuì.

« Dov'è Magnús? » chiese qualcuno.

Gudrún prese la mano di Freyja. « Non è rientrato stanotte? »

« No. » Gli uomini si scambiarono qualche occhiata.

« Ce l'avevamo quasi fatta dopo essere stati sorpresi dalla bufera di neve, ma poi mi sono slogata la caviglia e lui mi ha detto che sarebbe sceso a cercare aiuto e mi ha lasciato lassù. » Gudrún indicò il campo di lava fra loro e la fattoria. « L'ho visto avviarsi. »

Gli uomini borbottarono: « È una pazzia attraversare quel tratto al buio », « Probabilmente è caduto », « Ho perso un cavallo in questo modo lo scorso giugno... »

« Ora dobbiamo pensare a portarvi a casa » disse Gudmundur. « Possiamo tornare a cercare Magnús quando voi sarete al sicuro. » Guardò il campo di roccia lavica con aria dubbiosa e poi di nuovo le ragazze. « Magari è già arrivato alla fattoria e non ci siamo incrociati. Andremo subito lì. »

Annuirono tutti, ma si schiarirono la gola, dubbiosi. Gudrún diede una stretta alla mano di Freyja.

« Certo », disse. « Sono sicura che è già là. »

1975

La luce della cucina era accesa, ma la porta era chiusa. Sigga bussò una volta, poi la aprì. Sua madre era seduta a tavola in vestaglia con una tazza di caffè davanti.

«Sigrídur», disse alzando lo sguardo. «Dove sei stata?»

«Ho fatto un salto a casa della vicina», disse Sigga facendo un passo avanti e chiudendosi la porta alle spalle. Le tremavano ancora le gambe, ma se si fosse appoggiata allo stipite non avrebbero ceduto.

«Ah. Perché?»

«Volevo dirle un paio di cose. E poi... E poi è tornato a casa suo marito e aveva un atteggiamento minaccioso, tanto che non vedevo l'ora di andarmene.»

Le dita di sua madre sembravano esangui contro la tazza, come se la stessero stringendo con una forza eccessiva. «Che cosa ha fatto?»

«Mi ha messo a disagio.» Sigga fece un altro passo avanti. Se avesse guardato alla sua sinistra, avrebbe visto la finestra sopra il lavandino e, fuori, il lato della casa vicina, la casa *di quell'uomo*, così evitò di guardare in quella direzione.

«E poi?» disse sua madre.

Sigga si sentì raggelare all'improvviso e strinse con forza lo schienale della sedia davanti a sé finché quella sensazione svanì. «Penso che lui la maltratti.» Tirò la sedia, si sedette, appoggiò un gomito sul tavolo e il mento nella mano a coppa. Se avesse continuato a fare piccoli movimenti come quello, forse il tremito sarebbe passato. «Lei sembrava aver paura di lui. E io non ho saputo fare niente di meglio che lasciarla là.»

«Non potevi fare altrimenti» le disse sua madre. «È un uomo adulto, Sigrídur. Avrebbe potuto farti del male.»

«Ma se si è arrabbiato perché sono andata a parlare con sua moglie? Se lui è violento con lei?»

Sua madre si avvicinò al lavandino e iniziò a riempire il bollitore. «Tuo padre sta cercando di aiutarla», disse senza guardare Sigga.

«Quindi voi lo sapevate?»

La mamma posò il bollitore con cautela e lo accese. «È venuta a cercare tuo padre circa un mese fa. Lui è un medico, la gente si rivolge a lui per avere ogni genere di aiuto.»

«Li ho visti in giro in città», disse Sigga. «Ho pensato che si comportassero in modo strano.»

«Papà sta cercando di trovarle un posto dove stare», disse la donna.

«Perché non me l'hai detto?»

«Sono informazioni riservate. Nemmeno io dovrei essere al corrente della cosa. Non è una tua responsabilità. E neanche di tuo padre, se è per questo. Continuo a dirgli di rivolgersi alla polizia.» Alzò gli occhi al soffitto, verso la camera matrimoniale. «Ma... sai com'è fatto tuo padre. È un uomo generoso.»

Sigga provò un senso di sollievo, ma anche di colpa, salirle in gola per aver dato per scontato che tra loro stesse accadendo qualcosa di diverso. «Sì, è davvero generoso» disse, e d'un tratto scoppiò a piangere.

Dopo, quando le lacrime si furono placate, dopo che sua madre le ebbe preparato un tè zuccherato, Sigga si sentì meglio.

«C'è qualcosa da mangiare?» chiese.

«Va bene un sandwich?»

«Credo di sì.»

Sigga osservò sua madre che si affaccendava in cucina, raccogliendo pane, burro e affettati. Fuori dalla cucina era tutto buio e silenzioso; si domandò se al Prikid la festa fosse ancora in corso, se Pétur e Sóley fossero ancora insieme, e con sua sorpresa si augurò di sì.

«Cetriolini?» chiese sua madre.

«Sì, grazie.»

«Ti ricordi quando li mangiavi direttamente dal barattolo? E il burro di arachidi... glielo spalmavi sopra.»

«Mi ricordo, sì.»

«Snack salati di frutta secca, li chiamavi così», disse la mamma sorridendo. Sigga le sorrise a sua volta e, mentre lo faceva, le venne in mente un'altra cosa. La sera dopo le dimissioni dall'ospedale, mentre si stava lavando i denti, sua madre era entrata in bagno e l'aveva stretta in un abbraccio. Non era stato un abbraccio gentile come quello di Pabbi, o col solletico come quelli che le dava Gabríel. Era stata una stretta così forte che Sigga si era sentita scricchiolare le costole. Poi sua madre l'aveva lasciata andare. L'aveva guardata per un istante, con gli occhi lucidi, infine si era voltata ed era uscita dal bagno senza dire una parola.

Ripensarci le fece venir voglia di ricominciare a piangere. «Perché non dici mai niente di carino su di me, mamma?» disse, e sua madre, colta alla sprovvista, smise di imburrare i panini, poi un lento rossore si allargò sulle sue guance.

«Io dico cose carine.»

«No. Mi fai sempre sentire come se avessi fatto qualcosa di sbagliato o fossi sul punto di farlo.»

«È questo che intendevi dire prima?»

«In parte.»

«Mi dispiace» disse la mamma con un respiro profondo. «Non lo faccio apposta. Mia madre era severa con me e le mie sorelle, e io non volevo essere come lei.»

«Lo so.»

Subito dopo tornò al suo sandwich e Sigga al suo tè. Non era colpa di sua madre se era così. La storia si ripete e la natura di una famiglia pure. Solo che...

«Ecco qua» disse la mamma posando il panino sul tavolo, poi si sedette di fronte a Sigga tenendo la sua tazza di tè con entrambe le mani.

Sigga prese il sandwich. «Ne vogliamo parlare?»

Gli occhi della donna si inumidirono. «Vuoi farlo?»

«Sì.»

«Di quanto sei?» le chiese dolcemente.

«Non lo so. Mi sono accorta di avere un ritardo solo la settimana scorsa, più o meno.»

«Perché non me l'hai detto?»

«Lo sai perché.»

«Sì, immagino di sì» disse la mamma sbattendo leggermente le palpebre.

«Io non voglio un bambino in questo momento» disse Sigga, e addentò il panino. «Magari in futuro, ma non adesso.»

«C'era una donna nel mio quartiere», iniziò la mamma. «Non si era mai sposata né aveva mai avuto figli, e tutti pensavamo che fosse perché non le piacevano. I bambini tiravano sassi contro le sue finestre, la gente non le parlava quando era in fila in panetteria, cose del genere.»

«Mamma, non posso fare qualcosa solo perché è quello che ci si aspetta da me. Non è questo il presupposto per avere un bambino.»

«Io voglio solo che tu sappia che è più difficile nuotare controcorrente. E non voglio che pensi che essere madri sia facile...» Prese l'altra metà del panino dal piatto di Sigga e la tenne in mano con delicatezza. «Ci saranno stati momenti in cui mi sono autocommiserata e mi sono fatta domande, ma non ho mai messo in discussione voi tre. Capisci che cosa intendo?»

«Penso di sì.»

«Bene.»

«Ma è proprio questo, in parte, il motivo per cui abbiamo manifestato ieri.» Sua madre aprì la bocca e Sigga si affrettò a proseguire. «Non so se funzionerà ma, sai, forse la maternità non deve per forza essere così difficile. Tutto qui.»

Sua madre si fermò a riflettere. « D'accordo », disse dopo un po'. « Io non so se il mondo stia per cambiare, ma se credi che possa... »

Sigga prese un altro morso e masticò lentamente. « Hai mai parlato con tua madre? Le hai mai chiesto perché era così rigida? »

« Aveva sei figli da crescere. » La donna scosse la testa. « Ma forse avrei dovuto provarci. È stato uno shock per me vedere quanto fosse aperto il rapporto fra tuo padre e la nonna quando ho iniziato a conoscerli. Forse non ho gestito bene nemmeno quella situazione. »

Sigga cercò di soffocare uno sbadiglio. Sentiva pesare il cibo nello stomaco come una zavorra che la tirava giù, tanto da farle sbattere le palpebre. Spinse indietro la sedia per alzarsi.

« Dove vai adesso? » chiese la mamma.

« A letto. »

« D'accordo. » La donna la scrutò, poi distolse subito lo sguardo. « Ne riparliamo domani. Se vuoi. »

« Okay. Buonanotte, mamma. »

Sigga si svegliò di soprassalto con un gusto cattivo in bocca. Le tende erano aperte e fuori il cielo era di un grigio sporco. Girò la testa verso la sveglia: di nuovo le sei. Si alzò dal letto e indossò la maglia e la gonna del giorno prima. Strano ripetere la stessa routine del giorno precedente quando sembravano passati milioni di anni da quel momento.

Percorse il corridoio senza far rumore per andare in bagno a fare pipì, poi scese di sotto. In casa dormivano ancora tutti, a parte Loki, che la seguì e si strofinò contro le sue caviglie. Sigga gli fece solletico dietro le orecchie e gli aprì una scatoletta di tonno, poi prese un sacchetto di *kleinur* dal cestino del pane e uscì di casa furtivamente. Cercò di non guardare la casa di

Ísafold, ma per un attimo, e solo con la coda dell'occhio, ebbe la netta sensazione di aver visto muoversi una tendina.

Fece lo stesso percorso di sempre, attraversando Frakkastigur e svoltando a sinistra verso il mare, poi di nuovo a destra in Grettisgata. Sul lato sinistro della strada i lampioni illuminavano ancora il marciapiede di una tenue luce arancione. Il lato destro, come sempre, era occupato da auto parcheggiate, in prevalenza Ford. La Mini verde era stata spostata.

Olafur vorrebbe una Ford, pensò. Poi, subito dopo: *Ah, sì, Olafur*. Doveva parlargli, possibilmente al più presto.

Amma era in cucina, intenta a sbirciare nel frigorifero, quando Sigga aprì la porta di casa. Si raddrizzò di scatto.

«Sono io», disse Sigga.

Amma le rivolse un mezzo sorriso. «Meglio del diacono di Myrká.»

«Posso entrare? Ho portato dei *kleinur*.»

«Certo. Sei sempre la benvenuta.»

«Ti sei alzata presto.»

«Non riuscivo a dormire», disse Amma. «Continuavo a pensare a te.» Si schiarì la gola e iniziò con un: «Devo...» nello stesso momento in cui Sigga disse: «Volevo...»

Si interruppero, sorridendosi a vicenda.

Sigga alzò le mani. «Prima tu.»

«No, tu.»

«Mi dispiace per la scenata di ieri», disse Sigga.

Amma sbatté le palpebre. «Oh, Sigga, tu avevi bisogno di me e io...» Si premette il dorso della mano sulle guance. «Non hai nulla di cui scusarti. Ero persa nei miei ricordi. E sei così intelligente e coraggiosa che a volte dimentico quanto sei giovane. Dovrei prendermi più cura di te.» Indicò il tavolo. «Siediti. Stavo per preparare uova e caffè.»

«Sto andando in piscina a fare una nuotata. Mangerò dopo.»

«Solo un *kleinur*, allora?»

Si sedettero e presero un *kleinur* ciascuno dal sacchetto. Sigga sbocconcellò il suo.

«E tuo padre», disse Amma all'improvviso, come se si fosse ricordata qualcosa. «Il motivo per cui era con Ísafold...»

«Lo so», disse Sigga. «Te l'ha detto lui?»

Amma annuì. «Dopo che te ne sei andata.»

«Non capisco perché ha parlato di suo marito in quel modo ieri», disse Sigga. «Quando Ava le ha fatto tutte quelle domande. Lo ha dipinto come un tipo romantico.»

«Non devi pensare che i mostri siano sempre degli sconosciuti», disse Amma lentamente, «o che le persone non possano ingannarti, o che tu non possa amare un violento per quei rari momenti in cui ti tratta bene...» Si strofinò le mani per togliere le briciole di *kleinur*. «È una lezione dura da imparare, tesoro, perché non ha senso, ma è così.»

«Okay», disse Sigga, anche se non era sufficiente, o forse lo era, perché lei non aveva nemmeno diciannove anni e avrebbe avuto tutto il tempo di imparare cose sulle persone e sul perché si comportassero in un determinato modo. Intanto aveva di nuovo la sua Amma e, per il momento, questo le bastava.

Amma si alzò e accese la radio, poi tornò a sedersi. Fuori era ancora buio, per strada tutti i lampioni erano accesi e le luci nelle case pure, ma presto sarebbe sorto il sole.

«Amma», disse Sigga dopo una breve pausa. «Voglio farti una domanda.»

«Vai.»

«Hai mentito ieri? Quando hai detto di non aver identificato il corpo.»

Amma fece scorrere il pollice dall'alto in basso lungo la guancia di Sigga e lo premette leggermente in mezzo al mento. «Sì, ho mentito e mi dispiace.»

Sigga ebbe un tuffo al cuore. «Era il padre di Pabbi?»

«No», si affrettò a rispondere la nonna. «Non era lui. Tomas era molto diverso da Magnús.»

« Com'era? Me lo descrivi? »

« Era bellissimo », disse dopo una breve esitazione. « E amava la vita, anche se non era sempre facile. Quando è entrato nella mia vita mi è sembrato un segno del destino. Era appena successa una cosa brutta e Tomas è apparso all'improvviso. Quando ero con lui mi sembrava possibile cancellare quel brutto ricordo e riempirlo di amore. »

« La cosa brutta era stata la morte di tua sorella? »

Amma la guardò con aria stranita.

Sigga si sentì avvampare. « Scusa. È solo che... non hai mai raccontato quando è accaduto, né come. E poi, con quella storia del corpo ritrovato in montagna, ho pensato che potesse trattarsi di lei. È folle, lo so... »

« Lei è morta di influenza », disse Amma. « Anche mio padre. Prima della grossa ondata del 1918, ce ne fu una più piccola nel 1912, ed è questa che si è portata via Papi e Gunna. »

« Cazzo. »

« Morirono tante persone intorno a me all'improvviso. E io ebbi l'impressione che la mia famiglia si fosse persa in mezzo a loro. Come se i miei cari non fossero diversi da chiunque altro. » Abbozzò un sorriso triste. « Dovetti vendere la nostra piccola fattoria. Non appena il prete li ebbe sotterrati, venni qui con tuo padre per ricominciare daccapo. »

« E non sei mai più tornata? »

« No, non me la sentivo. Era Gunna quella coraggiosa fra noi due. »

« Più coraggiosa di te? »

« Oh, sì. Era davvero tosta. Ma anche gentile. Una volta mi ha salvato la vita, sai? Mi trovavo in montagna in mezzo a una tempesta, e lei è venuta a recuperarmi. »

« Stai scherzando? »

Amma si schiarì la voce. « Ascolta, so di essere stata distratta ultimamente. E sono anche svenuta, quindi so di averti fatto preoccupare. Ma non volevo trascinarti in tutto questo. »

« Trascinarmi in che cosa? »

«Perché non passi di qui dopo la piscina? Ti racconterò tutto.»

«Me lo prometti?»

«Te lo prometto.»

L'acqua era fredda, scivolava sul suo corpo come seta mentre Sigga macinava una vasca dopo l'altra. Toccò la piastrella in fondo alla vasca e si fermò, infilando i gomiti nel canalino che correva lungo la parete sino alle bocchette alle due estremità. Si prese alcuni minuti di pausa. Da qualche parte alla sua destra un bagnino tossì; a parte loro due, la piscina era vuota e il sole non era ancora spuntato.

Stare in piscina la faceva sentire bene. Subito dopo essere salita dallo spogliatoio, c'era stato un momento in cui aveva tentennato, quasi impaurita nel vedere la vasca. Ma poi, svoltando l'angolo, aveva visto il luccicante riflesso delle luci sulla superficie dell'acqua e sentito l'odore familiare del cloro, e l'incertezza era sparita.

Muoveva le gambe senza fretta, lasciando che l'acqua le rallentasse, osservando il cielo che si andava schiarendo a poco a poco, finché d'un tratto il giorno si schiuse come un uovo. Le faceva male la parte bassa della schiena ed espirò, cercando di scrollarsi di dosso il dolore. Era un dolore pulsante, sordo, e le servì qualche istante per riconoscerlo, ma quando lo fece, le venne voglia di scoppiare a ridere. Le mestruazioni. Finalmente.

Si aggrappò al bordo e si lasciò andare finché non fu sommersa sino a metà degli occhialini. Era la sua posizione preferita: metà sopra, metà sott'acqua, con la linea di confine che mutava in continuazione formando piccole onde e increspature. Tutto ciò che stava sopra quella linea era così nitido, chiaro, e tutto ciò che stava sotto sfumato e confuso. Come il suo corpo, pensò all'improvviso. Sotto la pelle, lei era morbida, accogliente. Ma anche forte. Avrebbe potuto ospitare un altro essere umano lì dentro, quando sarebbe stata pronta. *Se* l'avesse voluto.

Quella sera avrebbe visto Olafur. E poi sarebbe andata a Londra e avrebbe scoperto dove quell'esperienza avrebbe potuto condurla. La vita si stava aprendo davanti a lei, stava iniziando ad *accadere*.

Si tuffò. Avrebbe testato quanta forza aveva nel muoversi in acqua, sbattendo le gambe e avanzando con ampie bracciate.

Si diede la spinta e si staccò dal bordo della vasca.

1911

Non appena vide le pazienti, il dottor Jóhann borbottò esprimendo tutta la sua contrarietà e rimproverò Rósa per non averlo mandato a chiamare prima con urgenza.

«Avevo sentito che eravate impegnato con le partorienti della nuova fattoria», disse lei, mortificata.

Lui scosse la mano, impaziente. «Nulla di cui non potesse occuparsi la levatrice.»

Rósa distolse lo sguardo, poi si alzò e prese a camminare avanti e indietro nella stanza mentre il dottore puliva la ferita di Gudrún.

«Come avete detto che ve la siete procurata?» chiese.

«Una pietra», rispose Gudrún, ed era vero, tecnicamente.

«È una brutta ferita, ma ve la caverete.»

«E invece, Freyja», disse l'uomo voltandosi verso di lei. «Ho sentito che eravate indisposta.»

«Non indisposta», lo contraddisse la giovane.

Il dottore si accigliò, e Rósa smise di camminare su e giù.

«Mi era stato riferito...», disse il dottore, e si aggiustò gli occhiali. «Ah.» Si rivolse a Rósa. «Possiamo trovare un letto per procedere a una visita?»

«Usate pure il mio», disse Rósa.

Il dottor Jóhann e Freyja uscirono dalla stanza e Rósa si sedette sulla stessa sedia dove si era seduta l'ultima volta che Gudrún era stata in quella stanza.

«Caffè?» chiese la padrona di casa.

« Grazie. »

Rósa, torcendosi le mani in grembo, osservò Gudrún che beveva. Alla fine distolse lo sguardo. « Mio marito... Gli uomini mi hanno detto che vi ha lasciato prima che facesse buio. »

Gudrún trattenne il caffè in bocca per un istante. Sentiva la nota amara della radice di cicoria e la dolce cremosità del latte. Tutto di Rósa era perfetto, persino il caffè.

Deglutì. « Lo sapevate? » chiese.

« Sapere che cosa? »

« Di Magnús e Freyja. »

Vide il collo di Rósa diventare paonazzo e il rossore salire a imporporarle le guance. « Come, prego? »

Il mal di testa era tornato e Gudrún si premette le dita sulle palpebre cercando di ricacciarlo indietro. « Quindi non lo sapevate? »

Una domestica entrò nella stanza, seguita da Padre Fridrik con il cappello in mano, e Rósa si voltò.

« C'è qui il prete, signora », disse la ragazza.

« Sono terribilmente preoccupato », disse Padre Fridrik. Andò incontro a Rósa a mani protese, poi, forse rendendosi conto che il cappello era d'intralcio, se lo cacciò sotto il braccio. « Non faccio che pregare che torni sano e salvo da quando ho appreso la notizia. »

Rósa lasciò che le posasse un bacio sul dorso della mano. « Grazie, Lauga », disse alla domestica che lo aveva accompagnato.

La ragazza lasciò la stanza. Rósa mantenne la testa girata in direzione della porta.

« Non lo sapevate? » la incalzò Gudrún.

« Non so nemmeno che cosa intendete parlando di Magnús e Freyja... »

« Sapete benissimo che cosa intendo. » Gudrún abbassò le dita dagli occhi. « Le ha fatto del male. »

Padre Fridrik emise un verso di disapprovazione con aria scettica.

« Non vi credo », disse Rósa.

« L'ha mai fatto prima? » insistette Gudrún.

« Posso giurare che mio marito non ha mai alzato un dito su di me. »

« Ma sulle altre? »

Rósa la guardò.

« L'ha fatto, vero? »

« Tutte menzogne », intervenne Padre Fridrik, e Rósa gli lanciò un'occhiata colma di irritazione.

« Quindi *esistono* dei precedenti », disse Gudrún.

Rósa si lisciò le pieghe della gonna. « Alla vigilia del nostro matrimonio la sua ex padrona di casa passò a farmi visita e mi confidò che lei e Magnús erano stati... intimi. Lui non era mai stato il suo inquilino, in realtà. Mi disse che in precedenza lui aveva lasciato la fattoria a nord in tutta fretta perché una delle mungitrici sosteneva che lui l'avesse... » Si strinse nelle spalle. « Ma era soltanto una donna gelosa che temeva di essere di nuovo abbandonata. Ho pensato che si fosse inventata tutto. »

« Una ragazza isterica e un'acida zitella », tirò le somme Padre Fridrik. Stava in piedi fra Rósa e Gudrún, le gambe divaricate in una posizione innaturale, le mani allacciate dietro la schiena. « Nessuna delle due testimonianze ha molto peso, non vi pare? Non immaginereste mai quante storie si inventano le donne quando non ottengono ciò che vogliono. » Agitò il dito verso Rósa. « Sono stato testimone delle occhiate di ammirazione che vostro marito attirava sin da bambino. E quando uscii dal seminario, lui era già assediato da questa... mungitrice. Ma io l'ho messo sulla retta via. Gli ho insegnato a non fidarsi di una femmina libidinosa, è segno che è posseduta da Satana. » Tirò su col naso. « Naturalmente a lei non piacque la cosa. Non appena si rese conto che non sarebbe riuscita a farsi sposare, iniziò a mettere in piedi tutta questa storia per denigrarlo. »

« Che ne è stato di lei? » chiese Gudrún.

« Le ho trovato posto in un'altra fattoria. »

«Rósa», disse Gudrún senza staccare gli occhi da Padre Fridrik. «Birta come ha conosciuto suo marito?»

«Chi?» chiese Rósa.

«Birta. La ragazza che è morta di parto recentemente. Lavorava qui, a quanto ne so. Me l'ha detto Freyja.»

«Ah, Birta.» Rósa sembrava seccata. «Era sempre più svogliata. Se ne andava in giro con aria sconsolata lagnandosi di essere stanca. Siete stato voi, Padre, a suggerire che sarebbe stata una buona moglie per quell'uomo, non è così?»

Padre Fridrik iniziò a sentirsi a disagio. «Ah, sì? Può darsi.»

«Interessante», osservò Gudrún.

«Devo confessare che sono un inguaribile romantico.» Il prete si schiarì la gola. «Forse è meglio che vada ora, passerò più tardi. Ho ancora diversi parrocchiani di cui occuparmi oggi.»

«Se avete altri impegni, non vi trattengo oltre», disse Rósa con tono freddo.

Padre Fridrik esitò brevemente, guardando prima l'una poi l'altra. Gudrún inarcò un sopracciglio e lui parve decidersi.

«Tornerò senz'altro, non appena possibile», disse.

Le due donne lo osservarono mentre usciva dalla stanza accennando un goffo inchino.

«Bene», disse Rósa. «Se non c'è altro...»

«Ho ancora una domanda», disse Gudrún tamburellando le dita sul bracciolo della sedia. «Perché avete allontanato Freyja?»

«Ho notato che era sempre meno sollecita ad assolvere le sue mansioni. Sembrava turbata da qualcosa e ho pensato che forse aveva nostalgia di casa.» Rósa si appoggiò allo schienale. «Ero davvero preoccupata per lei, qualsiasi cosa possiate pensare di me.»

«Così avete mandato via *lei*?»

Rósa chiuse gli occhi. Gudrún notò, per la prima volta, una ragnatela di rughe sottili che si irradiavano dagli angoli.

Fuori, alcuni membri della squadra di soccorso parlavano a bassa voce mentre i pony battevano gli zoccoli e gli uccellini cinguettavano sul tetto. Gudrún si portò la tazza alla bocca e finì il caffè. Un raggio di sole si insinuò nella stanza e iniziò un gioco di luci sui pannelli di legno che rivestivano le pareti. Il cielo era talmente azzurro e terso che si sarebbe potuto pensare di essere in pieno luglio.

Il dottor Jóhann tornò nella stanza un po' trafelato.

«Bene, se la caverà anche lei», disse. «E anche qualcun altro.»

Rósa spalancò gli occhi e guardò Gudrún.

«Grazie, dottore», disse Gudrún.

Lui le si avvicinò e le diede un buffetto sulla guancia. «Vostro padre non starà più nella pelle dalla gioia. Ricordo quanto era felice quando siete nate voi due. Non smetteva di ridere.»

Quando se ne fu andato, seguì un lungo silenzio. Rósa aprì la bocca più volte, poi la richiuse. Quando finalmente parlò, disse timidamente: «Tornerà? Magnús, intendo».

«Chi può dirlo?», rispose Gudrún. «Probabilmente no.»

«Capisco.»

La voce di Rósa era carica di dolore o di rimpianto; Gudrún non avrebbe saputo dire quale dei due. Cercò di decifrare anche tutte le emozioni che la attraversavano. Rabbia, pietà, senso di colpa, una strana tenerezza nei confronti di quella donna. *Se non altro, abbiamo in comune il suo inganno*, si disse. Ma lei, Gudrún, aveva Freyja di cui prendersi cura. E c'era un bambino in arrivo.

«Bene.» Si risolse ad alzarsi. «Se non vi spiace, vado a vedere come sta mia sorella.»

Freyja era seduta sul letto quando Gudrún tirò la tenda che separava la *badstofa* dalla camera da letto. Le coperte le arrivavano sino alle ginocchia, e le mani erano posate sulla pancia. Così seduta, e con la camicia da notte presa in prestito, il leggero rigonfiamento del ventre iniziava a essere visibile, e Gudrún si sentì mancare il fiato per l'emozione.

«Ciao», disse.

«Ciao.»

Gudrún si avvicinò e si sedette sul bordo del letto. Posò una mano sulla gamba di Freyja, crogiolandosi nella sua realtà, nella sua solidità. Soltanto due giorni prima aveva temuto di non vederla più.

«Il dottor Jóhann sembrava soddisfatto delle tue condizioni.»

«Anche a me è sembrato che lo fosse.» Freyja fece scorrere lentamente il dito sulla propria pancia disegnando qualcosa. «Immagino che la notizia si sia diffusa, ormai.»

«Come ti senti?»

«Bene.»

«Davvero?»

Freyja la guardò, e i suoi occhi sembravano più azzurri che mai. «Non so come descrivere questa sensazione. C'è una *persona* dentro di me.» Sorrise. «Come può essere così normale e così straordinario al tempo stesso?»

«Uno dei grandi misteri della vita.»

«E io amavo Tomas. Così avrò sempre una parte di lui con me.»

Gudrún fece un respiro profondo. «Potrei aiutarti a prenderti cura del piccolino», disse, e rimase sorpresa, perché lo voleva davvero.

Freyja scosse la testa. «Ti sei sempre presa cura di me. Non posso chiederti di farlo ancora.»

Gudrún si protese in avanti, in modo che le loro fronti si toccassero. «Sono tua sorella.»

«Lo so.»

«Bene, allora.»

«Sarò nei guai se questo bambino sarà determinato come te.»

«Io spero che sia forte come te», disse Gudrún, e avvertì un nodo in gola.

Rimasero in silenzio per qualche istante.

«Vuoi che ti lasci riposare?» disse infine Gudrún.

Freyja sbadigliò, poi scoppiò a ridere. «Magari.»

Gudrún si alzò, si asciugò le guance e rimboccò le coperte a sua sorella. «Stai al calduccio», disse, e le posò un bacio sulla fronte. «Torno più tardi. Chiederò a Rósa di portarti qualcosa di caldo da bere.»

«Grazie.»

Quando Gudrún spuntò da dietro la tenda, Rósa non c'era. Lasciò detto a una cameriera di preparare una tisana al lichene islandico e poi, per essere sicura che Freyja non venisse disturbata, uscì dalla porta principale senza far rumore e iniziò a camminare. Non aveva una meta precisa, ma i suoi piedi presero automaticamente la direzione di casa e, superata quella, della scogliera dove lei, Freyja e Tomas avevano osservato le foche.

Si era alzata una brezza che le gettava indietro i capelli e portava l'odore salmastro dall'acqua ai polmoni. Gudrún aspirò grosse boccate d'aria. Da qualche parte, appena oltre l'orizzonte, c'era Papi. Sentiva, anche se non sapeva come, che quella sarebbe stata una giornata fruttuosa per lui, che i pesci sarebbero finiti direttamente nelle sue reti.

Si sedette sul bordo della scogliera lasciando penzolare i piedi nel vuoto. Percepiva la presenza della montagna alle sue spalle, ma non si voltò a guardarla. Osservò il mare, invece, la distesa blu dell'acqua che continuava sino a incontrare l'azzurro del cielo, l'attività frenetica dei gabbiani che volteggiavano e si tuffavano gettando ombre sotto di loro. Osservò i riflessi del sole sulla superficie del mare, le piccole increspature e i lampi di argento, i banchi di aringhe dirette ai fiordi e, appena dietro di loro, le bolle bianche e verdastre che si alzavano pigramente per scoppiare a filo d'acqua.

Le ci volle qualche minuto per capire che quelle bolle erano *vaða*, come le chiamavano i pescatori; il suo cuore prese a battere all'impazzata contro la cassa toracica. E all'improvviso accadde: il mare cambiò colore, dal blu a un verde luminoso, e l'acqua parve gonfiarsi, ribollire di pesci. Gudrún sentì il proprio respiro bloccarsi in gola, poi, con un sibilo che lei udì da quasi mezzo miglio di distanza, le balene emersero in superficie, le bocche spalancate per prendere le aringhe.

Gudrún si premette la mano sul petto come se, con quel gesto, potesse calmare il frenetico pulsare del suo cuore, ma non ci riuscì. Le balene continuavano ad arrivare, l'una dopo l'altra, e nuvole di vapore bianco si alzavano nell'aria mentre i cetacei soffiavano rumorosamente dai loro sfiatatoi. Alcune mangiavano, altre si limitavano ad affiorare in superficie e sfiatare per poi immergersi di nuovo. E una volta, non lontano dal piccolo branco, una si lanciò in aria con un movimento che parve rappresentare puro divertimento. Rimase sospesa per un attimo, la pancia bianca in bella vista, la pinna caudale che sfiorava la superficie, poi ricadde schiaffeggiando l'acqua e alzando una scintillante cortina di spruzzi.

Non era la prima volta che Gudrún vedeva le balene, naturalmente. Ma questa volta rimase sorpresa dalla loro mole, dal loro aspetto così peculiare e familiare al tempo stesso.

Poi, altrettanto improvvisamente, tutte inarcarono il dorso e si immersero con un movimento lento, fluido e deciso, sino a quando la coda fu l'ultima cosa che vide di loro.

Nota dell'autrice

Il mio primo approccio al mondo delle saghe non è stato attraverso una saga, bensì attraverso *Beowulf*, il poema epico in inglese antico ambientato in Scandinavia nel VI secolo, nonché l'esempio più brillante delle leggende eroiche germaniche. Durante l'ultimo anno di scuola elementare, in classe avevamo letto quella che posso supporre fosse una versione fortemente ridotta, per poi scrivere e illustrare le nostre interpretazioni. Rileggendolo anni dopo, quel mio goffo tentativo da scolaretta rivela due significative verità. La prima è che ero chiaramente entusiasta dei banchetti dell'epoca (c'è una pagina intera dedicata all'elenco di tutti i cibi che i danesi preparano per Beowulf e i Geati in visita). La seconda è che era il personaggio femminile, la madre di Grendel, quello che mi affascinava davvero. Grendel, il primo mostro, viene liquidato senza pensarci due volte. Il terzo mostro, il drago – che uccide Beowulf – merita una descrizione lunga quasi quanto quella del banchetto. Ma la madre di Grendel, il secondo mostro, è l'avversario davvero degno di questo nome. Non solo è feroce e pericoloso, ma la me undicenne sembrava molto solidale con la rabbia che alimentava i suoi attacchi; suo figlio è stato ucciso da Beowulf, è ovvio che lei sia animata dal desiderio di vendetta.

La vendetta ha un ruolo importante nelle saghe islandesi scritte alcuni secoli dopo. Questo perché la società che descrivono, quella norrena, era basata sull'onore. E dato che le saghe sono un mix di finzione e Storia, costituiscono una fonte particolarmente preziosa per i lettori moderni che cercano di capire il mondo che esse dipingono. O almeno questo vale per la forma più comune di saga: le *Íslendingasögur*, come sono comunemente note le saghe familiari. Si tratta di narrazioni in prosa che descrivono eventi reali accaduti (principalmente in Islanda) tra il IX e l'XI secolo – a partire dalla migrazione dei primi coloni scandinavi attraverso l'Atlantico del Nord – anche se furono messe per iscritto più di duecento anni dopo. (Le saghe familiari si contrappongono alle saghe cavalleresche e leggendarie, discendenti di *Beowulf*, i cui eventi si svolgono prima della colonizzazione dell'Islanda e sono prodotti puramente letterari con scarsa precisione storica.) Partendo da queste *Íslendingasögur* possiamo fare diverse congetture sul carattere delle persone che fondarono lo Stato libero d'Islanda: attente all'onore, alla gloria e alla lealtà; abbastanza reazionarie da essersi ritirate su quest'isola remota, e lontane dall'influenza degli Stati europei, ma con uno spiccato senso identitario. Sin dall'inizio fu stabilito un contratto sociale per creare un apparato di leggi da osservare e, a differenza degli altri testi storici del periodo medievale, per lo più scritti in latino, la loro letteratura era in lingua vernacolare. Penso che questo riveli un certo orgoglio identitario in quanto "islandesi", scaturito dal desiderio di preservare e registrare interessi e dettagli locali e peculiari.

Le tradizioni orali dell'Islanda si adattano a una raccolta di racconti collegati da un'ambientazione locale comune o dall'associazione con una famiglia in particolare. Naturalmente, poiché la tradizione scritta si sviluppò da quella orale, le *Íslendingasögur* descrivono spesso la migrazione in diverse parti dell'Islanda e i conflitti tra le famiglie una volta stabilitesi in quel territorio. Inoltre, la preoccupazione degli autori delle saghe di preservare una testimonianza della vita reale implica che la quantità di tempo dedicata ai dettagli quotidiani e "non eroici" le distingua dalle altre opere di letteratura eroica. Non tutti i personaggi possono essere Njal o Bárdur. Alcuni sono noiosi o ottusi, oppure semplicemente ordinari. Proprio come avviene nel mio romanzo, dove trova spazio sia la tranquilla preparazione della *vínarterta*, sia la disperata scalata di una montagna nel bel mezzo di una tempesta di neve alla ricerca di Freyja.

Le saghe inoltre forniscono indizi e dettagli sui valori sociali dell'epoca. Per le donne, vivere in una cultura basata sull'onore significava che la loro sessualità doveva essere costantemente sotto il controllo dell'uomo. Infatti, nel neonato Stato libero d'Islanda, i rapporti sessuali "illegittimi", come andare a letto con una donna non sposata (*more uxorio*), erano soggetti a una sanzione penale, indipendentemente dal consenso o dal desiderio della donna nei confronti dell'atto sessuale. In questo caso erano i suoi tutori maschi a essere percepiti come oltraggiati, il che evidenzia come alle donne venisse negata la proprietà del proprio corpo. Mi sono sentita in dovere di trattare questo tema secoli dopo per la rilevanza che, ahimè, mantiene ancora oggi.

Quando ho iniziato a pensare al mio romanzo, oltre a volerlo ambientare in Islanda, un Paese in cui ho vissuto e che ho amato, volevo indagare la mancanza di autonomia che le donne sono costrette ad affrontare, sia per quanto riguarda il loro corpo, sia per il modo in cui viene loro concesso di farsi strada nel mondo o, a volte, persino per stabilire chi possono amare. L'Islanda, con la sua breve Storia moderna e le sue conquiste progressiste (il Paese della prima presidente donna eletta democraticamente al mondo, regolarmente in cima alle classifiche del World Economic Forum per la parità di genere), mi sembrava uno scenario ideale in cui analizzare questi temi. Dopo aver scoperto la Saga di Bárdur (esempio tardivo delle *Íslendingasögur*, scritto nel XIV secolo), ho individuato diversi parallelismi con la storia che avevo già iniziato a immaginare. Bárdur costringe Helga a tornare a casa con lui, allontanandola dal suo amante, anche se lei "non conobbe gioia dopo aver lasciato Skeggi. Soffrì e sfiorì sino alla fine dei suoi giorni". Allo stesso modo, la separazione tra Freyja e Tomas non dipende da lei, ma è il risultato della gelosia e del senso di possesso di un altro uomo.

Poi c'è il parallelo tra Helga, costretta a crescere il fratellastro per dodici anni, apparentemente (così sembra ai lettori moderni) come punizione per aver offeso l'onore del padre trasgredendo le norme sessuali, e Sigga, preoccupata di essere incinta, e di come questo possa mettere a repentaglio il suo sogno di proseguire gli studi, viaggiare, vivere liberamente pensando a soddisfare soltanto i propri desideri. In entrambi i casi vediamo come la maternità, se non viene scelta attivamente (e a volte anche quando lo è) possa rivelarsi un vincolo e un'oppressione.

Per il lettore moderno, le saghe contengono molti episodi e dettagli che possono sembrare fantasiosi, ma che al pubblico originale non risultavano così inverosimili. Tra questi includo non solo gli atti "eroici" che attestano le leggi morali contemporanee alla base delle narrazioni, ma anche il mix di realismo e soprannaturale che vi si trova. Già prima di trasferirmi in Islanda, avevo sentito dire che il Ministero dei Trasporti costruisce nuove strade solo se sussiste la certezza che non ci siano sconvolgimenti per il Popolo nascosto, e durante il mio soggiorno ho scoperto che molti islandesi arrivano persino a costruire case in miniatura nei loro giardini per gli elfi. Una volta trascorso un po' di tempo sull'isola, tutto ciò smette di sorprendere. Non è un ambiente che si presta all'insediamento umano. I vulcani eruttano con una certa regolarità; le grotte si aprono e vengono inghiottite nel vuoto; puoi andare a letto una sera con il cielo limpido e i marciapiedi sgombri e svegliarti la mattina dopo con cumuli di neve alti sino alla vita; nei mesi più freddi dell'anno, il sole scompare dopo poche ore. Il paesaggio sembra ultraterreno, certamente fuori dal nostro controllo. Perché un ambiente del genere non dovrebbe ospitare creature che non siamo in grado di vedere né di controllare?

Anch'io intendevo inserire un tocco di soprannaturale, così, via via che il romanzo procede, Gudrún (che già possiede il dono di vedere le cose per dove e come sono realmente) assume sempre più il ruolo di Bárdur e la sua storia si intreccia sempre più con quella dell'eroe. Inoltre, volevo che il climax della storyline del 1910-11 avesse lo sviluppo narrativo delle saghe e ne riecheggiasse le leggi morali, anche se è Gudrún, e non un parente maschio, ad agire per vendicare il torto subìto da Freyja. Per contro, volevo che la storia del 1975 fosse più legata alla realtà e ai suoi limiti. Eroismo/mitologia e realtà coesistono nel mondo delle saghe, e i riferimenti a Bárdur nel mio romanzo legano la *mia* famiglia (Gudrún, Freyja e Sigga) alla storia dei miti islandesi. Li valorizza, li rende straordinari, ma fa anche capire che queste storie non sono nuove. I problemi che le donne hanno affrontato in passato sono gli stessi che affrontano ancora oggi, a distanza di generazioni. Chi di noi non è stanco che la storia si ripeta? Desidero che i miei personaggi femminili siano empatici – come la madre di Grendel – anche se sono arrabbiati, anche se sono capaci di uccidere*.

* Per chi desidera approfondire la Storia dello Stato libero d'Islanda, posso consigliare *Epic and Romance* di W.P. Ker, e per una lettura illuminante (e inquietante) sulla Storia delle rappresentazioni della violenza sessuale, l'articolo di F.C. Ljungqvist, *Rape in the Icelandic Sagas: An Insight in the Perceptions about Sexual Assaults on Women in the Old Norse World*, in «Journal of Family History», 2005. (*N.d.A.*)

Ringraziamenti

Ci sono diversi scrittori ai quali sono debitrice. Per le splendide descrizioni della campagna, del clima rigido e dei campeggi spartani, ho consultato *Questions of Travel: William Morris in Iceland* di Lavinia Greenlaw. Per le ricerche più approfondite e gli eccellenti dettagli etnografici, *Seawomen of Iceland: Survival on the Edge** di Margaret Willson è stato preziosissimo, mentre *Names for the Sea: Strangers in Iceland*** mi ha permesso di descrivere il popolo islandese attraverso il loro paesaggio e le loro storie. E non si può scrivere delle montagne senza aver prima letto *The Living Mountain**** della meravigliosa Nan Shepherd. Quanto alle saghe, ho trovato *Epic and Romance: Essays on Medieval Literature***** di W.P. Kerr non solo affascinante, ma anche scritto in maniera accessibile. *Notable Shipwrecks: Being Tales of Disaster and Heroism at Sea*, pubblicato da Cassell and Company, mi ha aiutato a immaginare il mio naufragio. Il Museo Nazionale d'Islanda e l'Árbær Open Air Museum di Reykjavík si sono rivelati risorse eccellenti con personale estremamente disponibile e competente.

Il concetto di maternità è così vasto e complesso, e la mia

* University of Washington 2019. (*N.d.T.*)

** Granta Books 2013. (*N.d.T.*)

*** *La montagna vivente*, trad. it. di C. Capararo, Ponte alle Grazie 2018. (*N.d.T.*)

**** Legare Street Press 2022. (*N.d.T.*)

esperienza personale era ancora così fresca quando ho cominciato a scrivere questo libro, che non credo sarei riuscita a chiarire le mie idee al riguardo senza il fondamentale testo di *Of Woman Born: Motherhood as Experience and Institution** di Adrienne Rich. *Making Babies*** di Anne Enright mi ha fatto non solo riflettere, ma anche sorridere spesso.

Una delle grandi gioie legate alla scrittura di un libro ambientato in Islanda è stata sentire il bisogno di ampliare la mia conoscenza della letteratura islandese. Ora posso citare (in ordine casuale) Sjón, Halldór Laxness, Einar Már Guðmundsson e Auður Ava Ólafsdóttir tra i miei scrittori preferiti, oltre ai vari autori delle saghe.

Vorrei ringraziare tutta la squadra della Manilla Press per l'entusiasmo, la gentilezza e, soprattutto, per i libri che mi hanno regalato. Sono felicissima di essere entrata a far parte di un gruppo di autori così talentuosi e di una casa editrice così dinamica. Una menzione speciale va ad Arzu Tahsin, per il suo incoraggiamento e il suo editing sottile; il romanzo è migliorato notevolmente grazie a lei. E un altro grazie speciale va a Sophie Orme, per la sua ironia e per aver compreso questo mio lavoro. Sono infinitamente grata a entrambe.

Desidero inoltre ringraziare la mia agente, Caroline Wood di Felicity Bryan, che sostiene i suoi scrittori con grande impegno e che ha sempre creduto in questo mio lavoro.

Grazie a tutti coloro che fanno parte del mio gruppo di scrittura, ai quali sono immensamente grata per i loro feedback e, ancora di più, per la loro amicizia.

Alla mia famiglia e ai miei amici, per essere sempre stati fantastici. Mia madre è mancata mentre stavo scrivendo questo romanzo. L'amore e il sostegno dei miei cari sono stati fondamentali per me.

* W.W. Norton & Co Inc, 1987. (*N.d.T.*)

** *Fare figli inciampando nella maternità*, trad. it. di Tilda Riva, Bompiani 2013. (*N.d.T.*)

Grazie ai nostri vicini e amici in Islanda. Un ringraziamento speciale va anche a Elisabet Hafsteinsdóttir, che ha letto il manoscritto e mi ha pazientemente spiegato quanto fossi negata nell'ortografia dei nomi islandesi, oltre ad avermi fornito altre preziose indicazioni. Le devo innumerevoli drink e mi sento molto fortunata per averla conosciuta.

E, ultimo ma non meno importante, voglio ringraziare il mio compagno, Tom Feltham, e nostro figlio, Noah. Grazie a voi due essere madre è la cosa più bella al mondo. Però, scusate se mi sono spazzolata tutti i biscotti.

Fotocomposizione Editype S.r.l.
Agrate Brianza (MB)

Finito di stampare
nel mese di settembre 2025
per conto della TEA S.r.l.
da Rotolito S.p.A.
Seggiano di Pioltello (MI)
Printed in Italy

FSC
www.fsc.org
MISTO
Carta | A sostegno della gestione forestale responsabile
FSC® C005461